KB089378

든 것

NOTES TO SELF

내가 말하지
못한
모든 것

에밀리 파인 지음

안진희 옮김

해북
리스

로넌에게

추천사

페미니즘의 역사에서 가장 중요한 슬로건 중 하나는 "개인적인 것이 정치적"이라는 말이다. 이 말의 의미를 좀 더 설명해달라는 요청을 받을 때마다 나는 항상 여성의 몸을 떠올려보라고 한다. 여자라면 모두 저 대답만으로도 충분했다. "여성의 몸은 전쟁터"라는 말은 전혀 은유가 아니다, 몸을 통해 과잉 결정된 여성들은 필사적으로 이 문제로부터 거리를 두고 싶어 한다. 여성의 가치를 몸을 통해 규정하는 가부장제 사회에서 여성이 자기 자신의 몸을 통해 경험한 세계를 스스로의 언어로 표현하고 세계에 의미를 전달하는 건 거의 불가능에 가깝다. 이 책의 저자 에밀리 파인은 이 어려운 일을 해냈다.

저자는 정교한 수술을 하는 외과의사가 감각이 마비된 기관들을 하나하나 들어 올려서 확인하는 것처럼 혈액, 땀, 분비물,

체액, 체모 등을 더없이 세밀하게 묘사한다. 해부학적인 묘사와 상황에 대한 설명이 지나고 나면, 저자는 그제야 자신의 감정을 드러내는데, 에밀리 파인이 자신을 드러내는 방식은 좀 놀랍다. 독립적인 삶을 스스로 성취한 것을 자랑스러워하는 소위 성공한 여성들은 종종 자기혐오의 끝판왕이 되어서 섭식장애에 시달릴지언정 자신의 불안과 두려움을 좀처럼 드러내지 않기 때문이다. 자기보호의 벽을 높게 쌓아 올린 사람일수록, 고통에 익숙할 만큼 자신을 몰아세웠던 사람일수록 더욱 그렇다. 그래서 나는 이 책의 저자가 자신이 손상되었다는 걸 '알았다'는 게 놀라웠고, 이를 스스로 인정하고 '말했다'는 것에 특히 감명을 받았다.

이런 일은 솔직함만으로 가능한 것이 아니다. 몸에 대한 이야기는 그 몸과 연결된 다른 사람에 대한 이야기이기도 하기 때문에 윤리적 갈등과 자의식 사이에서 종종 길을 잃어버린다. 그것이 성과 관련되어 있다면 특히 더 그렇고, 화자가 여자라면 어려움은 더욱 가중된다. 여자 스스로 하는 여자의 몸에 대한 이야기가 없었던 것은 아니지만 이 책이 특별한 부분은 실수하지 않으려고 방어적으로 굴지 않는다는 점이다. 저자는 자신이 경험하고 해석한 것은 전체 이야기의 일부라는 점을 솔직하게 드러내고, 복잡한 문제에 대해 피해 가거나 축소하지 않고, 자기가 아는 한의 진실을 (최소가 아니라) 최대한 할 수 있는 만큼 말한다. 이 점이 정말 특별하다. 숨김없이 말하면서도 담백한 문체

덕분에 흘러넘치는 이야기가 전혀 부담스럽지 않다는 것도 커다란 장점이다.

　에밀리 파인은 말할 수 없는 것을 말하는 방법을 찾아냈다. 저자의 성취는 곧 우리 모두의 자산이 되었다. 이 책을 읽고 나면 몸에서 말이 쏟아질 것이다.

　　　　　　　　　　　　　　　　　　　권김현영(여성학자)

작가의 말

2013년 어느 일요일 이른 아침, 아빠가 피를 토하기 시작했다. 수십 년 동안 알코올을 남용한 탓에 식도의 벽에 구멍이 생겨 출혈이 일어나고 있었다. 아빠는 피를 흘리고 있다고, 공포에 질려 철자도 맞지 않는 문자를 보냈다. 나는 아직 침대에 누워 있었다. 휴대전화에서 수신음이 났고 나는 문자를 읽었다. 그러고 나서 나는 아빠의 문자를 무시하면 어떤 일이 벌어질지 궁금해하면서 잠깐 거기 그대로 누워 있었다. 중독자를 사랑하기는 힘들다. 중독자를 그냥 내버려 둔 채 떠나기는 더 힘들다.

그날 아침, 나는 아빠와 통화한 후 그리스로 아빠를 도우러 갔다. 6년이 지난 지금, 아빠는 살아 있고 술을 한 방울도 마시지 않는다. 이 두 가지는 최근까지도 상상할 수 없었던 일이다. 또한 나는 내가 아빠에 대해, 아빠의 알코올중독에 대해, 우리의 관계에 대해 글을 쓰리라고는 상상도 못했다. 그렇지만 아빠가 천천히 건강을 되찾고 우리 각자의 삶이 새로이 자리 잡은 이후에도, 나는 내가 여전히 길을 잃은 채로 과거에 일어났던 모든 일을 이해하려 애쓰고 있다는 ― 그리고 내 안의 모순들을 이해하려 애쓰고 있다는 ― 사실을 발견했다. 나는 과거의 사건들을 이해하고 정리하기 위해 글을 쓰기 시작했다. 내 생각들을 종이 위에 옮겨 머릿속을 비우고 싶었다. 나는 빠르게 적어 내려갔고, 과거에 대한 기록이 완성되자 그것을 프린트하여 서랍 속에 조심스레 넣어두었다. 어느 날 집 안을 정돈하던 내 파트너가 이 종이 뭉치를 발견했고 읽기 시작했다. 그는 내게 그걸로 뭘 할 생각이냐고 물었다. "서랍에 다시 넣어둬." 내가 말했다. 그가 빙그레 미소를 지었다. "그러기엔 너무 아까운데." 그가 말했다.

이 글을 다른 누군가에게 보여주기 위해 용기를 모으기까지 2년이라는 시간이 걸렸다. 2016년 10월에 나는 이 글을 트램프 프레스에 보냈다. 아일랜드 여성 두 명이 운영하는 페미니즘 독립출판사였다. 두어 달 뒤, 두 사람이 내게 점심을 함께하자고 요청했다. 그들은 글이 마음에 든다고 말한 다음 내게 책을 쓸 생각이 없느냐고 물었다. 나는 놀랐다. "뭘 쓰면 될까요?" 내가 물었다. "선생님이 원하시는 아무거라도 좋아요." 그들이 말했다. "에세이는 어떨까요?"

사람들이 힘든 경험들을 터놓고 얘기하려고 하지 않는 데는 여러 가지 타당한 이유가 있다. 그러한 경험들에 관해 이야기하는 것은 몸속의 신경을 그대로 공기에 노출하는 것 같은 느낌을 준다. 다른 사람들의 평가에 대해 두려워하게 만든다. 덜 외롭기는커녕 더 외롭다고 느끼게 만든다. 그래서 우리는 침묵을 지킨다. 하지만 우리를 침묵시키는 것은 공개적인 노출의 위험만이 아니다. 탐탁지 않아 하는 내면의 비평가는 끊임없이 스스로 자기검열을 하게 만든다. 내면의 비평가는 우리의 삶이 너무 하찮고, 너무 엉망이고, 너무 고통스럽기 때문에 다른 사람들과 나누어서는 안 된다고 속삭인다. 나는 비판적이고 비하하는 그 목소리를 더 듣고 싶지 않았고, 에세이집을 낸다면 그 목소리를 더는 듣지 않아도 될 것만 같았다. 그날 집으로 오는 버스 안에서 나는 내가 진짜로 말하고 싶은 모든 것들에 대해 생각해보았다. 나는 종잇조각을 꺼내 다섯 가지 아이디어를 갈겨 썼다. 밖으로 내보내달라고 내면에서 아우성치고 있는 것들이었다. 나는 집에 도착하자마자 코트도 벗지 않고서 식탁 앞에 앉아 글을 써 내려가기 시작했다.

이 에세이들은 그 모든 글쓰기의 결과물이다. 내가 이전에 그 누구에게도 말하지 않았던, 심지어 스스로도 인정하지 않았던 많은 사건과 감정을 싣고 있다. 이 경험들을 글로 써 내려가는 일은 매우 고통스러웠다. 그렇지만 내가 이 고통을 회피하지 않은 것은 한 가지 단순한 이유 때문이다. 글을 쓰고자 하는 충동이 위험하고 두렵다고 느껴지면서도 '필요하다고' 느껴졌기 때문이다. 나는 매우 오랫동안 그토록 철저하게 부정해왔던 나의 일부들을 되찾기 위해 이 에세이들을 썼다. 그리고 이 일이 내가 할 수 있는 가장 강한 일이라고 생각했기 때문에 이 에세이들을 썼다.

그렇지만 비밀들을 드러내는 일이 만만하지만은 않았다. 이 책의 출판을 앞두고서 나는 잔뜩 겁에 질렸다. 책이 곧 출간될 즈음, 아일랜드는 낙태를 합법화하기 위한 국민투표 과정 가운데에 있었다. 아일랜드에서 낙태는 1983년 이후 헌법상으로 금지되어 있었다. 많은 용감한 여성들과 남성들이 자신의 이야기를 다른 사람들과 나누었다. 다른 사람들을 돕겠다는 일념으로, 그리고 법이 여성의 몸을 다루는 방식을 바꾸겠다는 일념으로 그들은 가슴 아픈 사연을 기꺼이 세상에 드러내 보였다. 나는 그들의 용감함을 보았고 그 행위에 따르는 감정적 희생을 보았다. 또한 나는 그들의 이야기, 그들의 감정노동을 통해 국민투표가 승리를 거두고 아일랜드의 여성들이 동등한 시민이 되는 장면을 목격했다.

하지만 여전히 나는 두려웠다. 나는 트램프 프레스에 책을 '조용히' 출판해줄 수 있느냐고 물었다. 아무도 알아차리지 못하도록 말이다. 그들은 미소를 짓더니 자신들을 믿으라고 말했다. 그런데 책이 세상 밖으로 나오자 사람들이 즉시 알아차렸다. 베스트셀러 목록에 오르더니 급기야 베스트셀러 1위를 차지했다. 놀라움은 여기서 그치지 않았다. 나는 독자들로부터 수많은 편지와 이메일, 전화를 받기 시작했다. 사람들은 내게 용기를 내줘서 고맙다고 했다. 그런 다음 그들은 자신의 이야기를 내게 털어놓기 시작했다.

학회 도중 리셉션 시간에 한 여성이 내 쪽으로 몸을 기울이더니 나지막한 목소리로 말했다. "두 달 전에 유산을 했어요. 동료들은 아무도 몰라요." 나는 그녀와 처음 만난 사이였고 무슨 말을 해야 할지 짜내려 애썼다. 나는 조용히 그녀의 팔을 어루만지면서 눈을 들여다보며 고개를 끄덕였다. 한 저널리스트는 이 책을 취재하기 위해 내게 전화를 걸었다가 대화 끝에 잠시 말을 멈췄다. "아침에 침대 밖으로 나올 수가 없어요. 그거 있잖아요." 그녀가 말을 이었다. "저는 그냥 가만히 누워 있어요. 나 자신을 증오하면서요." 나는 그녀가 자신의 삶에 대해 말하는 것을 귀 기울여 들었다. 나는 그녀에게 대단하다고 말했다. 이 두 여성 중 그 누구도 약점을 고백하거나 경험을 떠벌리거나 고통을 과시하고 싶어 하지 않았다. 그들은 단지 그 순간 누군가가 자신을 목격해주기를 원했다.

나는 오로지 나의 개인적 경험에 관해 썼지만, 독자들은 이 페이지들에 그들 자신의 삶이 투영되어 있음을 보았다. 내가 매우 오랫동안 어둠 속에 간직해온 감정들은 나 혼자만의 것이 아니었다. 우리가 말하기 두려워하는 것들, 우리가 수치스러워하거나 부끄러워하는 것들, 이것들은 우리를 고립시키는 것들이 아니다. 이것들은 결국 우리를 '연결해주는' 것들이다. 그리고 이러한 깨달음은 나를 또 다른 깨달음으로 이끌었다. 나의 인생을 글로 쓰면서 나는 고통에 관해 글을 쓰고 있다고 생각했다. 하지만 나는 또한 예기치 않게도 사랑에 관해 글을 쓰고 있었다.

　사람들은 이 책을 내줘서 고맙다면서 이 책이 불임과 알코올중독, 여성의 몸, 가족 갈등 같은 문제들을 둘러싼 침묵을 깨뜨려주었다고 말한다. 그런 말을 들을 때마다 나는 이러한 침묵이 어떻게 여전히 존재할 수 있는지 의문스럽다. 우리는 모두 이러한 삶의 경험들을 헤쳐나가고 있고, 나는 이 중 어떤 주제에 대해서도 최초로 글을 쓴 사람이 아니다. 하지만 이 침묵은 너무 커다랗고 너무 견고해서 우리가 침묵을 깨뜨린다 해도 금세 다시 본래대로 돌아오는 것처럼 보인다. 그러므로 우리는 계속해서 이 침묵을 깨뜨려야만 한다. 각자의 목소리를 한데 모아 힘껏 소리쳐야 한다. 이는 함께해야 하는 공동작업이다.

　이 책을 출판했다고 해서 내가 갑자기 완전히 다른 사람이 된 것은 아니다. 나는 여전히 내면의 비평가에게 자주 현혹된다. 나는 여전히 분노로 불타오른다. 나는 여전히 두려움에 빠진다. 그렇지만 내가 결코 말할 수 없다고 느꼈던 모든 것에 관해 글을 쓰면서, 그리고 수치심이라는 무언의 규칙을 깨뜨리면서, 나는 나 자신의 이야기를 하는 방식을 변화시켰다. 그리고 그렇게 하면서, 침묵을 깨는 일은 용기의 문제가 아니라는 사실을 알게 됐다. 침묵을 깨는 일은 우리가 자신의 취약성을 가지고 무엇을 하기로 선택하느냐의 문제다. 취약성은 별개의 하나가 아니다. 치유도 별개의 하나가 아니다. 자기다움도 별개의 하나가 아니다. 이 모두는 서로 독립적이면서도 서로 얽혀 있고 하나하나가 근원적이다.

우리에게는 밖으로 꺼내야 할 이야기들이 매우 많다.

이것은 그중 나의 이야기다.

차례

✳

알코올중독에 대하여

✹

우리가 아빠를 찾았을 때, 아빠는 자신이 싼 똥이 만든 작은 웅덩이 위에 몇 시간째 누워 있었다.

코르푸 종합병원은 당혹스럽다. 병원 로비는 담배를 피우는 환자들로 북적이고 안내창구나 등록창구 표지판 하나 없다. 나는 아빠에게 어디에 계시냐고 문자를 보내지만, 답장은 오지 않는다. 블러드하운드처럼 우리는 아빠의 자취를 쫓아 5층으로 올라간다. 아빠는 힘없이 침대에 누워 있다. 저녁 시간인데 아빠는 정오 이후로 간호사나 의사를 보지 못했다고 말한다. 아빠는 실내용 변기가 필요하다고 말한다. 여동생과 나는 24시간이 넘게 비행기를 타고 왔고 둘 다 한숨도 자지 못했다. "간호사를 불러요." 내가 아빠에게 말한다. 아빠는 그렇게 했지만 아무 반응도 없었다고 말한다. "그럼, 다시 해봐요." 아빠는 손에 호출기를 쥐고서 반복적으로 눌러댄다. 잠시 후 잔뜩 지친 기색의 간호사가 나타나더니 아빠에게, 그리고 우리에게 소리를 지른다. 나는 그리스어를 할 줄 모르는 것에 죄책감을 느낀다. 나는 몸짓으로 침대에 누워 있는 남성을 가리키며 실내용 변기가 필요하고 몸을 씻겨야 하고 침대 시트를 갈아야 한다고 설명하려 애쓴다. 하지만 나의 몸짓은 무용하게도 아무런 인상을 남기지 못한다. 간호사는 뭐라고 말하더니 양손을 들어 보이며 어깨를 으쓱한 다음 자리를 뜬다. 아빠는 절망에 찬 표정으로 우리를 쳐다본다. 나는 여동생에게 아빠 옆에 붙어 있으라고 하고서 복도로 나간다. 다른 환자들, 그리고 그들의 가족들이 보일 뿐이다. 간호사실로 가보지만 거기에는 아무도 없다. 뭘 해야 할지 어쩔 줄 몰라 하며 걸음을 옮기는데 한 여성이 내게 말을 건다. 내가 대답을 하지 않자 그녀가 영어로 괜찮냐며 묻고 나는 그녀를 붙들고서 간호사들이 어디에 있는지 아느냐고 묻는다. "간호사들은 여기 없어요."라고 그녀가 말한다. 한 노인이 끼어든다. "여기에선 가족이 없으면 죽은 목숨이라오."

이 말은 우리가 그리스에 머물면서 아빠를 소생시키려 돌보는 내내 주문처럼 따라다닌다. 이내 우리는 이 병원이 얼마나 엉망진창인지 알게 된다. 오후 2시 이후에는 병원 안에 의사가 한 명도 없고, 5시 이후에는 한 병동당 간호사 한 명만이 근무한다. 5층의 복도에는 6개의 병실이 있는데 각 병실에는 최대 6명의 환자가 있다. 간호사 한 명이 이 모두의 기본적인 의학적 필요를 다 충족시킨다는 것은 애초부터 불가능하고 환자의 불편함 따위에 신경 쓸 겨를은 더더구나 없다. 우리는 5층이 공식적으로는 '내과' 병동이지만 '죽음의 병동'이라고 불린다는 사실을 알게 된다.

영어를 아는 그 현지인 여성은 내게 아빠를 직접 돌보아야만 한다고 말한다. 그녀는 어디에서 환자용 기저귀, 물티슈, 종이수건을 살 수 있는지 조곤조곤 설명해준다. 나는 이 상황을 받아들이기가 힘들지만, 어쨌든 아빠의 위기 덕분에 다른 환자 없이 1인실이 된 병실로 돌아와, 여동생에게 일이 어떻게 돌아가고 있는지를 설명한다. 여동생은 믿을 수 없다는 표정으로 나를 쳐다본다. 여동생은 아빠가 누워 있는 침대 머리맡에 서서 베개를 반듯하게 바로잡는 중이다. 나는 유럽 대륙을 가로질러 여기까지 왔음에도 아직 아빠에게 거의 한마디도 제대로 하지 않았다는 사실을 깨닫는다. "어쨌든 목숨은 건지셨어요." 내가 말한다. 아빠가 고개를 끄덕인다. 침대 위에 누워 있는 아빠는 매우 작아 보인다. 길을 잃어버린 작은 아이 같다. 나는 이럴 리는 없다고, 병원 어딘가에 분명 권한을 가진 누군가가 있을 것이라고 생각한다. 나는 다시 복도로 나와 아까의 그 동정심 많은 여성에게 의사를 찾는 일을 도와줄 수 있겠느냐고 묻는다. 그녀는 가족과 빠른 말로 대화를 나눈 다음 복도를 걸어 내려가고 나는 그 뒤를 따른다. 우리는 엘리베이터를 타고 다른 층으

보 가보지만 거기에도 의사는 없다. 우리는 엘리베이터로 되돌아가 다시 시도한다. 우리는 반복해서 계속 한 층씩 아래로 내려가며 지하층까지 가서 복도를 샅샅이 뒤진다. 마침내 우리는 헌혈클리닉에서 당직 의사를 찾는 데 성공한다. 새 친구는 나를 안으로 들여보내고 손을 흔들며 작별 인사를 한다.

병실의 한쪽 끝에 한 남자가 소매를 말아 올리고 정맥에 바늘을 꽂은 채로 침상에 누워 있다. 그는 헌혈을 하는 중이고 클리닉의 당직자는 나도 헌혈을 하려고 여기 왔다고 생각하는 것 같다. 놀라는 내 모습을 보고 의사는 현재 그리스에 전국적으로 혈액이 부족해서 환자 가족은 법에 따라 의무적으로 헌혈을 해야 한다고 설명한다. 나는 내가 도대체 어디에 와 있는 건지 의문을 느끼며 5층에 있는 여동생을 떠올린다. 나는 고개를 가로젓지만, 막상 입이 떨어지지 않는다. 우리 두 사람 모두 빈혈이고 따라서 헌혈을 할 수 없다는 말을 세상 어떤 언어로도 설명할 수 없을 것만 같다. 나는 그의 손을 붙잡고서 아빠를 진찰해달라고 요청한다. 나는 그에게 아빠가 병실에 홀로 있고 의사는 한 명도 없는 이 상황이 도무지 이해가 가지 않는다고 말한다. 나는 누군가가 이 상황을 설명해주면 좋겠다고 말한다. 내가 정말로 원하는 것은 내가 뭘 하면 좋을지 말해줄 사람이지만 말이다. 나를 덮쳐 여기까지 이끌고 온 아드레날린이 갑자기 가라앉으면서 허무함이 온몸을 감싼다. 나는 끈질기게 계속 거기에 서서 의사에게 아빠를 보러 와달라고 부탁한다. 정말로 마지못하겠다는 듯한 표정으로 의사는 데스크에 있는 여성에게 뭐라고 말하더니 클리닉을 나선다. 우리는 엘리베이터를 타고 5층에서 내린 후 내가 왔던 길을 그대로 되짚어 걸어가며 우울한 표정의 방문객들을 지나 병실 안으로 들어선다.

"의사 선생님이에요." 나는 확신이라기보다는 희망을 품고서 말한다. 그는 아빠의 차트를 집어 들고서 훑어본 다음 고개를 끄덕인 후 말한다. "아버님께서 피를 많이 흘리셨어요. 수혈이 필요합니다. 따님께서 헌혈해주셔야 해요." 나는 조금 더 철저히 검사해주길 바랐지만 당장은 고개를 끄덕일 도리밖에 없어 보인다. 앞으로 다가올 몇 주 동안 이 패턴은 반복적으로 우리의 시간을 잡아먹을 것이다. 몇 시간을 대기한 끝에 책임자의 관심을 끌기 위해 애쓰다가 결국에는 이미 알고 있는 사실밖에 듣지 못하는. 수년 동안 사뮈엘 베케트의 희곡을 가르친 끝에 마침내 나는 진짜 부조리극 안에 들어와 살게 되었다.

할 말을 마친 의사는 고개를 한 번 더 끄덕인 다음 자리를 뜬다. 그가 떠나고 난 후 나는 도움말을 기대하는 눈빛으로 아빠를 내려다보지만, 아빠는 내가 확실히 안심시켜주기를 바라며 나를 올려다볼 뿐이다. 하지만 그것은 내가 할 수 있는 일이 아니다. 나는 애써 옅은 미소를 짓는다. 우리가 여기에 온 지 한 시간이 넘게 지났고, 아빠는 우리를 보고 깊이 안도했고, 여동생은 아빠의 손을 쓰다듬으며 아빠가 덜 외롭다고 느끼게 하려 애쓰고 있다. 하지만 아빠는 여전히 더러운 침대 시트 위에 누워 있다. 우리를 도울 사람이 아무도 없으므로 나는 여동생에게 함께 나가자고 말한다. "곧 돌아올게요." 아래층에서 우리는 병원 구내 매점을 발견한다. 그곳에서는 따뜻한 간식과 음료수 세트 같은 유용한 제품과 환자를 돌볼 때 필요한 물품들을 팔고 있다. 우리는 물티슈와 기저귀를 사고 여동생은 혹시 모른다며 의료용 장갑 한 상자를 집어 든다. 나중에 이는 매우 귀중한 자산이 된다.

우리가 무슨 일을 할 것인지에 대해 설명하자 아빠는 몹시 곤란하고 괴롭다는 표정을 짓는다. 그렇지만 병실 안의 냄새가 지독히 끔찍해서 우리는 최대한 효율적이고 사무적으로 서둘러 일을 처리하는 수밖에 없다. 우리는 아빠의 몸을 닦는다. 나는 더러운 시트들을 둘둘 말아서 들고 나가 다용도실로 보이는 곳에 약간의 가책을 느끼며 두고 나온다. 그리고 사용되지 않는 것 같은 병실로 가서 한 침대에서는 깨끗한 시트들을, 다른 침대에서는 담요들을 가지고 나온다. 위험을 감수하지 않으면 아무것도 얻을 수 없다고 생각하며 말이다. 병실로 돌아오자 여동생은 마침내 아빠를 웃게 만드는 데 간신히 성공한 듯 보인다. 침대에 새 시트를 깔고 나자 인간다움의 얼마나 많은 부분이 이러한 기본적인 것들에 의존하고 있는지 실감한다. 실질적으로 변한 것은 아무것도 없고, 아빠의 의학적 상태에 대해 더 알게 된 바도 없지만, 마치 우리가 엄청난 일을 해낸 것처럼 느껴진다.

밤늦은 시간이다. 나는 밤새 병원에 머물기로 하고 여동생은 시내에 있는 호텔에 가기로 한다. 여동생과 함께 가고 싶지만, 오늘부터 우리는 매일 교대해가며 아빠 곁을 지켜야 한다. 여동생은 시간에 맞춰 병동을 나선다. 병원은 밤 11시에 출입문을 잠근다. 가족들이 병원에 머무르는 것은 허용되지만 이 시간 이후 출입문을 드나드는 것은 금지되어 있다. 여동생을 껴안으며 작별 인사를 한 후 나는 병실로 돌아온다. 여동생이 혼자서 쉴 수 있는 곳을 찾아 나서는 것이 부럽지는 않지만, 남은 기나긴 밤을 병원 안에서 어떻게 보내야 할지 아무 생각도 나지 않는다. 아빠는 이미 무의식 속으로 빠져들었다. 나는 아빠의 숨소리에 귀를 기울이고 아빠의 가슴에 손을 얹고 심장박동을 느껴본다. 안정적으로 뛰지만 느낌이 매우 가냘프다. 아빠의 머리 위에 걸려 있는 혈액 주머니는 이제 거의 비어가고 있다. 나는 그것이 다 비면 어떻게 해야 할지 알아낼 힘이 더는 남아 있지 않다고 생각하며 혈액 주머니에서 눈을 떼지 못한다. 아빠의 보험회사에 전화를 걸어보지만 자동응답 메시지만 흘러나올 뿐이다. 휴대전화 충전기를 여동생의 가방에 넣어두었다는 사실을 깨닫고는 나는 다른 누군가에게 전화를 걸어야겠다는 생각을 포기한다.

나는 전등을 끄고 창문 너머로 병원 북쪽의 언덕을 내다보며 늦은 밤의 고요가 병동 곳곳으로 스미는 소리를 듣는다. 병실 안이 너무 추워져 나는 여러 장의 담요를 아빠에게 덮어준다. 나는 코트를 입은 채 앉아서 하릴없이 기다린다. 잠시 후, 병실 문이 열리고 아까 왔던 지친 표정의 간호사가 다시 들어온다. 텅 빈 혈액 주머니를 내리고 새 혈액 주머니로 교체한 후 혈액이 잘 들어가는지 확인하려고 꽉 쥐어보는 그녀를 나는 아무 말 없이 지켜본다. 그녀는 도축장에서 도살업자가 입을 법한 앞치마를 두르고 있다. 그녀가 떠난 후에야 나는 그녀가 의료용 장갑을 끼지도, 손을 씻지도 않았다는 사실을 깨닫는다.

그날 밤 더 늦게 다른 간호사가 나타나고 나는 어색한 미소를 지으며 의료용 장갑 상자를 내민다. 그녀는 조심스럽게 장갑 한 켤레를 꺼내더니 호주머니에 집어넣는다. "아뇨, 아뇨." 나는 싹싹한 척 웃으며 말한다. 나는 새 장갑을 끼라는 시늉을 하지만 그녀는 열 손가락을 들어 꼼지락거리며 자신이 이미 장갑을 끼고 있다고 알려준다. 그렇지만 그녀의 장갑은 핏자국과 얼룩투성이다. 나는 그 장갑을 벗고 새 장갑을 끼라는 시늉을 한다. 이 몸짓들이 우스꽝스러워 보일 게 틀림없고, 아마 내가 미친 여자라고 생각할지도 모를 테지만, 나는 그녀가 한숨을 쉰 후 장갑을 갈아낄 때까지 같은 동작을 반복한다. 원래 끼고 있던 장갑은 그녀의 호주머니 속으로 들어간다. 이러한 상황은 며칠 후에 다른 방문객이 이 병원에서는 탈지면, 종이, 플라스틱 등의 일회용 물품을 의료진에게 전혀 제공하지 않는다고 설명해주고 나서야 비로소 이해가 된다. 간호사들은 이미 충분치 않은 월급을 쪼개서 물품을 사야 한다. 의료용 장갑 무언극은 정기 공연으로 자리 잡고 나는 간호사에게 새 장갑을 권할 때마다 울고 싶은 심정이 된다.

하지만 이 첫날 밤, 졸음을 참아가며 아빠가 숨을 제대로 쉬는지 초조하게 귀를 기울이고 있을 때, 나는 너무 정신이 멍한 나머지 울고 싶은 기분조차 들지 않았다. 여러 해 동안 언젠가 이런 연락을 받으리라 예상했고, 온갖 시나리오들을 상상했다. 그러한 순간이 닥쳤을 때 필요한 결정들을 내리고 제대로 대응하기 위해. 병실의 고요와 어둠 속에 놓이고서야 비로소 나는 연락은 오직 시작에 불과하다는 사실을 깨닫게 되었다.

·‧))▶

휴대전화가 울리는 소리가 들린다. 일상적인 메시지를 보내기에는 너무 이른 일요일 아침 시간이다. 문자에는 이렇게 적혀 있다. "피가 나와. 전화 마." 나는 아빠에게 전화를 건다. 목소리가 끔찍하게 들린다. 현재 자신이 어떤 모습인지를 보여주는 목소리다. 피를 흘리며 죽어가고 있는 한 남성. 아빠는 캑캑거리고 기침을 해대며 제대로 말을 하지 못한다. 피를 토하고 있기 때문이다. 나는 아빠에게 잠깐 기다리라고 말한다. 나는 그 섬의 반대편에 사는 아빠의 친구 P에게 전화를 걸고, 그녀는 구급차를 호출한다. 하지만 구급차 운전사는 출동을 거부한다. 그는 가족과 함께 일요일을 보내고 있다. 그는 헛걸음을 하게 될 것라고 자기가 도착할 때쯤이면 아빠는 이미 죽어 있을 것이기 때문에 월요일 아침까지 기다려도 된다고 생각하는 것 같다. P는 운전사를 질타하고 구슬린다. P와 그녀의 남편은 운전사에게 비록 일요일이고 한 시간을 운전해야 하지만 그가 꼭 가야만 한다고 오랜 시간을 들여 설득한다. P는 나중에야 이러한 우여곡절이 있었음을 내게 알려준다. 우선 그녀는 내게 아빠 집의 현관문이 반드시 열려 있도록 확인하라고 단단히 주의를 준다. 현관문이 잠겨 있다면 그들은 그냥 떠나버릴 거라고. 나는 아빠에게 다시 전화를 건다. 다행히 아빠는 아직 의식이 남아 있어서 현관으로 기어가 자물쇠에 열쇠를 넣어 돌린다. 구급차가 아빠가 사는 마을에 도착하고 이웃들이 그들을 아빠의 집으로 안내한다. 구급대원들은 의식을 잃고 쓰러져 있는 아빠를 바닥에서 들어 올려 병원으로 호송한다.

겨울철에는 아일랜드에서 그리스로 가는 직행 항공편이 단 한 편도 없다. 연락을 받은 몇 시간 후, 여동생과 나는 더블린에서 첫 번째 경유지인 히스로 공항으로 날아간다. 비행기는 응원용 수건을 어깨에 걸친 남성들로 혼잡하고 나는 중요한 축구 경기가 있는 것이 틀림없다고 생각한다. 새로 개장한 4터미널에서 우리는 이탈리아 레스토랑에 들러 식사를 한다. 아빠가 쓰러져 죽어가고 있는데 음식에 신경 쓴다는 것이 기괴하게 느껴지지만, 나는 트뤼프 파스타를 주문하고 그것은 맛이 썩 괜찮다.

저녁 식사를 하면서 나는 여동생에게 우리가 그리스에 도착하면 무엇을 목격하게 될지 모르겠다고 말한다. 나는 여동생에게 무척 피곤하다고 말한다. 나는 여동생에게 술 좀 그만 마시라고 아빠에게 부탁했던 몇 년 전 어느 날 저녁에 대해 말한다. 내가 그렇게 말하는 동안에도 술을 한 잔 더 들이켜던 아빠에 대해. 내가 얼마나 울었고, 그런 나를 보며 아빠가 바보같이 좀 굴지 말라고 말했던 순간에 대해. 나는 여동생에게 말한다. 이젠 더 이상 아빠를 사랑하지 않겠노라 협박했다고. 나는 여동생에게 말한다. 지금도 스스로 인정할 수 없지만, 그날 밤 어느 순간에 아빠를 쳐다보며 속으로 이렇게 생각했다고. '지금 당장 죽어버려요.'

식사를 하고 대화를 나누면서 우리는 끊임없이 휴대전화를 확인한다. 희망과 공포가 뒤섞인 반응이다. 우리는 아빠가 병원으로 호송된 이후로 그쪽으로부터 아무런 연락도 받지 못했고, 우리 둘 다 아빠가 이미 죽었을지도 모른다고 생각한다. 휴대전화가 울려 성급히 움켜잡지만 자동 업데이트 알람일 뿐이다. 여동생이 나를 바라본다. 여동생은 내가 결코 아빠에 대한 사랑을 멈추지 못할 것임을 안다. 다음 날 아침 우리는 첫 비행기를 타고 아테네로 간 후 그곳에서 코르푸로 향하는 비행기로 갈아탄다.

·))►

그들은 아빠를 '시체'라고 부른다. 아빠는 심장과 여러 중요한 장기들을 모니터하는 기계들에 연결되어 있고 두 개의 정맥주사가 꽂혀 있다. 너무 많은 피를 흘려 흐릿해진 정맥을 찾느라 간호사들이 꽤 애먹었을 것이다. 아빠는 거의 대부분의 시간동안 의식이 없다. 병문안을 온 한 그리스인이 농담 삼아 얘기할 때까지 아빠의 별명은 우리 머릿속에 떠오르지도 않는다. 아빠와 관련된 일들이 대개 그렇듯이, 아빠의 별명은 우습기도 하고 전혀 그렇지 않기도 하다. 아무도, 심지어 간호사들조차 아빠가 이 상태에서 살아날 거라고 생각하지 않는다. 그럼에도 불구하고 아빠는 죽기를 거부한다. 이 종합병원 안에서, 이 죽음의병동에서. 여동생과 내가 번갈아 밤낮으로 곁을 지킨 지 일주일이 지난 후, 아빠는 '영국' 병원─기본적으로 '건강보험이 적용되는 병원'을 뜻한다─으로 이송해도 괜찮을 정도로 충분히 회복되었다는 판정을 받는다. 이송된 이후 모든 상황은 훨씬 나아진다. 이곳에는 두 명의 간호사가 교대로 일하고 환자 수는 이전 병원의 절반밖에 되지 않는다. 아빠의 몸은 쓰러진 후 처음으로 씻겨지고 간호사들이 소변줄을 끼운다. 이 병원에서는 변기를 구해오고 관리하는 일을 환자 가족의 의무로 여기지도 않는다.

매일 우리는 병원에 오전 11시에 도착해서 오후 5시까지 머무르고, 식사를 하러 잠시 자리를 비웠다가 다시 돌아와서 몇 시간을 더 보낸다. 우리는 거의 대화도 없이 몇 시간이고 나란히 앉아서 아빠를 지켜본다. 침대에 누워 있는 남자를 그저 관찰할 뿐이다. 죽을지도 모른다는 생각을 여전히 갖고 있기 때문에 우리는 아빠 곁을 잠시도 떠나지 않는다. 마치 아빠가 살기를 바라면 뭔가 달라지기라도 할 것처럼. 이 긴 시간 동안에 찾으려고 하면 잘 보이지도 않는 의사들과 나누는 짧고 절망스러운 대화가 끼어든다. 그들은 아빠를 대충 진찰하고 나서 아빠를 아일랜드로 데리고 가시는 게 좋겠다는 의견을 피력한다. 그들은 아일랜드가 간 질환을 치료하기에 더 나은 나라이고 의사들도 경험이 풍부하다고 말한다.

아빠는 심한 간 부전 증상을 보인다. 오랫동안 아빠의 다른 장기들은 약해진 간의 기능을 보완해왔다. 이제, 40년 동안 알코올중독에 시달린 끝에 아빠의 몸은 점차 움직임을 멈추는 중이다. 나는 아빠가 간 경변으로 생을 마감하리라고 항상 짐작해왔는데, 다른 치명적인 질병들 또한 잔뜩 있다는 사실이 밝혀졌다. 거의 아빠를 죽게 할 뻔했지만, 식도 파열로 인한 출혈은 가장 확실히 드러나는 증상일 뿐이다. 그 초기 징후를 봤을 때를 기억한다. 어느 날 아빠는 갑자기 차를 세우더니 헛구역질을 한 후 도로변에 피를 뱉었다. 지금은 아빠의 신장들도 심각한 상태다. 전문의는 그래도 심장은 아직 상태가 양호한 편이라고 말한다. 나는 '의학적으로는 그렇게 말할 수도 있겠죠.'라고 대꾸하고 싶다.

일주일 후, 의사들은 아빠의 식도가 충분히 치유되었다고 진단한다. 그러면서 아빠에게 부드럽고 담백한 음식 정도는 드셔도 된다고 말한다. 하지만 아빠는 먹으려 들지 않는다. 아니, 병원에서 제공하는 음식, 그러니까 달걀을 말이다.

"달걀 안 좋아해."

"드셔야 해요."

"하지만 내가 달걀 안 좋아하는 거 너도 알잖니."

"상관없어요, 드셔야 해요."

아이가 부모를 거둬 먹여야 하는 이러한 역할 전도는 지독히 얄궂다. 아빠가 술 마시는 건 좋아하기 때문에 우리가 만사 제치고 여기 이렇게 와 있는데, 지금 아빠는 뻔뻔스럽게도 음식 섭취를 거부하고 있다. 나는 아빠와 거래를 한다. 삶은 달걀 한 개를 먹으면 펜과 종이를 사다주겠다고. 두 개를 먹으면 스테이플러도 사다주겠다고. 아빠는 작가이기 때문에 뭔가를 적고 그 것을 정돈하는 수단이 곁에 없을 때 불안감을 느낀다. 아빠는 어디에 가면 이 필수품들을 살 수 있는지 생생하고 자세히 설명해준다. 하지만, 결국 아빠는 삶은 달걀을 반 개밖에 먹지 않는다.

나는 아빠에게 말한다. 스테이플러는 없어요.

아빠는 온종일 나에게 한마디도 하지 않는다.

닐 아저씨는 내게 매일 전화를 거는데 어떨 때는 하루에 두 번 전화를 걸기도 한다. 내가 편하게 전화를 받을 수 있는 몇 안 되는 사람 중 한 명이다. 아빠가 음식 섭취를 거부할 때, 혹은 보험회사가 개인병원의 비용 처리는 해줄 수 없다고 말할 때, 혹은 의사가 아빠가 아마 곧 사망할 것이라고 말할 때, 나는 내가 고통에 짓눌려 비명을 지를까 봐 두렵다. 하지만 그럴 때면 전화벨이 울리고 전화를 받아 보면 어김없이 닐 아저씨다. 아저씨의 자신감에 찬 목소리를 들으면 안심이 되고 이내 모든 것이 괜찮아지리라고 생각되기 시작한다. 닐 아저씨는 아빠는 어떤지, 의사들은 어떤지 묻는다. 아저씨와 대화를 나눌수록 이 난관을 잘 헤쳐나갈 수 있을 것만 같은 느낌이 든다. 아저씨는 더블린에 사는 자신이 그리스 코르푸섬에서 할 수 있는 일이 거의 없다는 사실을 잘 안다. 또한 내게 전화를 건다고 해서 의사들의 진단이 바뀔 가능성이 없다는 사실도 잘 안다. 그렇지만 아저씨는 이 매일매일의 전화가 내게 꼭 필요하다는 사실 또한 매우 잘 안다. 닐 아저씨는 내게 그리스 의사들이 하는 말을 통역해줄 수 있는 아일랜드의 의사 친구 전화번호를 건네준다. 나는 이분에게 전화를 걸어 아빠의 상태와 질병 목록을 자세히 설명한다. 그는 내게 아빠를 고국으로 데려가라고 말한다. '당장.'

·‧‧⫸

Z, Y, X, W, V …….

나는 알파벳을 이런 방식으로 배웠다. "다섯 살짜리 내 딸아이가 당신네보다 알파벳을 더 빠르게 거꾸로 읊을 수 있다고." 늘 있는 일이었다, 술 취한 어른과 내기하기. 나는 잠자리에서 불려 나와 아래층으로 내려가 테이블을 가득 채운 잔뜩 취한 어른들 앞에서 묘기를 선보인다. 내기는 승리로 끝나고 나는 다시 잠자리로 돌아간다. 왜 아빠가 내게 알파벳을 역순으로 가르치기로 마음먹었는지는 모르겠다. 아빠에게 물어보았지만, 아빠 역시 이유를 모른다. 짐작건대, 아빠는 세상과 척을 지는 것을 좋아하는 사람이고 그런 아빠에게 a, b, c 순의 표준규칙을 따르는 일은 참을 수 없이 평범하게 느껴진 것 같다. 첫째 아이인 내가 아빠가 자신의 이론을 시험해볼 대상이 된 것이다. 게다가 나는 뭐든 빨리 배우는 아이였다. 무엇보다 나는 아빠처럼 되고 싶었고, 아빠에게 사랑받고 싶었다. 요즘도 학생들 성적표를 정리하다 보면 가끔 헷갈릴 때가 있다. p, q, r인가, 아니 r, q, p던가?

아빠의 특이한 양육방식은 알파벳 교육에만 한정되지 않았다. 내가 네 살이었을 때 아빠는 나를 해변에 데리고 갔다. 나는 혼자서 모래성을 쌓으며 놀았고 아빠는 접이식 의자에 앉아 책을 읽었다. 소풍 도시락을 준비해오지 않은 아빠는 내가 배가 고프다고 하자 다른 아이들을 찾아보라고 시켰다. 그 아이들의 부모가 뭔가 먹을 것을 줄지도 모른다면서. 그리고 이 전략은 성공을 거두었다. 요즘도 아빠는 이 일화가 자신의 기발함을 잘 보여주는 사례라며 자랑하곤 한다. 아빠는 자기 자식을 돌봐야 할 의무를 포기해서 얼마나 행복한지 한 줌의 부끄러운 기색 없이 떠벌린다.

　한 살 두 살 더 나이를 먹으면서 우리는 아빠에게는 어떠한 것도 바라서는 안 된다는 것을 알게 되었다. 내가 열 살이었을 적에 아빠는 나와 여동생을 술집에 두고 집에 가버렸다. 화가 잔뜩 난 상태였는데, 다섯 살짜리 여동생이 아빠의 진토닉에 오렌지 주스를 들이붓는 것을 내가 막지 못했기 때문이었다. 아빠는 차를 몰고 가버렸고 다시 돌아오지 않았다. 누군가가 우리에게 저녁을 사주었다. 또 다른 누군가가 우리를 집에까지 태워다 주었다. 그리고 우리는 우리끼리 알아서 잠자리에 들었다. 이러한 일들이 꾹 참고 견뎌야만 하는 정상에서 벗어난 일들로 느껴지지도 않았다. 알코올중독자의 모든 자녀가 그러하듯이, 우리는 특정한 종류의 경계심을 자연스레 습득했다. 우리는 경험을 통해서 신뢰하지 않는 법을 배웠다. 우리는 위기에 대처하는 법을 배웠다. 우리가 자신에게 방해가 된다고 느껴지면 아빠는 가장 창의적인 말을 찾아내 우리에게 상처를 주곤 했다. 내가 십대가 되었을 때 아빠는 나를 '계집년'이라고 부르기 시작했다. 아빠만의 특별한 방식으로 이 단어는 때로는 모욕으로 때로는 칭찬으로 쓰였다.

중독자를 사랑하기란 매우 힘든 일이다. 그들의 뒤를 따라다니면서 그들이 스스로 처리하지 못하는 삶의 여러 측면을 뒤치다꺼리해야 한다는 면에서 현실적으로 힘들기도 하지만, 형이상학적으로 힘들기도 하다. 마치 온 힘을 다해 자기 자신을 벽에 들이받는 느낌이다. 자신의 머리뿐만 아니라 자신의 자아 전부를. 이는 마음을 딱딱하게 만든다. 최후통첩(술을 끊으세요)과 전적인 수용(어떤 일이 있든 당신을 사랑해요) 사이에 사로잡힌 채로, 중독자를 사랑하는 사람은 자신의 사랑을 나날이 다 소진했다가 새로이 다시 시작한다. 나는 온 힘을 다해 아빠를 거부하며 그의 곁을 떠났지만, 매번 실패했다. 나는 끔찍한 질병으로 고통받고 있는 남자를 돌보는 일과 알코올중독자 아빠를 가졌다는 사실에서 오는 정서적 낙진으로부터 나 자신을 보호하는 일 사이를 끊임없이 오갔다. 아빠를 동정하기를 오랫동안 거부한 끝에 비로소 나는 내가 상처주고 있는 사람은 바로 나 자신이라는 사실을 깨달았다.

내가 이십 대일 때 아빠는 그리스로 이사했다. 공항까지 가는 택시에 아빠를 태운 후 잘 가시라며 손을 흔들면서 나는 이 상황이 얼마나 아이러니한지 알아챘다. 보통 새로운 삶을 찾아서 다른 곳으로 떠나는 사람은 자녀이지 부모가 아니다. 나는 미소를 지으며 손을 흔들었지만, 내 가슴은 미어졌다. 다섯 살 때 부모가 갈라선 이후로 아빠는 항상 가족으로부터 가능한 한 제일 멀리 떨어져 있을 때 가장 행복해 보였다. 1년 중 대부분의 시기 동안 접근하기가 너무나 어려운 코르푸섬으로 아빠가 이주한 것은 결코 우연이 아니다.

그리고 지금, 자신이 의도적이고 일관적으로 추구해온 질병, 바로 그 질병으로 너덜너덜해지고 누렇게 뜬 채로 병원 침대에 누워 있는 지금, 수많은 기계에 의해 심장과 혈액과 신장 기능을 1분 단위로 모니터링을 받는 지금, 나는 아빠를 바라보며 질문을 던진다. 어떻게 당신을 사랑할 수 있을까? 어떻게 당신을 구할 수 있을까? 당신에게 다다를 수조차 없는데.

·»)»▶

나는 아빠의 집에 가서 그의 여권과 보험증서를 가져와야 한다. 2시간 동안 버스를 타고서 코르푸섬의 북쪽에 있는 마을로 간다. 마을 거리를 반쯤 걸어 내려갈 때쯤 아빠의 이웃이 나를 알아보고, 이내 사람들이 근심 어린 표정으로 나를 둘러싼다.

"그 영국분은 어디 있소?"

"구급차가 와서 데려가는 걸 봤어요. 살아 있어요?"

구급차의 등장은 이 마을에서 커다란 사건임이 분명했다. 질문의 대부분이 그리스어여서 나는 대답을 할 수가 없다. 나는 그가 병원에 있다고 말한다. 마을 사람들은 하늘을 향해 양팔을 뻗치며 비통해한다. 병원에 있다는 건 그들에게 죽었다는 말이

나 다름없다. "퇴원하실 거예요. 제가 아일랜드로 모시고 갈 거예요." 그들의 얼굴이 밝아진다. 그들은 함박웃음을 짓고 어깨를 연신 다독이며 손을 흔들어 작별 인사를 한다.

나는 금방이라도 무너질 듯한 아빠의 집에 들어가 책과 종이 더미가 발 디딜 틈 없이 곳곳에 쌓여 있는 이 대혼돈 속 어디에 여권이 있을지 생각하며 방들을 차례차례 들여다본다. 침실에 가자 침대와 바닥 사방이 온통 피투성이고 욕실 바닥, 세면대, 변기는 피와 토사물로 뒤범벅이 되어 있다. 이미 단단히 굳어 있고 지독한 악취가 난다. 나는 충격을 받는다. 나는 뭔가를 해야 한다는 걸 안다. 집을 싹 치워야 하지만 그건 내 능력 밖의 일이다. 친구들을 통해 나는 인근 마을에 사는 전직 군인 부부와 연락이 닿는다. 내가 집 전체와 방들의 상태를 보여줘도 그들은 눈 하나 꿈쩍하지 않는다. 그들은 군대를 제대한 후 청소업을 해왔다며 무엇이든 처리할 수 있다고 자신 있게 말한다. 그들은 매우 유능하고 강인해 보인다. 나는 이들에게 열쇠를 넘겨준 후 모든 뒤처리를 맡긴다. 며칠 후 돌아왔을 때 집은 티끌하나 없는 상태다. 마치 출혈과 구토의 악몽이 이곳에서 일어났을 리가 없다는 듯이.

삼 주 후 아빠는 상태가 안정된다. 여동생과 나는 일상으로 돌아가고 싶어 한다. 이제 돌아가고 싶다고 말하자 아빠는 우리가 가버린다는 생각에 어쩔 줄 몰라 하고 우리는 가슴이 미어진다. 내 파트너가 비행기를 타고 날아오겠다고 제안하지만 결국 나는 이곳을 떠나기로 현실적인 결정을 내린다. 나는 그가 병원의 보살핌 속에서 안전하게 지낼 거라고 믿는다. 그는 우리가 자신을 버리고 떠나는 거라고 느낀다.

집에 돌아가는 데는 오랜 시간이 걸리기 때문에 코르푸로 다시 와달라는 전화를 받았을 때는 집에 돌아온 지 불과 하루만이었다. 느닷없이, 병원 행정직원이 아빠가 간 병동이 있는 병원에서 치료를 받아야 한다고 말한다. 그리고, 또다시, 심장이 아드레날린을 뿜어내는 듯한 느낌이 든다. 나는 항공권을 더 예약한다. 이번에는 아빠를 아일랜드로 데려가기 위해서다. 아빠의 친구 한 분이 도움을 준다. 그가 퇴원 절차를 밟고 아빠를 병원에서 차를 태워 함께 비행기를 타고 코르푸섬에서 아테네로 온다. 그동안 나는 더블린-히스로-아테네로 이어지는 릴레이 경주를 다시 경험한다. 나는 그들을 아테네 공항호텔에 있는 바에서 만난다. 아빠는 치킨샌드위치와 오렌지 주스 한 잔을 게걸스럽게 먹고 있다. 샌드위치는 소금이 들어 있고 오렌지 주스는 산성 성분으로, 둘 다 의사가 먹지 말라고 한 음식이다. 나는 안심이 되면서도 짜증이 밀려든다. 익숙한 감정 조합이다. 그날 밤 아빠와 나는 같은 방을 사용한다. 아빠는 겨우 휠체어에서 몸을 질질 끌어 침대에 눕는 정도밖에 할 수가 없다. 아빠는 우는소리를 하며 이것저것 내게 요구한다. 나는 애써 힘을 내 착하게 굴려고 애쓴다. 언제부터 내가 아빠의 부모가 되었을까?

아침에 만난 공항 직원은 매우 친절하다. 그는 우리를 호텔에서 차에 태운 후 공항 게이트까지 데려다준다. 비행기 여행은 특별할 것이 없다. 나는 영화를 보고 아빠는 잠을 잔다. 개트윅 공항(런던 남쪽에 있는 국제공항 ― 옮긴이)에서 우리는 휠체어를 갖다주기를 오랫동안 기다린다. 휠체어를 밀면서 나는 공항이 얼마나 커다란지 새삼 깨닫는다. 아빠는 휠체어에 앉아 여기저기 눈여겨보면서 터미널 곳곳을 둘러보자고 떼를 쓴다. 아빠는 잡화점에 들어가고 싶어 하지만 통로가 너무 좁다. 아빠 대신 나는 이런저런 물품들을 사고, 그런 다음 아빠를 장애인용 화장실로 데려가 얼굴을 씻고 매무새를 다듬게 한다. 여기서 나는 짧은 순간에 장애의 세계에 대한 놀라운 첫 경험을 한다. 사람들은 내게 미소를 지어 보이며 매우 호의적인 태도를 보이지만, 아빠는 마치 눈에 보이지 않는 사람처럼 대한다.

저가 항공사인 라이언에어는 아빠가 기내까지 외부 계단을 이용해 걸어 올라가야 한다고 주장한다. 아빠의 얼굴에 낭패감이 스민다. 그에게는 완전히 불가능한 일이기 때문이다. 라이언에어는 아빠가 혼자 힘으로 그렇게 할 수 있어야만 비행기에 탑승할 수 있다고 뜻을 굽히지 않는다. 탑승을 둘러싼 승강이는 공항 직원이 우리를 식료품 화물을 적재할 때 사용하는 크레인 승강기에 태워 올려보내고 나서야 비로소 끝이 난다. 짧은 비행이지만 아빠는 지칠 대로 지친다. 우리는 더블린에 도착하고 여동생과 그녀의 파트너가 마중을 나와 있다. 우리는 바로 세인트 빈센트 병원으로 간다. 나는 비로소 정확한 언어를 구사해 안내창구에서 아빠의 입원 수속을 밟는다. 예진실에서 간호사는 아빠에게 여러 질문을 던진다. 그런 다음 채혈을 해야겠다고 말한다. 그녀가 혈액 검사 트레이에 손을 뻗는다. 그러고선 유심히 쳐다보지도, 자신이 하는 일을 잠시 멈추지도, 심지어 자신이 그 일을 하고 있다는 사실을 특별히 의식하지도 않은 채로, 벽에 부착된 상자에서 새 의료용 장갑 한 켤레를 뽑는다. 나는 안도의 한숨을 내쉰다. 이제 모든 게 괜찮아질 거라고 나는 생각한다.

그날 밤늦게 세인트빈센트 병원에서 아빠에게 퇴원하라고 하자 우리는 모두 혼란에 빠진다. 아빠는 한눈에 보기에도 병색이 완연하고 거의 걷지도 못할 지경이라 우리는 아빠가 치료를 받지 못한다는 사실에 충격을 받는다. 내가 담당 간호사에게 항의하자 그녀는 간 병동에 비어 있는 병상들이 있기는 하지만 병원에 현재 인력이 매우 부족해서 병상을 내어줄 수가 없다고 말한다. 행정실장에게 항의하자 그녀는 병원 복도에 있는 환자 운반대에 머무는 것보다는 집에서 지내는 편이 훨씬 더 나을 것이라고 말한다. 그녀는 아빠가 사경을 넘나들었다는 사실에 태평스러울 정도로 아무 관심이 없어 보인다. 어쩌면 이런 일을 늘겪기 때문인지도 모른다. 우리는 아빠가 다음 주에 간 병동에서 진찰을 받을 수 있도록 외래진료 예약을 한다.

병원 밖에서 지내는 동안 아빠는 충분히 휴식을 취하고 다시 정상석으로 음식을 먹는다. 하지만 간 병동에서 진료를 기다리며 아빠 곁에 앉아 있을 때, 나는 아빠의 상태가 그다지 호전되지 않았다는 사실을 깨닫는다. 아빠는 몸을 구부정하게 하고 앉아 얕은 숨을 내쉬며 거의 매번 끙하고 앓는 소리를 낸다. 담당 의사가 보호자는 나가 있으라고 말한다. 아빠는 처방전 한 다발과 2개월 후 외래진료 예약이 잡혔다는 소식만 가지고 진료실을 나온다. 나는 이게 전부라는 사실을 믿을 수가 없다. 이렇게 심하게 아픈 사람에게 아무런 치료도 하지 않는다니. 나는 접수 창구로 가서 담당 의사와 상담할 수 있는지 묻지만 안 된다는 말만 듣는다.

그런데도, 아빠는 성실하게 약을 복용하고 술을 멀리하면서 기력을 회복하는 듯이 보인다. 몇 주가 지난 후 아빠는 따분해서 가만히 있지 못할 정도로 충분히 회복한다. 수북한 약봉지로 무장하고 자신을 잘 돌보겠다고 수없이 약속한 끝에 아빠는 그리스로 돌아간다. 이 문장을 쓰고 있는 지금조차 믿기지 않지만 어쨌든 아빠는 그리스로 돌아간다. 아직 완전히 회복하려면 한참 멀었지만 아빠는 의사들과 두 딸로부터 도망쳐 집에 돌아가 자신의 책더미에 파묻히고 싶어 안달이다.

그렇지만 예상대로 몇 주도 채 지나지 않아, 술은 입에 한 방울도 대지 않았음에도 불구하고, 아빠의 건강은 다시 한계점에 다다른다. 아빠는 아일랜드로 다시 날아온다. 이번에는 혼자서다. 공항에서 나는 아빠를 거의 알아보지 못한다. 수척한데도 배가 심하게 부풀어 올라 있어서 마치 — 아빠 스스로 떨리는 목소리로 말한 바와 같이 — 세쌍둥이를 임신한 것처럼 보인다. 나는 숨이 가빠서 헐떡이는 아빠의 손을 꼭 잡는다.

우리는 택시를 잡아타고 미리 수속을 밟아놓은 병원으로 가지만 여전히 남는 병상이 없어 아빠는 복도의 환자 운반대에 몸을 누인다. 사람들이 운반대 주위를 오간다. 소음이 끊이지 않는다. 밤이 되어도 복도의 전등은 꺼지지 않는다. 감옥에서는 이를 '백색 고문'이라고 부른다. 도착할 때부터 이미 상태가 좋지 않았지만 며칠이 지나고 나자 아빠의 상태는 눈에 띄게 악화한다.

여동생과 나는 아빠의 침대 옆에 앉아 시간을 보내며 간호사들과 의사들에게 상태를 알려달라고, 치료를 해달라고, 병상을 내어달라고 조르는 예전의 생활로 되돌아간다. 셋째 날이 되자 아빠는 호흡이 가빠지고 거의 말을 하지 못하는 지경이 된다. 아빠는 환자 운반대의 난간을 움켜잡고서 애원하는 눈빛으로 우리를 쳐다본다. 마침내 담당 의사가 나타나지만 그는 진단 소견을 알려주기를 거부하면서 환자에 대한 정보는 당사자 말고는 누구에게도 알려줄 수 없으니 복도에서 환자를 진찰할 수 있도록 자리를 비켜줄 것을 요구한다. 복도 모퉁이 근처에 슬그머니 숨어서 세어보니, 아빠가 누워 있는 환자 운반대로부터 말소리가 들리는 거리에 다섯 명의 환자가 있고 병원 직원과 방문객이 헤아리기 힘들 만큼 많다. 더 우스꽝스러운 일은 아빠가 현재 섬망 증상으로 의식이 혼미해 있는 상태라 담당 의사가 무슨 말을 하고 있는지 전혀 알아먹지 못한다는 사실이다. 이빠는 "검사를 위해" 위층으로 옮겨진다.

아빠가 응급실로 되돌아왔을 때 레지던트는 한결 친절하다. 그는 초음파 스캔을 해보니 아빠에게 복수가 차 있다고, 여러 장기와 다른 조직들에서 새어 나온 액체들이 아빠의 복부에 축적되었고 이 복수가 폐를 매우 심하게 압박하고 있어서 아빠가 숨을 제대로 쉬지 못하고 있는 것이라고 설명한다. 간단히 말해, 아빠는 익사할 위험해 처해 있다. 상황이 긴급해졌기 때문에 아빠는 마침내 간 병동에 입원을 한다. 아빠의 복부에서 12리터의 액체를 빼내는 데에 꼬박 이틀이 걸린다. 아빠는 내게 전화를 걸어 이 놀라운 수치를 말해준다. 마침 슈퍼마켓에 있던 나는 우유 팩 하나를 집어들어 12리터가 어느 정도 분량인지 가늠해본다.

복수를 빼는 과정은 약 5리터 정도를 남겨둔 채 중지된다. 더 빼냈다가는 신장 손상을 유발할지 모르기 때문이다. 그래도 어쨌든 수술은 전반적으로 성공적이었다. 아빠의 배는 오그라들었고 아빠는 이제 제대로 숨을 쉴 수 있다. 그런 후 담당 의사는 아빠에게 장기이식 명단에 올라 있다고 말한다. 아빠는 "절대 안 해요."라고 말한다. 그러자 담당 의사는 결정은 당신이 내리는 것이 아니라고 말한다. 아랑곳하지 않고 아빠는 그러느니 차라리 죽겠다고 말한다. 신장 이식을 거부하는 아빠의 태도에 나는 충격을 받는다. 하지만 일단 복수를 빼내고 나니 지난 몇 달 동안 주변을 떠나지 않던, 죽음에 대한 공포가 잠시 물러나는 것처럼 느껴진다. 나는 아빠가 죽을 것이라고 생각하지 않는다. 적어도 이번은 아니다. 복수가 다시 차는 것을 막아주는 강한 이뇨제를 처방받고서 아빠는 퇴원한다.

아빠는 여동생의 집에 머문다. 하지만 음울한 아빠와 몇 주를 보내고 나서 여동생은 아빠가 나와 머무는 게 어떻겠냐고 제안한다. 파트너와 나는 침실이 하나밖에 없는 아파트에 살고 있으므로 우리는 접이식 침대를 사고 아빠는 거실에서 잠을 잔다. 우리는 삶을 지속해 나가고, 직장에 가고, 정상적으로 살려고 애쓰지만 그건 불가능하다. 계속해서 이렇게 살 수는 없다. 닐 아저씨가 도와주겠다고 나서서 우리는 함께 아빠를 잘 구슬려 다른 곳에 방을 하나 얻는다. 아빠는 가고 싶지 않아 하고 마치 시베리아로 유배되는 양 군다. 나는 아빠의 의견을 기각한다. 자기 스스로 삶을 꾸릴 수 없을 때 그 사람의 삶을 좌지우지할 권력은 다른 사람에게 넘어간다. 나는 아빠의 병원 진료 일정을 잡는다. 나는 항공편들을 예약하고 비용을 지불한다. 나는 아빠에게 어떤 약을 먹으라고 말한다. 나는 아빠가 어디에 살지를 결정한다. 그렇지만 실제로 모든 권력을 다 쥐고 있는 사람은 바로 아빠다. 술을 끊을지 말지 결정할 사람은 아빠밖에 없기 때문이다.

계절이 가을로 접어들면서 아빠는 충분히 안정되고 의사들은 아빠의 유일한 희망사항을 들어준다. 그리스로 돌아가도 좋다는 허가 말이다. 아빠는 발병한 이후로 술을 한 모금도 마시지 않았고 앞으로도 계속 금주할 계획이라고 말한다. 아마도 우리는 모두 일상으로 돌아갈 수 있을 것이다. 라디오에서 폭음으로 사망한 젊은이들에 대한 뉴스, 만취해 싸움을 벌이다가 목숨을 잃은 중년 남성에 대한 뉴스가 나온다. 무분별한 음주문화로 인한 사망자들이다. 음주 사망자 명단은 길지만 아빠의 이름은 아직까진 거기에 올라 있지 않다. 하지만 매일같이 길어져만 가는 그 명단은 한순간도 뇌리를 떠나지 않고 항상 나는 그것을 의식하며 살아간다.

·))▶

아빠가 건강을 회복해가는 사이 나에게 늘 힘을 북돋아주고 아빠의 건강을 그토록 염려해주던 아빠의 절친한 친구인 닐 아저씨가 도리어 심각한 진단을 받는다. 기침이 끊이지 않아 고생하던 닐 아저씨는 병원을 찾아 검사를 받았고, 겉으로는 건강하고 혈기왕성해 보임에도 불구하고 암으로 진단받는다. 끔찍한 일이다. 그들은 각자 치료를 받는 사이에 시간을 내 더블린에서 만나기로 약속을 잡고 서로 보자마자 상대의 신체 상태에 충격을 받는다. 아빠가 그리스로 돌아가고 나서도 닐 아저씨는 일주일에 한 번 정도 계속 내게 전화를 걸어 아빠의 예후에 관해 이야기를 나눈다. 항상 긍정적이며 힘을 북돋아준다. 자신 또한 그렇게 심각한 걱정거리를 안고 있음에도 이런 관대한 정신을 보여줄 수 있는 사람은 세상에 거의 없을 것이라고 나는 생각한다.

11월이 되자 닐 아저씨의 암이 말기이고 마지막 순간까지 시간이 얼마 남지 않았다는 소식이 전해진다. 아빠는 닐 아저씨와 한 번 더 만나기 위해 아일랜드로 다시 날아온다. 아빠가 닐 아저씨를 만나러 나서려는데 너무 불안하고 과민해 보여서 여동생과 나는 아빠를 따라 나선다. 우리가 먼저 닐 아저씨와 잠시 시간을 보낸다. 아저씨는 환한 얼굴로 본인 생각에 아빠가 자기 자신을 되찾은 것 같다고 말한다. "다시 살고 싶어 하는 것 같아." 닐 아저씨의 말이 맞다. 죽음과 맞닥뜨려 온갖 사투를 벌인 끝에 아빠는 삶 속으로 다시 돌아왔다. 아빠는 닐 아저씨와 단둘이서 시간을 보낸다. 그동안 우리는 주방에서 닐 아저씨의 딸을 조금이라도 위로하기 위해 애쓰며 아빠를 기다린다. 일주일 후 그녀가 전화를 걸어와 닐 아저씨가 2013년 12월 11일 아침에 세상을 떠났다고 알린다. 이루 말할 수 없이 커다란 상실감이 다가왔고 지금까지도 그러하다.

닐 아저씨의 마지막 바람 중 하나는 아빠가 아저씨의 장례식에서 추모사를 해주는 것이다. 그렇지만 겨울철 비행편이 별로 없고 너무 급작스럽게 소식이 전해진 터라 우리는 아빠를 아일랜드에 제시간 안에 데려올 수가 없다. 대신 아빠는 추도문을 써서 보내고 내가 아빠 대신에 장례식에서 그 글을 읽는다. 추도문을 읽어 내려가면서 나는 사람들이 아빠가 직접 그 글을 읽는 듯한 느낌을 받기를 바란다. 46년간 알고 지냈던 가장 가깝고 가장 소중한 친구에게 표하는 경의를. 추도문에서 아빠는 닐 아저씨가 세상 안에서 발견하는 환희, "보통의 사람들이 느끼는 것보다 훨씬 더 커다란 환희"를 함께 즐길 기회를 자신이 너무 빨리 빼앗겼다고 슬픔을 토로한다. 또한 아빠는 닐 아저씨와 나눈 신뢰, 존중, 사랑은 자신이 어디에서도 만나지 못한 특별한 것이었으며 앞으로도 다시는 만나지 못할 것이라고 말한다. 장례식이 끝나고 난 후 닐 아저씨의 아들이 내게 짧게 말한다. "서로 형제셨어요."

마지막으로 만났을 때 닐 아저씨는 아빠에게 지도를 한 장 건넸다. 그리스에서 닐 아저씨가 사랑했던 곳, 그리고 자신의 친구 역시 사랑하리라 생각하는 곳들에 표시를 한 지도다. 장례식 이후, 아빠는 닐 아저씨가 자신이 이 장소들을 방문할 수 있도록 따로 유산을 남겼다는 사실을 알게 된다. 아빠는 이로부터 커다란 위안을 받고 여행 계획을 짜기 시작한다. 나는 이런저런 계획들에 대해 아빠가 자세히 설명하는 것을 들으며 마음이 놓인다. 늘 음주를 대응 기제로 삼았던 아빠가 자신의 삶에서 가장 힘든 작별과 마주하면서 또 술에서 위안을 찾으려 하지 않을까 나는 몹시 두려웠다. 하지만 단짝 친구를 잃은 상실감에 무척 심란해하면서도 아빠는 술을 입에 대지 않는다. 닐 아저씨가 남긴 또 하나의 유산이라고 생각하고 싶다.

·))▶

　아빠의 출혈이 있은 지 1년째 되는 날이다. 더블린에 있는 간 병원에 정기검진을 받으러 갔을 때, 의사는 아빠의 간 기능이 대단히 좋아졌다고 말한다. 아빠는 긴급 장기이식 대상자 목록에서 내려온다. 진료가 끝난 후 희소식을 전해 들은 나는 아빠에게 지금까지 겪은 일들에 대해 어떻게 느끼는지 묻는다. 아빠는 거의 기억나는 게 없다고 말한다. 아빠는 자신이 죽으리라 생각했다고 말한다. 하지만 아빠가 말을 계속할수록 나는 아빠가 기억하지 못하는 것이 아니라 '틀리게 기억하고' 있다는 사실을 깨닫는다. "적어도 고통을 겪지는 않았으니까."라고 아빠가 말한다. 나는 깜짝 놀란다. 나는 아빠에게 계속해서 어떤 일들이 있었는지 복기해준다. 하루 내내 고통에 시달리며 얼마나 울부짖었는지에 대해. 세 명의 의사가 병상을 둘러싸고 있고 우리는 병실에서 쫓겨난 채 숨을 죽이고 복도에서 초조하게 귀를 기울이고만 있었던 순간에 대해. 아빠는 못 믿겠다는 표정이다. 마치 내가 이 모든 이야기를 꾸며내고 있다는 듯이. 나의 이야기는 그 경험에 대한 아빠의 기억과 전혀 일치하지 않는다. 우리가 얼마 전의 과거에 대해 서로 이야기를 주고받을수록 이 불일치는 거듭 계속된다. 아빠는 자신이 겪은 고통에 대해서도, 우리가 개입해서 아빠의 목숨을 구하고 보살피고 최선을 다해 위기를 극복한 사실에 대해서도 아무것도 기억나지 않는다고 주장한다. 대화를 시작한 건 나였지만 이제 나는 실문을 던진 나 자신이 미워진다.

아빠는 여동생과 내가 아침저녁으로 매일 빗속을 터벅터벅 걸어 병원과 호텔을 오간 것을, 의사가 오기만을 한없이 기다리던 기나긴 시간과 온몸의 긴장을, 명확한 답변을 듣지 못하는 데서 오는 절망감을 절대 기억하지 못할 것이다. 이 모두는 아빠의 기억이 아니라 나의 기억이다. 그러므로 아빠는 여동생과 내가 병상 옆에 앉아 아빠의 숨소리와 심장박동 모니터, 수혈 주머니를 끊임없이 확인하며 어떤 심정이었는지를 절대 알지 못할 것이다. 그리고 거기에 앉아 우리에게 항상 이런 희생을 치르게 하는 아빠를 얼마나 저주했는지도. 다른 선택의 여지가 있었을까? 그 겨울 이른 아침, 피를 흘리고 있다는 아빠의 문자를 보았을 때 나는 어둠 속에 몇 분 동안 가만히 누워 있었다. 결국 침대에서 일어나 답장하리라는 걸 알면서, 여러 해 동안 이러한 순간을 맞이할 준비를 해왔다는 걸 알면서, 아무 일도 하지 않는다면 어떤 일이 벌어질지 궁금해하면서 말이다.

아빠의 말을 들으면서 나는 아빠가 우리의 심정을 묻는 대신 — 아마도 수치스럽기 때문에, 아니면 아빠가 항상 보여주었던 나르시시즘 때문에, 혹은 그저 넘어가고 싶으므로 — 그 사건들을 다른 형태로 기억하기로 했다는 사실에 깊은 분노가 치민다. 당신의 기억 속에서 아빠는 극기심이 강한 영웅이다. 아빠의 기억 속에서 여동생과 나는 때때로 등장하는 조연일 뿐이다. 아빠의 기억 속에서 우리의 감정 따위는 중요하지 않다. 아마 지금 나도 나르시시스트처럼 행동하고 있는지도 모른다. 고집을 꺾지 않고서 계속 아빠에게 나의 존재를 상기시키고, 언어와 몸짓과 이야기를 이용해 여동생과 나 자신을 그가 기억하는 버전의 그 시기 속으로 끼워 넣으려 하고 있으니 말이다. 아빠의 기억이 내게 충분히 만족스럽지 않기 때문이다.

아빠는 내게 약자를 괴롭히는 사람이라고 말한다. 아마 그의 말이 맞을지도 모른다.

·))⟩

이 일들이 일어난 후로 4년이 흘렀다. 감정들을 추스르고 어느 정도의 거리감을 가지고 이 글을 쓰기까지 여러 해가 걸렸다. 하지만 아빠는 이러한 임무들을 더 빨리 해치웠다.

2014년에 아빠는 『아이리시 타임스*Irish Times*』에 술과 관련된 자신의 삶과 앞으로의 삶에 대한 글을 기고한다. 아빠는 나와 여동생에게 글을 먼저 보내 우리의 승인을 요청한다. 글을 읽다 나는 한 문장에서 멈추고 만다. "나는 내 음주 생활의 어떠한 것도 후회하지 않고 내 삶이 전혀 부끄럽지 않다." 나는 아빠가 이 선언에서 보여준 솔직함에 내심 감탄하면서도 이것을 그냥 지나칠 수가 없다. 아빠에게 이메일을 보내 나는 음주에 대한 아빠의 묘사에 몇 가지 문제가 있다고 말한다. 우선, 나는 당신이 알코올중독자로서 살아가면서 주위에 입힌 잔혹한 상처에 대해 전혀 인정하지 않고 있다는 점이 이상하다고 말한다. 이메일을 받고 나서 아빠는 전화를 걸어 내 반응에 깜짝 놀랐다고 말한다. 그리고 자신이 누구에게 상처를 주고 있다는 사실을 몰랐다고 말한다. 자기성찰을 위한 시간과 공간이 그렇게 많은 사람이 한심할 정도로 아무것도 한 게 없다. 나는 아빠에게 자세히 설명한다. "아." 아빠가 대답한다.

다음 날, 아빠는 글을 담당 기자에게 보내면서 참조할 사람에 내 이메일 주소를 적는다. 자신에게 목격자가 필요하다고 느끼는 거래를 할 때마다 나를 거래에 포함하기 위해 아빠가 일관되게 사용하곤 하는 전략이다. 또한 내가 연루되어 있다는 사실을 보여주는 방식이기도 하다(이미 누가 보기에도 명백한 문제가 아닌 한 아빠는 논쟁에 휘말릴 때가 잦다는 사실을 짚고 넘어가야겠다). 아빠는 담당 기자에게 자신의 두 딸이 이 글을 수용할 테지만 그중 한 명(그러면, 나다)이 술고래 아빠는 자녀에게 독이 되는 파괴적인 부모라는 점을 지적해서 염려스럽다고 말한다. 그렇지만 자신은 이 글이 "세상에게, 특히 딸들에게 고하는 회한의 사과"가 되어야 한다고 절대 생각하지 않으며 그래서 기꺼이 이 글을 있는 그대로 공개하고 싶다고 말한다. 이 결론 없는 논쟁 내내 나는 아빠가 나나 여동생에게 상처를 주지 않으려고 신경 쓰고 있다는 사실을 알아챈다. 그렇지만 아빠가 나의 이의제기를 반영해서 글을 고치지 않으리라는 것 또한 이미 충분히 예상했던 일이다. 아빠가 술로 인해 수십 년간 마비되어 있었던 정서적 감수성을 새로이 발견했을지도 모르지만, 아빠는 여전히 아빠 그 자신이다. 여전히 자기중심적이고, 고집을 절대 꺾지 않고, 전혀 부끄러워하지 않는.

이 글은 신문의 증보판인 〈건강과 생활〉 면에 실린다. 이 부조화가 일으키는 연상에 우리는 모두 크게 웃는다. 아빠는 증보판의 1면 배너를 장식한다. '술과 치른 나의 전쟁' 같은 적나라한 제목은 아니지만 크게 벗어나지도 않는 제목이다. 나는 내가 이것에 대해 어떻게 느끼는지 잘 확신이 서지 않는다. 오랫동안 나는 알코올중독을 표현하는 완곡어법에 대해 환멸을 느껴왔다. 가령 당신의 아버지가 "애주가"라느니 "술자리를 빛내는 주신"이니 하는 말들 말이다. 마침내 여기 신문 제1면에 분명한 선언이 실려 있다. "나는 알코올중독자입니다." 나는 이렇게 진술한 아빠가 자랑스럽다. 맞다, 나는 아빠가 어떻게 이런 용기를 냈는지 감탄스럽기만 하다. 나는 어디에 쓰겠다는 생각도 없이 신문을 수십 부 산다.

그렇지만 또한 나는 화가 난다. 이 글에 우리가 개인으로서 그리고 가족으로서 입어야만 했던 피해를 직시하려는 노력이 보이지 않는 것이 화가 난다. 아빠가 술이 자신의 친구가 아니라 자신의 적이라는 사실을 깨닫지 못하는 것이 화가 난다. 또한 아빠가 간 부전 증상 이후의 제한적 식이요법에 글의 초점을 맞추고 있는 것이 화가 난다. 소금을 먹어서는 안 되기 때문에 다시는 레스토랑에서 외식할 수 없다는 말이다. 그게 무슨 대수라고. 나는 그냥 전반적으로 화가 난다. 심지어 아빠가 나와 여동생을 '살아 있는 성인'이라고 지칭하는 문장에서조차 화가 난다. 말이야 술술 잘 하지. 또 하나의 지랄 맞은 완곡어법이다. 나는 이런 말들에 물렸다. 나는 내 시각에서 다시 이야기를 써야겠다고 마음먹는다.

내가 어렸을 때 아빠는 바야흐로 우울증과 싸우는 중이었다. 그 후 우울증은 아빠의 삶 전반을 지배했다. 아빠는 내게 나중에 커서 절대 작가가 되지 않겠다고 단단히 약속하라고 했다. 나는 엄숙히 서약했다. 하지만 나는 마음속으로 내가 그 정반대로 할 것이라는 사실을 알고 있었다. 당신 스스로는 어땠는지 몰라도 아빠가 진짜로 내게 가르쳐준 것은 글쓰기가 세상을 이해하는 하나의 방식이고, 생각과 감정을 처리하는—그리고 소유하는—하나의 방식이고, 고통으로부터 가치 있는 무언가를 만들어내는 하나의 방식이라는 것이었다. 그래서 당연하게도 나는 그리스의 그 병실들에서 아빠 옆에 앉아 있으면서 어떻게 병실과 침대에 누워 있는 남성을 묘사할 것인지를 곰곰이 생각했다. 마치 병실이, 그리고 그가 책 속 하나의 장면인 것처럼 말이다. 나는 출혈에 대해, 간호사들과 의료용 장갑에 대해, 의사들과 한없는 기다림에 대해 어떻게 이야기를 풀어 나갈지를 생각했다. 나는 누가 주인공인지, 아빠인지 나인지 생각했다. 또한 나는 어떻게 하면 내가 이 글을 나와 아빠에 대한 더 커다란 이야기를 이해하는 방도로 이용할지를 생각했다. 그게 가능하다면 말이다.

　이제 모든 것이 한결 낫다. 나는 더는 예전처럼 아빠를 감시하지 않는다. 심지어 아빠의 병원 정기 진료일에도 따라가지 않는다. 아빠가 의사들과 상담을 잘 하고 처방된 약을 적절히 건사하고 본인의 건강에 스스로 책임을 지리라고 신뢰하기 때문이다. 하지만 나는 아빠가 자기 자신을 제대로 돌보지 못할 때, 가령 비가 쏟아지는데 얇은 캔버스 운동화를 신고 있다든지, 버스 카드를 잃어버린다든지, 구운 땅콩과 건조 수프믹스, 심지어 베이컨이 자신의 무염 식이요법에 어긋나지 않는다고 우길 때마다 눈을 치켜뜬다. 하지만 그러면서도 뒤로 물러선다. 아빠의 원칙과도 같은 고집스러움은 도저히 꺾을 수 없을뿐더러 절대 다시는 술을 마시지 않겠다는 아빠의 맹세를 보증해주는 것이기도 하기 때문이다. 그렇다고 이게 전부는 아니다. 나는 아빠가 나의 소유가 아니고, 아빠가 내게 허락을 받을 필요도 없고, 아빠가 내 견해를 알고 싶어 하지 않는다는 사실을 잘 알고 있으므로 뒤로 물러선다. 평생 해왔듯 아빠를 읽어내려고 애쓰는 동시에 이제 아빠를 써 내려가려고 애쓰면서, 나는 아빠의 알코올중독에 대해 내가 내려왔던 평가 너머를 보게 되었다. 아빠의 친한 친구 한 분이 내게 아빠와 다시 함께 쾌활하게 웃게 되었다고 말한다. 아주 오랫동안 불가능했던 일이다. 술이 아빠에게 인생이 괴물같이 느껴지게 하는 압박감을 마비시키는 수단이었다면, 술은 또한 인생을 즐기게 하는 여러 자질 또한 마비시키고 있었다. 이제 모든 것이 한결 낫다.

마침내 나는 이 에세이를 다 쓴다. 나는 아빠에게 전화를 걸어서 아빠의 발병에 대한 내 기억을 담은 글을 썼다고 말한다. 아빠는 헛기침을 하더니 자신에게 그 글을 이메일로 보내줄 수 있느냐고 묻는다. '보내기' 버튼을 누르고 난 후 나는 아빠가 내가 쓴 것들에 대해 마음이 상할까 걱정하면서 조마조마한 침묵 속에 책상 앞에 앉아 있다. 나는 아빠가 이 글을 비판할까 걱정이 된다. 아빠가 이 글에 담긴 진실들을 반박할까 걱정이 된다. 무엇보다 나는 이 글을 쓰고 이 글을 아빠에게 보내고 이 글이 출간되기를 바람으로써, 아빠가 술을 끊은 이후 우리가 서로 쌓아온 섬세하고 고요한 평화를 내가 깨뜨리는 것은 아닌지 걱정이 된다.

20분이 지난 후에 답장이 온다. 아빠는 짧은 두 문장만 썼다. "글이 아름답구나. 용감하기도 하고." 아빠의 답장을 곰곰이 들여다보다가 나는 문득 깨닫는다. 방금 아빠가 나를 놀라게 했다는 사실을. 나는 우리가 놀라는 능력을 잃어버렸다고 생각했다. 하지만 우리는 잃지 않았다. 적어도 아직까지는. 우리의 관계는 술집에서의 말다툼부터 병상 옆에서 밤을 새가며 했던 간호에 이르기까지 절대 바뀌지 않는 순간들이 끊임없이 이어지는, 변화의 여지가 전혀 없는 그런 이야기일지도 모른다. 하지만 또한 우리의 관계는 아버지와 딸이라는 두 사람 사이에서 계속해서 변화해가는 대화이기도 하다. 아직 끝나지 않았음에 두 사람 모두 감사해하는 대화. 요즘엔 이따금 아빠가 전화를 건다. 나는 바빠서 정신이 하나도 없는데 아빠는 아랑곳하지 않고 자기 할 말을 한다. 내가 딱딱거리면 아빠도 되받아서 딱딱거리고 나는 전화를 끊어버린다. 나는 나중에 전화를 걸겠다고 문자를 보내지만 약속을 잊어버릴 때가 많다.

때때로 아빠는 전화를 걸어서 자신의 소식을 전하고 마을의 가십에 관해 이야기한다. 나는 듣는 둥 마는 둥 하지만 어쨌든 듣긴 듣는다. 그러다가 내가 하품을 하면 아빠가 웃음을 터뜨리고 나도 따라서 웃음을 터뜨린다. 어떨 때는 아빠가 전화를 걸어도 받고 싶지 않은 기분이 든다. 어떨 때는 아빠가 전화를 걸면 목소리를 듣는 것만으로도 기분이 매우 좋다.

아빠가 전화를 걸 때마다 내 심장은 늘 빠르게 뛴다. 내 심장은 늘 빠르게 뛸 것이다.

✳

불임의 나날들로부터

＊

나는 스틱 위에 그리고 샘플 컵 안에 오줌을 눈다. 오줌 줄기가 말을 듣지 않으면 손 위에 오줌을 눈다. 나는 섹스를 하기 위해, 의사의 검경檢鏡을 위해 다리를 넓게 벌린다. 나는 주사용 바늘과 혈압 측정 모니터를 위해 그리고 때로는 내 옆에 앉아 있는 파트너를 꽉 잡기 위해 팔을 뻗는다. 나는 무섭고 희망차고 수치스럽다. 나는 내가 비어 있을까 봐, 아니면 잘못된 것들로 가득 차 있을까 봐 걱정된다. 나는 내가 사라지고, 무너지고, 실패하고 있는 것은 아닌지 걱정된다. 나는 이 모든 감정을 어떻게 해야 할지 모르겠다. 나는 단지 엄마가 되고 싶을 뿐이다. 왜 이 일은 어떤 사람들에게는 그렇게 쉽고 어떤 사람들에게는 그렇게 어려울까? 왜 내게는 이렇게 어려울까?

이 질문은 항상 어려웠다. 나는 아이를 원하는가? 나는 오랫동안 고뇌했다. 나는 이 질문을 토론의 주제로 삼고 장점과 단점을 가늠해보았다. 나는 자유 대 사랑, 이기 대 이타, 존재 대 유산遺産을 두고 경중을 따져보았다. 이십 대와 삼십 대 초반에 나는 친구들이 이 질문에 "그래."라고 답하며 부모가 되는 모습을 지켜봤다. 나는 그들의 얼굴에 어린 충격, 눈에 담긴 피로, 자신들이 만든 새 생명체가 일으키는 놀라운 범주의 감정들을 보았다. 그리고 나는 '사랑'을 보았다.

이 고통스러운 협상에서 나는 혼자가 아니었다. 파트너 R 또한 나와 비슷하게 느꼈다. 우리는 함께 부모가 될 가능성들에 대해 이야기를 나눴고, 고요하고 차분한 삶, 읽고 쓰는 공간을 사랑했던 사람들로서의 우리 삶에 대해 거의 향수에 젖어 이야기를 나눴다. 이렇게 글로 적으면 사소해 보일지 모르겠지만, 이것들은 나에게, 우리에게, 평화롭고 행복하고 충만한 삶을 의미했다. 아이가 생긴다는 것은 이 모두를 오랫동안 포기해야 한다는 뜻이다. 그럴 만한 가치가 있을까? 나는 내 부모가 저지른 실수들을 재연할까 봐 불안했고, R과의 관계가 잘못될까 봐 불안했고, 울고 있는 작은 인간이 요구하는 것들을 해줘야 할 때 내가 그것이 불가능한 일이라고 느낄까 봐 불안했다. 이는 마치 현재 가진 것과 앞으로 가지게 될지도 모르는 것 사이에서 두 눈을 감고 선택해야 하는 일처럼 느껴졌다. 내가 모든 것을 위험에 빠뜨리고 있는 것처럼 느껴졌다. 게다가 그게 그럴 만한 가치가 있는지도 확신할 수 없었다.

·)))▶

어느 토요일 아침 공원에서 나는 친구들을 만난다. 우리는 앉아서 이야기를 나누고 포장해온 커피를 마시며 친구들의 아이들이 미끄럼틀과 그네, 빙글빙글 도는 놀이기구에서 노는 모습을 지켜본다. 아이 중 한 명이 넘어진다. 바닥에는 부드러운 나무껍질들이 깔려 있어서 아이는 다치지 않지만 놀란 아이는 엄마에게로 달려와 무릎에 머리를 묻고는 안아주기를 바란다. 그리고 여기에 그것이 있다. '사랑.' 혼란스러움으로 마음이 들끓고 갑자기 밀려드는 감정들을 숨기기 위해 나는 자리에서 일어선다. 아이는 껴안고 있던 엄마를 놓아주고선 거기에 서 있는 나를 올려다본 후 내 손을 잡는다. 아이는 나를 그네로 데리고 가고, 나는 아이를 번쩍 들어 그네에 앉힌 다음 밀기 시작하고, 아이는 아까의 충격은 까맣게 잊고서 자지러지게 웃는다. 그리고 여기에 다시 그것이 있다. '사랑.' 이 사랑은 나를 무장 해제하고 평화와 고요함과 차분함에 대한 내 모든 주장을 단번에 무효로 만들어버린다. 나는 이 사랑을 원한다.

얼마 동안 나는 이 경이로운 느낌을 혼자만 간직한다. R이 동의하지 않을까 봐 두려워하면서. 내가 마음을 먹었다고 이야기하자 R은 여전히 주저한다. 그리고 그 상태로 느리고 힘겨운 몇 달이 흘러간다. 그사이 우리는 내가 하고 싶다고 생각하고 그가 하고 싶지 않다고 생각하는 이 거대한 일에 관해 이야기를 나누고 또한 이야기를 나누지 않는다. 아기는 나 혼자서 만들 수 있는 어떤 것이 아니다. 몰래 피임약 복용을 중단해서 '우연히' 임신할 수 있었다고 말하는 친구들도 있었지만, 나는 신뢰와 배신을 동시에 행한 이들의 행동을 따라 할 생각은 추호도 없다. 나는 이 남자와 가족을 이루고 싶다. 내가 아는 가장 좋은 사람, 내가 가장 사랑하는 사람인 그와 함께 이 일을 같이 헤쳐 나가며 사랑을 나누고 싶다.

어느 날 저녁, 결정적인 순간이 닥친다. 나는 직장에서 집으로 돌아온다. 비가 내리고 있고 나는 젖어 있다. R은 현관에서 나를 맞이하고 물이 뚝뚝 떨어지는 코트를 받아들며 내게 괜찮냐고 묻는다. 나는 비참한 기분이고 그건 비 때문이 아니다. 나는 어찌할 바를 모르고 울음을 터뜨린다. "그냥 너무 슬퍼. 매일 매 순간. 내 아기를 갖고 싶어." R도 나처럼 속상해한다. R이 내게 말한다. 내가 이런 종류의 슬픔을 느끼지 않게만 할 수 있다면 뭐든지, 정말 뭐든지 하겠다고. 나는 아기를 낳고 싶다고 다시 말한다. R이 내게 확신하느냐고 묻는다. 나는 그렇다고 말한다. R은 여전히 확신하지 못하지만 이제는 내가 그의 마음을 흔들어도 가만히 듣고 있을 만큼 마음이 기운 상태다. "알았어." R이 말한다.

·••▶

처음으로 피임을 하지 않고 섹스를 하자 이상한 기분이 든다. 우리는 이상하지 않은 척하려고 애쓴다. 우리는 곧 익숙해진다. 섹스를 많이 하면 임신이 자연스레 뒤따르리라고 우리 둘다 생각한다. 하지만 틈만 나면 섹스를 하는 즐거운 장난질은 몇 달이 지나면서 다소 재미가 시들해지고, 나는 정자와 난자가 서로 합치는 이 일에 왜 이렇게 내숭을 떠는지 의문을 품기 시작한다.

그러고 나서 8개월을 노력한 끝에 나는 소위 생리가 늦어진다. 나는 다른 도시에서 콘퍼런스에 참석하고 있는 동안 이 사실을 뒤늦게 깨닫는다. 호텔에 체크인한 후 짐을 풀다가 탐폰을 챙기는 것을 깜박한 나를 저주한다. 그러다가 내가 이미 생리를 해야 했다는 사실을 깨닫는다. 응? 나는 급히 호텔을 떠난다. 첩보원이라도 된 듯 콘퍼런스가 열리는 곳과 반대 방향으로 걸으면서 다른 참석자와 마주치지 않을 만한 약국을 두리번거리며 찾는다. 나는 임신 테스트기를 사서 가방에 넣은 후 약간 땀을 흘리며 콘퍼런스 장소를 향해 되돌아간다. 카나페와 따뜻한 백포도주가 담긴 쟁반들이 왔다 갔다 하는 가운데 서 있지만, 머릿속은 언제쯤 양해를 구하고 화장실에 갈 수 있을지에 대한 생각뿐이다. 나는 좁은 화장실의 좌변기에 영원처럼 느껴지는 시간 동안 멍하니 앉아 있다가, 떨리는 손으로 임신 테스트기의 포장을 뜯는다. 설명서를 읽고 스틱 위에 오줌을 눈 다음 기다린다. 밖에서는 여자들이 왔다 갔다 하고 변기 물을 내리고 손을 씻는다. 분침이 내가 충분히 기다렸다는 사실을 알려줄 때까지 애써 외면하다가 테스트기를 본다. 희미하지만 양성 선이 나타나 있다. 이런 맙소사. 내가 뭘 한 거지? 나는 연회 장소를 떠난다. 호텔 방에서 나는 다시 한번 테스트를 해본다. 다시 양성이다. 미친 듯이 쿵쾅거리는 심장을 붙잡고서 나는 R에게 전화를 건다. 나는 흥분해서 정신이 나갈 지경인데 물리적으로 멀리 떨어져 있는 걸 고려하더라도 R은 너무 차분해 보인다. R이 나를 안심시킨다. 그의 목소리를 듣고 나자 나는 우리가 이 일을 해낼 수 있다는 믿음이 들기 시작한다. 그런데도 나는 삶에 대한 통제력을 잃어버렸다는 두려움에 밤새워 뒤척이고 잠을 설친다.

다음 날 아침 나는 논문을 발표하고, 파워포인트가 제대로 작동하지 않는데도 눈 하나 깜박하지 않는다. 내가 도대체 이런 중요한 순간에 여기에서 뭘 하고 있는 건지 알 수 없다고 속으로 생각하고 있기 때문이다. 하지만 내가 세 번째 테스트를 할 때―그렇다, 내 마음은 이토록 간절하다―음성 반응이 나온다. 나는 이해가 되지 않는다. 어떻게 어제 두 번 한 테스트는 양성 반응인데 오늘 한 테스트는 음성 반응일 수 있지? 나는 다시 전화기를 붙잡고서 새로운 뉴스를 전하고, 여전히 차분한 남자 친구는 어느 쪽이든 괜찮다고 나를 안심시킨다. 나는 그날 일정을 겨우 소화하고 호텔에서 불면의 밤을 하루 더 보낸다. 다음 날 아침 나는 신장염이라고 둘러대고 콘퍼런스를 포기하고 집으로 돌아온다.

R과 나는 늦은 밤 의사를 찾아가고, 의사는 몇 가지 검사를 하고 나서 검사 결과가 모두 틀림없이 음성으로 나왔다며 우리에게 '유산'인 것 같다고 말한다. 의사는 채혈한 다음 휴식을 취하라고 권하며 다음번에는 진짜로 임신할 것이라고 말한다. 지난 48시간 동안 연속해 등장한 모순된 정보들에 머릿속이 혼미해진 채 우리는 한 친구의 생일 파티에 들러서 맥주를 큰 컵에 담아달라고 한다. 형 집행이 취소된 것을 축하하는 건지 슬픔을 삼켜버리고 있는 건지 우리 둘 다 알 수가 없다. 아드레날린의 폭주가 지나가고 난 다음 날, 우리는 둘 다 한없이 가라앉는다. 그리고 실망에 잠긴다. 나는 내가 느끼고 있는 감정이 슬픔이라는 사실을 깨닫는다. R이 자신도 같은 감정을 느끼고 있다고 말한다. 우리 두 사람 모두 정말로 부모가 되기를 원하고 있다. 이제 그저 운에 맡겨두어야 할 때는 지났다.

나는 약국으로 달려가서 그들이 가진 배란 테스트기의 절반을 사온다. 박스의 활짝 웃는 아기 사진이 일으키는 짜증을 무시하려고 애쓰면서, 혹시라도 아는 사람과 마주치는 일이 없기를 바라면서, 그리고 내가 어쩌다가 이러한 것들을 사는 사람이 되었는지 의아해하면서. 집에 도착하자마자 나는 상자를 거칠게 뜯은 다음 나의 배란주기를 추적해 '최적의 수정일들'을 알아낸다. 나는 설명서를 읽고 또 읽는다. 나는 수정할 가능성이 높은 날이 한 달에 3일밖에 되지 않는다는 사실을 믿을 수가 없다. 3일이라고? 나는 열세 살 중학생이었을 때 연간 의무 성교육 수업을 받으면서 느꼈던 공포를 다시 떠올린다. 우리는 임신할 수 있다는 생각 자체에 무서움을 느꼈다. 질 근처 어딘가에 남자의 성기가 흔들리기만 해도 임신할 수 있다고 느끼게끔 교육을 받았기 때문이다. 하지만 임신하기를 간절히 원하는 이제야, 진실이 신비하게 내 앞에 스르르 모습을 드러낸다. '아기를 가질 기회의 창'이 빌어먹을 정도로 자그맣다는 진실이.

나는 배란주기를 추적하는 과정을 밟기 시작하고 열망에서 지겨움 그리고 분노로 이어지는 모든 단계를 통과한다. 내 몸을 감시하고 있기는 하지만 나는 온라인 가임기 달력의 강요된 쾌활함은 거부한다. 매달 천사 같은 아기와 하트 그림이 특정한 날짜에 발랄하게 움직이는 것을 견딜 수가 없다. 마찬가지로, 나는 파트너에게 나의 신체 '징후'를 관찰하게 하라는 임신 매뉴얼의 도움말에도 진저리가 쳐진다. "파트너에게 당신이 생리 직전인 것처럼 보일 때 말해달라고 하세요." 음, 우리는 이 방법을 쓰지 않는다. 그런 말을 건네기가 약간 쑥스럽기 때문일 것이다.

나는 정자가 최적의 운동성을 확보하기 위해서는 나의 자궁경관 점액이 달걀의 흰자와 비슷해야 한다는 정보를 읽는다. 그렇구나. 지금까지 나는 내게 자궁경관 점액이 있다는 사실조차 몰랐다. 하지만 이제 나는 그 점액의 농도를 전문적으로 감정하는 사람이 되어야 한다. 달걀의 흰자가 어떠한 모습인지 상기하기 위해 오믈렛을 만들어본다. 그런 다음 내 몸을 면밀하게 조사하는 단계로 넘어간다. 임신 매뉴얼의 지시에 따라 손가락을 집어넣어 점액을 묻혀 꺼낸 다음 자세히 관찰하고 기록한다. 어떤 날은 흰색이고 끈끈하다. 어떤 날은 기름처럼 스르르 미끄러진다. 이런 날들은 적절한 날들이다. 나는 이 모든 정보를 수첩의 강의 스케줄 옆에 적는다. 점액이 없음, 점액이 너무 많음, 점액이 완벽함을 나타내는 나만의 암호가 수첩에 적힌다. 그리고 R에게 오늘이 수정과 착상에 최고의 날이라고 발표해야 할 때가 되면, 나는 책에서 읽은 것이 사실임을 깨닫는다. 남자에게 따끈따끈한 배란 테스트기를 흔들면서 섹스를 하자고 유혹하는 일은 정말로 하나도 섹시하지 않다.

이 모든 행위가 얼마나 우스꽝스러운지 여기서 짚고 넘어가야 할 필요가 있다. 이 모든 행위의 부조리함을 비웃는 것만이 제정신을 유지할 수 있는 유일한 방법인 듯하다. 직장에 있을 때 나는 유럽 아방가르드 연극에 관한 강의와 강의 사이 쉬는 시간에 배란 테스트를 한다. 검사기 판독의 정확성을 위해 테스트 전에 오줌을 네 시간 동안 누지 않는 것을 절대 잊어서는 안 된다. 여러분이 시도해본 적이 없다면 대신 말씀드리겠다. 이 일은 터무니없이 우스꽝스러운 동시에 엄청난 스트레스를 준다. 안타깝게도 내가 스트레스에 대처하는 가장 우선적인 방법(가볍게 와인을 마시면서 친구들에게 하소연하는 것)을 지금은 사용할 수가 없다. 매달 절반가량은 임신하기를 빌고 또 빌고 있어서 술을 마실 수 없기 때문이다. 다른 이유도 있다. 내가 배란 테스트기를 흔드는 섹시하지 않은 순간을 친구에게 언급하자, "별로 애쓰지도 않았는데" 자연스레 임신하고 세 아이를 둔 그 친구가 측은하다는 듯이 내 어깨를 토닥인다. 그 순간 나는 아이를 낳은 친구들과 신체 점액 이야기를 다시는 나누지 않겠다고 엄숙하게 다짐한다. 얼마 지나지 않아 나는 깨닫게 된다. 불임은 특정한 종류의 외로움이라는 사실을.

주위 사람 대부분은 우리가 '노력하고'(아, 나는 얼마나 이 단어를 증오하게 되었는가) 있다는 사실을 모르고 있지만, 이 사실을 알고 있는 친구들은 갖가지 조언을 건넨다. 임신하기에 가장 좋은 섹스 체위, 기울어진 자궁이 만드는 문제(하지만 자신이 그런 자궁을 가졌는지 무슨 수로 알겠는가?), 술에 잔뜩 취해서 하는 섹스 혹은, 놀랍게도, 마약을 복용하고 하는 섹스가 임신에 직방이라는 농담에 이르기까지 다양한 조언들이다. 나는 왜 내가 임신을 못하는지에 대해 강박감이 심해지고 내가 뭔가를 잘못하고 있는 것은 아닌지 두렵다. 그래서 친구들의 말이 혹시 맞을지도 모르니 어느 날 밤 일부러 술에 취한 다음 R에게 몸을 던져본다. 또 다른 친구는 아이를 입양하는 것을 고려해보라고 천진난만하게 말해서 나를 충격에 빠뜨린다. 일단 '입양 절차를 밟기 시작하자' 자연스레 임신이 된 몇몇 커플을 알고 있다면서 말이다. 그녀가 진지하게 말하는 것일 리가 없다고 나는 생각한다. 나는 다른 주제로 화제를 바꾼다.

더 뜻이 맞는 동료들을 찾아 나는 온라인에 접속한다. 임신에 관련된 인터넷 게시판은 내게 완전히 새로운 세계다. 나는 틈만 나면 게시판을 방문해 화면에서 답을 찾으려 애쓴다. 나는 단어의 머리글자를 따서 만든 두문자어들을 알게 된다. 이 두문자어들은 나름 유용하지만 기이하고 약간 슬프기도 하다. 가령 '섹스sex'라는 단어를 쓰고 싶지 않을 때 이들은 BD(baby dance)라고 말한다. '실패fail'라고 말하고 싶지 않을 때는 BFN(big fat negative)이라고 말한다. 그리고 우리 모두 정말로 갈망하고 있는, '그것'을 입 밖으로 꺼낼 엄두가 나지 않을 땐 BFP(big fat positive)라고 말한다. 나는 여성들이 자신의 불임에 대해, 천천히 사그라지는 희망에 대해, 그리고 실패를 떨치고 스스로 일어서는 방식에 대해 긴 글을 올리는 것을 보고 감동한다. 또한, 이러한 글에 달린 댓글들을 읽고서 감동한다. 그 안에서 여성들은 서로를 응원하고, 서로를 지지하고, 우리 중 그 누구도 실패하지 않았다고 짚어준다.

몇 달이 더 흘러가고 우리가 아기를 가지는 게 좋겠다고 결정한 지 1년이 넘어간다. 나는 여전히 임신하지 못한 상태다. 지역보건의는 내게 마음을 편히 먹으라고, 좀 더 쉬라고 말한다. 그녀는 임신에 관해 끊임없이 생각하지 않는 편이 좋다고 권고한다. 임신에 관해 계속 생각하면 정자와 난자가 생물학적 명령에 불복종하는 결과를 낳는다면서. 이 권고는 여성의 마음이 여성의 몸에 위험하다고 선언하는 것에 가까워 보인다. 나는 다른 보건의와 진료 예약을 잡는다. 하지만 나에게 어떠한 선택지가 있는지 묻자 그녀는 애석해하는 목소리로 체외 수정 외에는 다른 방도가 없고 비용이 매우 많이 든다고 말한다. 그녀는 국민보건서비스NHS 웹사이트에서 '임신하기' 도움말 문서를 인쇄해서 내게 건넨다. 나는 그녀에게 고맙다고 말하고서 인쇄물은 괜찮다고 사양한다.

·))▶

그리고 나는 임신을 한다.

의사의 진료실에서 나와 집으로 돌아가는 길에(이번에는 집에서 하는 테스트로 운을 시험하지 않았다) R과 나는 자꾸만 싱글벙글 웃음이 피어나는 것을 멈출 수가 없다. R이 내 팔을 잡더니 눈을 들여다본다. 그는 울면서 웃고 있다. 그는 이 일에 대해 계속 생각해왔고 이 일이 내게 어떤 의미인지 잘 알고 있다며 아기에게 나의 성을 붙이면 어떻겠냐고 묻는다. 너무나 소중하고 행복한 순간이다. 나는 왜 아이들이 자동으로 자기 아빠의 성을 따라야 하는지 오랫동안 의문을 품어왔고 그 생각을 소리 내어 말했었다. R의 제안은, 우리 두 사람에게, 우리가 삶을 살아가는 방식을 바꿀지는 몰라도 우리가 우리의 존재 자체를 바꾸지는 않을 것이라는 사실을 의미한다. 임신이 확정된 바로 그 주에 우리는 집을 매입하는 계약을 한다. 세 식구가 살기에 충분히 커다란 집이다.

하지만 얼마 지나지 않아 피가 비치기 시작한다. 게다가 매일 아침 비친다. 아주 적은 양이지만, 나를 걱정하게 만들기에 충분한 양이다. "안심하세요." 간호사가 말한다. "아마 묵은 피일 겁니다." 의사가 말한다. 나는 그들의 말을 믿고 싶지만 두려움 때문에 인터넷을 뒤진다. 나는 온라인에서 '임신 중 출혈'을 검색한다. 친구를 만나기 위해 기다리면서 한 번, 버스를 타러 기다리면서 다시 한 번, 슈퍼마켓의 파스타 판매대에서 장바구니를 바닥에 놓고 서서 한 번 더. 왜냐하면, 매일 피가 나와서는 안 되기 때문이다. '묵은' 피라고 하기에는 너무나 붉기 때문이다. 인터넷에 유산의 초기 증상이라고 나와 있기 때문이다. 나는 인터넷의 임신 관련 게시판으로 다시 돌아간다. 한쪽에서 어떤 이들은 아무 문제 없을 것이라고 말하고, 다른 한쪽에서 어떤 이들은 나의 내면의 목소리를 확인해준다. 괜찮지 않다는 내면의 목소리를. 나는 혼자가 아니다. 그것만은 확실하다. 게시판에는 백만 개의 글들이 올라와 있고 나는 행복한 결말과 불행한 결말 모두를 읽는다. 나는 나의 이야기와 비슷해 보이는 어떤 이야기들을 읽다가 어느 순간 거기에 달린 답글들이 잠잠해지는 순간을 본다. 이유를 알 것 같아 가슴이 아프다. 다들 임신하느라 너무 바쁜 거야 아니면 너무 슬퍼서 글을 쓰지 못하는 거야? 나는 이쯤이면 불안을 떨쳐버릴 때가 됐다고 생각한다. 하지만 마음을 편하게 먹는 대신, 나는 '임신하기를 원하는 상태'에서 '여전히 임신해 있기를 필요로 하는 상태'로 내 위치를 이동한다.

임신 초기여서 R과 나 말고는 거의 아무도 내 임신 사실을 모르고 있다. 나는 아빠에게도 말하지 않았다. 아빠는 간부전 이후 자신의 의학 드라마에서 아직 빠져나오지 못했기 때문이다. 평상시처럼 친구들이나 동료들과 대화를 나누다가 혹은 때때로 회의를 하다가 나는 내가 임신했다는 사실을 목청껏 소리치고 싶어 안달이다. 나는 증상들을 공유하고 싶다. 사소한 증거들(확실히 청바지가 더 꽉 낀다), 안심시켜주는 사실들(그 두 개의 작은 줄), 그리고 부작용들(몸이 임신 준비를 하느라 새로운 피를 생성하고 있어서 항상 약간 어지럽다). 마치 입술 뒤에서 압력이 상승하다가 목구멍을 막아버린 것 같은 느낌이 든다. 어느 날 밤, 환기가 안 되는 답답한 극장 로비에서 나는 잠시 실신한다. 마음씨 착한 동료가 브랜디 한 잔을 건넨다. 그는 단지 친절을 베풀려는 것이지만 나는 성질을 부린 후 핑곗거리를 대고 자리를 뜬다. 실신 사건으로 인해 더욱 두려움에 사로잡힌 나는 다음 날 아침, 침대에서 나오지도 않은 채 홀리스가에 있는 국립산부인과병원에 전화를 건다. 그들에게 이전의 유산에 관해 설명하고 매일 아침 출혈이 있다고 말한다. 전화를 받은 여성은 간이진료소에 방문해 조산사와 상담해보라고 말한다. 이는 오전에 직장에 휴가를 내고 병원에 가서 몇 시간 동안 가만히 앉아 대기해야 한다는 것을 의미한다. 그래도 나는 마음이 더 진정되기 시작한다.

물론, 이 순간 나는 개인의료보험을 들어놓지 않은 나 자신을 걷어차고 싶다. 개인의료보험이 있으면 전화상담서비스를 이용해 의사에게 전화를 걸어 진료 시간을 예약할 수 있다. 왜, 도대체 왜 나한텐 그게 없는 거지? 엄마는 내게 개인의료보험에 가입하라고 조언했고 친구들은 다양한 결합 서비스가 주는 이점들에 대해 말했다. 나는 친구들과 그들의 아기가 준특실에 입원해 있을 때 방문했고 그들이 전문의가 회진을 오는 것에 관해 이야기하는 것을 들었다. 모든 비용은 개인의료보험에 의해 지급된다. 하지만 나는? 없다, 단 하나도 없다. 이 바보.

병원 대기실에 있는 다른 모든 사람은 경험이 많아 보이고 나만 유일하게 초보인 것 같다. 나는 서류를 받고 '고령 산모'(첫 출산을 하는 35세 이상의 산모를 가리키는 의학용어다)를 표시하는 칸에 체크를 한다. R과 나 모두 책을 가져왔다. R은 책을 읽는 데에 아무 문제가 없어 보이지만 나는 다른 여성들과 사방에 붙어 있는 포스터를 쳐다보며 시간을 보낸다. 흡연과 임신의 관계를 다룬 포스터와 모유 수유의 이점을 다룬 포스터가 많고, 어떤 포스터에는 가정폭력을 경험하는 여성들을 위한 전화상담서비스가 안내되어 있다. 내 이름이 불리자 우리는 작은 병실로 걸어 들어가고 나는 의사에게(조산사는 최근 인력이 부족하다고 한다) 지금까지의 상황을 설명한다. 초음파 기계가 병상 옆으로 들어오고 이제 우리는 TV에서 봤던 일을 해야 한다. 젤을 바른 복부에 센서를 바짝 대고 초조한 얼마간을 보낸 끝에 의사가 태아를 발견한다. 또렷한 모습으로, 원래 있어야 할 자리에 있다. 휴. 하지만 바로 그때 그녀가 기계가 너무 낡아서 충분히 뚜렷한 이미지를 얻을 수가 없다고 말한다. 후속 진료를 위해 태아 전문 병동에 다시 올 수 있느냐고요? 그녀는 '아기'를 의미하는 흰색 얼룩이 있는 내 자궁 사진을 인쇄 출력한다. 사진을 받아들면서 나는 내가 떨고 있음을 느낀다.

두 번째 진료는 며칠 후이고 R과 나는 복도에서 차례를 기다린다. 우리가 대기하고 있는 동안 병원장이 우리 옆을 지나가다가, 우리 옆의 운반대에 쌓인 시트 몇 장을 정돈하더니, 그제야 생각났다는 듯이 우리에게 보살핌을 잘 받고 있느냐고 묻는다. 나는 뉴스에서 그녀를 본 기억이 난다. 나는 그렇다고 대답하지만, 사실은 빅토리아 시대풍의 벽이 상당히 지저분해 보인다고 말하고 싶다. 태아 평가 부서에 가니 저번에 아래층에서 만났던 의사가 있고, 경력이 더 많은 의사가 한 명 더 있다. 이 의사는 알고 보니 현재 나와 같은 학교에 근무하고 있다. 나는 순간적으로, 이 우연의 일치가 그녀가 나를 향해 호의를 베푸는 계기가 되기를 희망한다. 마치 그녀가 나를 좋아하면 뭔가 달라지기라도 할 것처럼. 이번의 스캔은 체내 초음파 검사도 포함되어 있다. 나는 전에도 검사를 받아본 적이 있는 척하며 지시에 따라 청바지와 팬티를 벗고 두 발을 붙이고 무릎은 서로 뗀 채로 눕는다. 나는 병상 옆에 앉아 있는 R이 무슨 생각을 하고 있을지 궁금하다. 콘돔을 씌우고 윤활유를 바른 플라스틱 탐침이 내 안으로 삽입되고 자궁 안의 숨겨진 곳곳을 조사한다. 아프지는 않지만 불편하다. 갑자기 나는 내 몸이 더는 사적이지 않고, 더는 내가 아는 몸이 아니라는 사실이 끔찍하게 느껴진다. 내가 경험하는 나의 몸은 빨갛고 부드럽고 따뜻하다. 하지만 화면에는 오돌토돌한 회색의 형태만 있다. 마치 달 표면 풍경 같다. 내가 볼 수 없게 모니터가 비스듬히 젖혀진다. 하지만 볼 수 있다고 하더라도 나는 내가 보고 있는 게 뭔지 알지 못했을 것이다.

검사는 침묵 속에서 진행된다. 마침내 그들이 탐침을 꺼내어 닦고 콘돔을 버린 다음 내게도 종이 수건을 건네주며 닦으라고 한다. 조용한 목소리로 그들이 내게 수정 날짜에 관해 묻는다. 내가 잘못 알고 있는 건 아닐까? 아니다, 그럴 수 없다. 나는 날짜만 아니라 그날의 만남, 침대 위의 새하얀 시트, 굳게 닫힌 블라인드, 욕실에 계속 켜져 있던 불빛까지 전부 알고 있다. 섹스를 하기 전에 나누었던 긴장된 대화를 기억한다. 나는 오늘 밤에 해도 되겠느냐고 물었다. 그리고 당신이 피곤하더라도, 안 된다고, 이대로 그냥 넘어갈 수 없다고 말했던 걸 기억한다. 그가 원하지 않는데도, 내가 한숨을 쉬고 쌀쌀맞게 대하는 것을 피하고자 우리는 섹스를 했다. 그래서 나는 또렷이 기억한다. 또한, 나는 그 순간 내가 그를 '정서적으로 괴롭히고 있다.'고 느꼈기 때문에 그날을 기억한다. 나중에 테스트기의 양성 표시를 보고서 그를 괴롭힐 만한 가치가 있었다고 느꼈기 때문에 그날을 기억한다.

"네, 그 날짜가 맞아요." 내가 말한다.

의사가 슬퍼 보인다. "그럼 희망을 가져봅시다."

오, 안 돼. 안 돼, 안 돼, 안 돼, 안 돼, 안 돼.

제가 잘못 알았나봐요.

날짜가 틀렸나봐요.

날짜를 다시 따져볼게요.

달력을 다시 볼게요.

시간표를 다시 배열해볼게요.

병원을 나서면서 R은 의사가 한 말이 무슨 뜻인지 모르겠다고 말한다. 나는 내가 유산을 할 것이라는 뜻이었던 것 같다고 말한다. R은 그들이 우리에게 희망을 품으라고 말했으니 자신은 그렇게 하겠다고 말한다. 나는 고개를 가로젓는다. 7일 후, 걱정으로 기진맥진하고 망연자실한 채로 우리는 병원을 다시 찾는다. 작은 병실에서 나는 한 번 더 체내 초음파 검사를 받을 준비를 하라는 말을 듣는다. 나는 청바지를 벗고, 눕고, 차가운 탐침을 느낀다. 그리고 끝까지 희망의 끈을 놓지 않는다. 하지만 아기의 심장박동이 없다. 잠시 침묵의 시간이 흐른 후, 조산사가 다른 조산사의 얘기를 들어보려고 자리를 뜬다. 두 번째 조산사가 와서 화면의 태아를 살핀다. "태아가 자랐네요." 그녀가 말한다. 이렇게 말한 다음 두 여성은 우리에게 "더 드릴 말씀이 없어요."라고 말한다. 뭐라고, 말할 수가 없다고? 미칠 것만 같은 순간인데 두 여성 모두 바닥만 내려다보고 있다. 이윽고 두 번째로 견해를 밝힌 조산사가 같은 말을 반복한다. "아무 말씀도 더 해드릴 수 없어요. 일주일 후에 다시 오셔야 해요." 그들이 병실을 나간다.

나는 잠시 멈춰야 한다. 이 일을 이성적 관점으로 추론해봐야 한다. 태아가 자랐다는 말은 생명이 있다는 의미다. 하지만 심장박동이 없다는 말은 생명이 없다는 의미다. 나중에 한참을 되새긴 후에야 겨우 이해가 된다. 생명이 없지만, 무슨 일인지 태아가 자랐다. 그렇다면 태아의 성장은 '모호한 상태'에 있음을 의미한다. 아일랜드의 헌법에는 태아와 엄마의 지위가 동등하다고 나와 있다. 여기에는 단순히 낙태를 금지하는 것 이상의 의미가 있다. 모호함의 여지가 조금이라도 있으면 태아의 생명을 우선한다는 의미다. 즉 우리의 상황에서는, 조산사들이 임신 상태가 중단되었다는 사실을 공개적으로 표명하면 불법행위를 저지르는 것이라는 의미다. 모호함이 아기가 살아 있을지도 모른다는 것을 의미하지는 않는다. 대신에, 우리가 이 모호한 임신의 '부모'로서 가지는 권한을 완전히 박탈당한다는 것을 의미한다. 조산사들의 침묵은(이 순간 우리에게는 완전히 불가해하지만) 사실상 많은 것을 말하고 있다. 그들은 말할 수 없고 우리는 알 수 없다. 나는 맹렬한 분노가 치민다. 이 상황에 대해, 그리고 특히 이 조산사들에 대해. 나는 비탄에 잠겨 있는 한 여성이다. 하지만 이 여성들은 동료 여성으로서 내 눈을 들여다보며 내가 엄마가 되지 못할 것이라고 말해주지 않는다. 나는 이 국립산부인과 병원에서 엄청난 일을 경험한다. 간절히 원하던 임신이 종료되어서 상상할 수 없을 정도로 괴로운데도, 내 몸 안에서 어떤 일이 벌어지고 있는지 알 수 있는 권리를 완벽히 부정당한다.

우리는 다시 병원에서 나와 망연자실한 채로 집을 향해 걸어간다. 우리는 분노와 마비 사이에 꼼짝없이 갇혀 갈피를 잡을 수가 없다. 일주일이란 시간은 마냥 기다리기에는 너무나 긴 시간이다. 하지만 우리가 무엇을 할 수 있단 말인가? 그날 저녁, 절박한 심정으로 나는 개인병원에 초음파 검사 진료를 예약한다. 개인병원은 비용이 많이 든다. 하지만 빌어먹게도 부자들은 더 나은 처치를 받고 더 나은 대답을 들을 것이다. 이틀 후 우리는 개인병원의 대기실에 있다. 국립병원과는 완전히 다른 세상 같다. 고급 카펫이 깔렸고 기다리는 동안 마실 음료수도 제공한다. 하지만 우리는 이전과 똑같은, 벼랑 끝에 선 갈급한 사람들일 뿐이다. 나는 여기에서 혹시 다른 대답을 들을 수 있을지 모른다고 생각한다. 조산사가 와서 우리를 호출하자 우리의 희망은 더욱 커진다. 그녀는 영국식 말투다.

진료실에서 그녀가 초음파 기계를 켜는 순간, 자궁 내에 안착한 완벽한 태아의 이미지가 화면에 나타난다. 나는 이 뚜렷하고 완벽한 '아기'가 어떤 방법으로든 스스로 내 몸 안으로 들어왔을지 모른다는 거센 희망에 얼굴이 붉게 상기된다. 하지만 그건 바로 전에 진료받은 환자의 태아 사진이었다. 조산사가 탐침을 움직이자 빈 화면으로 되었다가 이내 오돌토돌한 달 표면 풍경이 다시 화면에 나타난다. R이 내 손을 꼭 잡고 있는 동안 우리는 모든 과정을 다시 한 번 반복한다. 오늘도 역시 심장박동이 없다. 조산사는 자기 책상으로 걸어가 차트에 숫자들을 기록한다. 침묵을 깨고 내가 말을 꺼낸다. 나는 우리가 알아야 한다고 말한다. 조산사가 망설인다. 그녀는 법률상 아무 말도 할 수 없다고 말한다. 그런 다음 그녀가 잠시 멈춘다. 그러더니 말을 잇는다. 자신의 경험상, 태아가 임신 10주 차에 심장박동이 새로 생기는 것을 본 적은 한 번도 없다고. "없다." 내가 두려워하며 예감했던, 듣고 싶지 않은 말이다. 나는 이 말이 몹시 싫다. 하지만 마침내 대답을 듣고 나니 거의 기분이 고양되다시피 하는 느낌이다.

나는 이날 이후의 나날들이 잘 기억나지 않는다. R과 내가 함께 낙담했던 기억만이 희미하게 난다. 아마 우리는 직장에 출근하고, 가족을 만나고, 괜찮은 척을 하려고 애썼을 것이다.

닷새 후 우리는 마지막 정밀 검사를 받기 위해 국립병원에 다시 간다. 이번에는 태아가 전혀 자라지 않았고 따라서 모호함도 없다. 우리는 복도에서 한참을 울고, 그러고 나서 한 방으로 안내를 받는다. 한쪽 끝에 소파가 있는 작고 비좁은 방이다. 나는 소파에 자리를 잡고 앉지만, 우리 둘 다 앉을 만큼의 공간은 없으므로 R은 서 있다. R은 옆에 쌓여 있는 전단 더미를 보고서 말한다. "사별실인 것 같아." 깊은 슬픔이 주는 기이한 들뜬 기분과 함께 우리는 웃기 시작한다. 이 순간에 외과 전문의가 들어오고, 나는 그가 우리를 이상한 사람들이라고 재단할지도 모른다고, 우리가 전혀 충격받지 않았고 아마 유산해서 오히려 다행으로 여기고 있다고 생각할지도 모른다고 생각한다. 혹은 그가 그동안 여기에서 온갖 모습을 다 목격했으리라 생각한다. 어떤 경우든 간에, 나는 웃음을 멈춘다. 외과 전문의는 내가 "계류 유산"을 했다고 설명한다. 그리고 나의 몸이 태아와 연결되어 있으므로 외과 수술을 통해 태아를 제거해야 한다고 말한다. 이제 모든 것이 매우 달라진다. 이제 아기는 없고 나는 1순위 환자의 위치로 돌아간다. 갑자기 나는 다시 중요시된다.

10월 18일인 이날, 나는 그들이 ERPC라고 부르는 것을 받게 허용된다. 이 용어는 '임신 관련 잔류 물질의 배출 the evacuation of retained products of conception'을 줄인 또 하나의 끔찍한 두문자어다.

첫 번째 진료 때 만났던 의사가 침상 옆으로 와서 채혈하고 내 상태를 확인한다. 그녀가 서류를 가져와서 내게 태아의 잔여물을 제거하는 수술에 '엄마'로서 동의하는 서류에 서명해달라고 요청한다. 이 말에 나는 무너진다. 나는 울음을 터뜨린다. 간호사가 내게 심리상담사를 보낸다. 그녀가 내게 유산에 대처하는 방법에 관한 서류철을 건네고 나는 처음 받았던 태아 초음파 사진을 서류철 맨 뒤에 끼워 넣는다. 그러고 나서 모든 일이 일사천리로 진행된다. 나는 수술실로 실려 가고, 병동으로 다시 돌아오고, 퇴원한다. 엄마가 차로 우리를 데리러 온다. 통근 시간의 교통체증으로 차가 거의 멈추어 서 있다. R은 거의 미칠 지경에 다다른다. 교통체증에, 이날 하루에, 빌어먹을 모든 일 하나하나에 좌절감을 느낀 채로. 그 순간 나는 아무도 그에게 신경을 쓰고 있지 않다는 사실을 깨닫는다. 이 상황에서 그는 강한 사람이어야 하기 때문이다.

나는 직장에 일주일 휴가를 내고 상사는 이해해준다. 가족은 나를 지탱해준다. 여동생은 그리스에 있는 아빠에게 전화를 걸어 자초지종을 말하고, 그런 다음 아빠가 내게 전화를 건다. 아빠의 목소리는 나에 대한 염려로 침통하다. 주말에 R과 나는 R의 가족과 함께 점심을 먹는다. 모두 이번 주가 어떤 의미였는지 실수로라도 언급하지 않으려 몹시 애쓴다. 대화 주제가 우리가 얼마 전에 산 집(내가 예쁘게 꾸미고 싶었던 아기 침실이 있는 그집)으로 넘어가자 나는 마음을 걷잡을 수가 없다. R의 아빠가 나를 안아주고 R은 나를 집으로 데리고 온다. 아무도 모른다. 머릿속은 온통 유산에 관한 생각으로 꽉 차 있고, 온몸이 산산이 부서지는 느낌이지만 나는 이에 대해 아무에게도 말하지 않는다. 말하고 싶지도 않다. 피부 속살이 드러난 듯 너무 쓰라리고, 너무 힘들고, 너무 수치스럽다. 그리고 다른 어느 누구도 자신의 유산에 관해 내게 이야기를 하거나 언급조차 한 적이 없으므로, 나는 나 또한 침묵을 지켜야 한다고 생각한다.

·»)▶

두 달 후, 나는 후속 상담을 받기 위해 병원에 다시 간다. 만삭의 여성들이 배를 가운으로 겨우 가린 채 줄줄이 옹송그리고 서서 담배를 피우는 광경을 지나친다. 어떻게 이럴 수 있지? 나는 속으로 질문한다. 나는 저 사람들보다 더 나은 엄마가 될 수 있어. 내가 더 자격이 있다고. 이 쓰레기 같은 생각을 밀어내려고 애쓰지만, 본능적인 질투심이 내 몸 전체를 관통한다. 상담사에게 나는 유산 이후의 신체 증상에 관해 묻는다. 나는 아직 생리가 다시 시작되지 않았다고 말하고, 그녀는 지극히 정상이라고 말한다. 내가 몸이 달라진 느낌이 든다고 말하자 그녀는 연민 어린 표정을 지어 보이더니 아무 말도 하지 않는다. 병원에서 나온 후 나는 더 작은 치수의 브래지어를 새로 산다. 임신 호르몬으로 커져 있어야 할 가슴이 이전보다 더 작아진 것에 대해 분개하면서. 마치 나의 가슴이, 나의 생식 능력과 마찬가지로, 쭈그러들고 있는 듯한 느낌이다.

생리가 다시 시작되기까지 몇 개월이 더 걸린다. 한때 매우 규칙적이었던 출혈이 이제는 드문드문 있고 양도 얼마 되지 않아서 나는 이 짧은 에피소드가 생리가 맞긴 한 건지 알 수가 없다. 나는 항상 나이에 비해 젊어 보인다는 이야기를 듣는다. 하지만 나는 그 반대로 느낀다. 몸속이 늙어가고 있는 느낌이다. 나의 부진하고 망가지고 실패한 자궁이 안으로부터 밖으로 나를 독으로 물들이고 있는 느낌이다. 내가 불모지인 것처럼 느껴진다. 이 느낌을 떨쳐버리기가 쉽지 않다. 우울함이 내면에 똬리를 틀고 나를 질식시킨다.

내가 본심을 털어놓은 유일한 사람은 지역보건의다. 그녀가 "만물의 어머니 대자연"에 대해 말하면서 내게 "자연의 섭리에 따를" 필요가 있다고 말하기 전까지는 그랬다. 이 말은 내게 헤아릴 수 없이 바보 같은 말처럼 느껴진다. 나는 암에 걸렸을 때 자연의 섭리에 따르는 게 좋겠다고 생각할 사람은 아무도 없을 것이라고 쏘아붙인다. 나는 이 문제에 너무 깊이 매몰된 나머지, 임신하지 않은 상태와 심각한 병에 걸린 상태를 비교하는 일에 어떤 문제가 있는지 깨닫지조차 못하고 있다. 나는 내가 물에 빠져 있으면서도 손을 흔들어 구조를 요청하지 않고 있다고 말한다. 그리고 도움이 필요하다고 말한다. 지역보건의가 마지못해 몇 가지 검사를 해보자고 한다. 간호사(임신한 상태다)가 피를 뽑으면서 "내면의 평화"를 위해 마음챙김 과정을 밟아보는 건 어떠냐고 제안한다. 나는 코웃음을 친다. 하지만 그녀가 침술 요법을 받은 후에 임신한 여성들을 알고 있다고 말하자 나는 진지하게 귀를 기울이기 시작한다. 나는 침술 요법에 관해 한번 알아보기로 한다. 비용이 많이 들기는 하겠지만, 값비싼 개인 건강보험에 새로 가입할 계획이니 거기에서 일부 비용을 환급받으면 되겠지. 나는 그녀가 건넨 번호로 전화를 건다.

대체의학 치료법이 대개 그러하듯이, 침술사와의 면담은 그 자체로 치유가 되는 듯한 느낌을 준다. 그의 상담실은 지하에 있고 벽은 아기 사진들로 장식되어 있다. 내가 안락의자에 앉자 그가 나의 신체 상태와 감정 상태에 관해 묻는다. 늘 그렇듯, 나는 신체의 세부사항들을 낱낱이 묘사하면서 이상한 기분이 든다. 하지만 그는 내가 하는 모든 말에 고개를 끄덕인다. 마지막으로 그가 내게 쉽게 주의가 산만해지냐고 묻는다. 나는 그렇지 않다고 답한다. 그가 회의적인 표정을 짓는다. 그가 다시 시도한다. 많은 일을 동시에 하느냐고요? "아, 맞아요." 내가 답한다. 그러자 그는 내가 너무 지나치게 바쁘게 살면서 고요한 시간을 충분히 가지지 않는 전형적인 사람이라면서 내게 양기가 너무 많고 음기가 충분하지 않다고 말한다. 나는 무슨 일이든 지나치게 많이 한다는 말을 들을 때마다 대개 불쾌하게 반응한다. 이 말은 마치 주문처럼 지역보건의뿐만 아니라 가족, 친구들, 동료들이 내게 반복적으로 했던 말이다. 하지만 나는 답을 구하기 위해 여기 와 있다. 그리고 그가 신체를 이해하는 오래된 전통을 근거 삼아 모든 것을 설명하자 도움이 되는 것 같다. 결국, 이것이 내가 그동안 내내 하고자 애썼던 일 아닌가? 나의 몸을 이해하는 일 말이다.

이렇게 10주가 시작된다. 나는 침상에 누워 수십 개의 침이 에너지의 균형을 다시 잡는 동안 명상에 더 깊이 잠기려 (나도 모르게) 노력한다. 또한, 그는 내게 토할 것 같은 녹색 가루인, 스피룰리나를 엄청나게 많이 복용하게 한다. 나는 이것을 (여동생의 조언에 따라) 까막까치밥나무 열매를 간 액체와 섞고 나서야 겨우 참고 먹을 수 있다. "제발." 나는 스피룰리나 주스를 꿀떡꿀떡 삼키면서 생각한다. "제발." 나는 자전거를 그의 치료실 밖 철책에 잠그면서 생각한다. "제발." 나는 생각한다. "아기를 갖게 해줘."

하지만 나는 임신을 하지 못하고 생식 능력 징후(생리혈과 자궁경관 점액)도 그다지 좋아지지 않는다. 그다지 변화가 없다는 사실에 낙심한 채 나는 예정된 마지막 치료 시간의 비용을 지급하면서 이 노력에 대한 신뢰가 서서히 사그라지는 것을 느낀다. 그는 내게 치료를 지속해야 한다고 말하고, 나는 내가 극단적인 사례이고 회복할 수 없을 정도로 균형이 깨져 있다는 무언의 평결이 공중에 울려 퍼지는 것을 느낀다. 아마 내가 더 느긋한 성격이라면. 더 차분하다면. 더 엄마답다면, 다시 말해 매우 다정하고 따뜻하다면. 아마 내가 지금과 완전히 다른 사람이라면, 내가 몸에 있는 모든 세포와 모든 유전자, 모든 염색체를 교체할 수 있다면, 이 치료가 효과가 있을 것이다. 어느 날 새벽에 잠들지 못하고 뒤척이다가, 나는 내가 나라는 존재 자체를 치료받고자 애쓰고 있다는 사실을 깨닫는다. 삼십 대 후반이라는 내 나이는 결코 성격이나 신체를 바꿀 수 없다는 사실을 인정해야 하는 나이일지도 모른다. 임신을 하지 못할지도 모르지만 나는 나 자신을 미워하지 않는다. 양기가 지나치게 많다고 하더라도 말이다. 나는 내가 항상 다음을 계획하는 것이 좋다. 나는 내가 삶에 많은 에너지를 쏟고 삶을 도전으로 여기는 것이 좋다. 나는 집으로 돌아오는 비행기에서 항공 경로 지도를 보며 다음 목적지를 고르는 걸 즐기는 게 좋다. 하지만 바로 그때 나는 침술사의 선반에 있는 아기 사진들과 "임신하게 도와줘서 고마워요."라고 쓰인 감사카드들이 기억난다. 아침이 밝은 후 나는 그에게 행복한 크리스마스를 보내라는 말과 함께 새해에 다시 보자고 적은 문자를 전송한다.

나는 태어나서 처음으로 크리스마스 파티를 주최한다. R의 가족들이 참석하고 엄마, 여동생, 여동생의 파트너도 오기로 한다. 그리고 아직 태어나지 않은 가족이 한 명 더 있다. 여동생 V는 지금 거의 임신 9개월 차다.

V는 5월에 내게 임신 사실을 알렸다. 우리는 주방에 함께 서 있었고 나는 차를 내리고 있었다. V는 미안해했고 나는 적절하지 못하게 반응했다. 환하게 웃으면서 임신을 축하하며 꽉 껴안아 줘야 했는데, 억지로 짜내듯 "축하해."라고 말한 게 전부였다. 그렇게 하고 만 게 지금도 부끄럽다. 한순간만이라도 나르시시즘을 버리지 못한 것이 창피하다. 순간적으로 나는 배신을 당한 듯한 기분이 들었다. 그리고 나의 나이 든 몸과 동생의 젊은 몸을 구별 짓는 5년이라는 시간을 뼈저리게 실감했다. 그로부터 24시간이 꼬박 지나고 나서야 나는 V의 경사에 순수한 기쁨을

느낄 수 있었다.

짜증이 난 듯한 내 반응을 보고 난 후, V는 내게 자신의 임신에 관해 더 이상 말을 꺼내지 않고 자궁 초음파 사진도 보여주지 않기로 마음먹었다. 나는 이 사실을 알아차리지도 못했고 묻지도 않았다. 아빠가 V의 가장 최근 자궁 초음파 사진을 출력해서 컴퓨터 모니터 옆에 붙여놓고 틈날 때마다 미래의 아기를 들여다본다고 자랑하기 전까지는 말이다. 나는 V에게 내게도 초음파 사진들을 보내달라고, 나도 끼워달라고 간청했다. V는 임신 초기에 나와 비슷하게 출혈 증상이 있어서 겁을 먹었다. 하지만 서둘러 정밀검사를 받아본 결과 건강한 태아의 모습을 확인할 수 있었고 모두 안도했다. 시간이 흐르고 V의 배가 불러올수록 우리 가족은 모두 인력에 끌리듯 점점 V를 중심으로 모였다. 항상 그랬다. 내가 가족을 경제적으로 건사하려고 애쓰는 역할을 했다면, V는 우리가 모두 기대어서 돌봄을 받을 수 있는 사람이었다. 기분이 좋지 않다고? 그럴 때 V에게 가면 V는 귀기울여 들어주고 적절한 조언을 해주고 상대가 가장 좋아하는 차와 함께 직접 만든 케이크를 대접할 것이다. 나는 V가 없었다면 우리 가족이 완전히 공중분해 됐을 것이라고 때때로 생각한다. 나는 대개 가족에게서 떨어져서 다른 곳에서 바쁘게 지내지만, V는 항상 바로 여기에, 집에 있다.

크리스마스 파티는 순탄하게 진행된다. 우리는 게임을 한다. 우리는 맛있는 음식을 잔뜩 먹는다. 우리는 식기세척기를 가득 채운다.

•⟫

그 후 12월 30일에 엄마가 내게 전화를 걸어서 V가 산부인 과 병원에 있고 보호자가 필요하다고 말한다. V의 파트너는 직 장에 있는데 연락이 닿지 않는다고. V는 아직 임신 37주 차밖에 되지 않았기 때문에 나는 아마도 아기가 예정일보다 일찍 태어 날 참인가 보다고 생각한다. 하지만 병원의 접수창구에 물어보 니 V가 분만하는 중이라는 기록이 존재하지 않는다. 나는 V에 게 전화를 건다. V가 휴대전화 문자로 태아 병동에 있다고 답한 다. 5층에 가서 나는 간호사실에 있는 두 명의 직원에게 V의 이 름을 말한다. 그들의 표정이 변한다. 나쁜 소식을 의미하는 표 정이다. 하지만 나는 얼마나 나쁜 소식인지 도무지 가늠할 수 없다.

모퉁이를 돌아 1인실로 가라고 한다. 그곳에는 침대와 초음 파 기계가 있다. 한쪽 구석에 의자가 있고 거기에 V가 앉아 있 다. V는 자신의 배를 보듬고 있다. V가 흐느껴 운다. V가 자기 딸의 심장이 멈췄다고 가쁜 숨을 쉬며 내게 말한다.

나는 V를 안고 또 안으며 세상이 사라지기를, 시간이 멈추기 를, 그 말을 들은 게 아니기를 간절히 바란다. 도저히 믿을 수 없 다는 듯이 나는 조산사를 쳐다보고 그녀는 당혹스러운 표정을 짓는다. 이내 엄마가 도착하고 V의 파트너도 오는 중이다. 그가 전화를 걸어서 우리에게 어디에 있느냐고 묻고 나는 그에게 계단 맨 위로 오라고 말한다. "무슨 일이에요?" 그가 내게 묻는다. 나는 멈추어 서서 사실을 말한다. 그는 미친 듯이 병실로 달려가서 V를 껴안은 후 병실 문을 닫는다. 엄마와 나는 복도에서 기다린다. 간호사가 V에게 차를 가져다주겠다고 말한다. 나는 여동생은 차를 좋아하지 않는다고 주장한다. 마치 그 사실이 지금 중요하기라도 하다는 듯이. 잠시 후, V와 V의 파트너가 병실에서 나온다. V는 우리에게 자신은 괜찮다고 안심시키며 집에 가고 싶다고 말한다.

이틀 뒤 우리는 출산을 위해 병원에 다시 간다. 우리 넷은 산부인과 병동의 중심부와 떨어져 있는, 난방을 강하게 한 병실에 있다. V는 침상에 누워 있고 V의 파트너와 엄마와 나는 의자에 앉아서 V를 쳐다보지 않으려고 애쓰며 분만 유도 약물이 V의 몸에 퍼지기를 기다린다. 그들은 V에게 진통제를 정량으로 투여하고 분만 진통이 시작되자 경막외 마취제를 최대한으로 투여한다. 간호사가 설명한 대로, 이제 그 어떠한 것도 아기에게 해를 끼칠 수 없다. V와 V의 파트너는 분만실로 이동하고 엄마와 나는 그 병실에서 더 기다린다. 엄마는 얘기를 나누고 싶어 한다. 엄마는 울음을 터트리고 나는 엄마의 등을 토닥인다. 하지만 나는 엄마가 울지 않기를 원한다. 그러면 나도 울어야 하니까. 나는 울 수가 없다. 나는 강철로 된 벽으로 심장을 에워쌌고 그게 무너지지 않도록 버텨야만 한다.

그날 깊은 밤에 엘레나 제인이 태어난다. 2015년 새해 첫날이다. V의 아기, V의 딸, 사랑하는 손녀, 경애하는 조카.

엄마와 나는 분만실로 들어가도 좋다는 허가를 받는다. V는 자기 딸아이를 안은 채 침대에 기대 누워 있다. 아기는 신생아를 싸는 파란색 면 포대기에 감싸져 있다. V가 나를 올려다보며 미소를 짓는다. 나는 "아름다운 여자아이구나."라고 말한다. 내가 여동생을 말하는 건지 여동생의 딸을 말하는 건지 정확히 모르는 채로. 나는 엘레나를 안고 있는 V를 껴안는다. 엘레나는 완벽하게 생겼다. 믿기 어려울 정도로 꼼짝도 하지 않을 뿐. 엘레나의 눈꺼풀 위에 아주 자그마한 상처가 있고 피가 약간 묻어 있다. 세상 밖으로 나오는 동안 연약한 피부가 조금 긁힌 것 같다. 나는 엘레나를 품에 안는다. 엘레나의 작디작은 몸은 매우 가볍지만, 자기 엄마의 체온을 아직 나누고 있어서인지 따뜻하다.

우리는 분만대를 에워싸고 서 있고 분만실 안은 매우 고요하다. 잊지 말기 바란다. 이 순간이 여러분이 조카를 제대로 안을 수 있는 유일한 순간이라는 사실을. 이 순간이 앞으로의 그어느 때보다 조카를 가장 가까이 느낄 수 있는 순간이라는 사실을. 이 차디찬 세상에서 살아가는 동안. 이 순간은 끝인 동시에 시작이다. 이 점을 잊지 말기 바란다.

V가 내게 자신과 엘레나의 사진을 찍어달라고 부탁한다. V가

웃으면서 자신의 아름다운 아기를 카메라 방향으로 보인다. 나는 V가 어디에서 그런 힘을 내는지 알 수가 없다. 그 주 다음 주에 나는 손님이 직접 사진을 출력하는 가게에 들러 사진들을 현상한다. 내가 기계를 서투르게 다루자 매니저가 다가와서 도와준다. 그가 내게 자기 아들도 2년 전에 사산됐다고 말한다. 그는 사진 인화 비용을 받지 않는다. 나는 사진들의 복사본을 만들어서 엘레나의 친지들에게 보낸다. 아빠에게 그 사진들을 보내자 아빠가 큰 소리로 항의를 한다. "어떻게 그럴 수가 있니? 어떻게 그 사진들을 아무렇지 않게 볼 수가 있어?" 왜냐하면 V가 자기 딸을 안고, 있는 힘을 다해 웃고 있으니까요. 내가 아빠에게 말한다. 아빠는 그저 바라봐주시기만 하면 돼요.

엘레나가 태어난 후 며칠 동안, 우리는 모두 시간을 채울 뭔가를 찾아 헤맨다. 엄마는 자기 집 방을 하나하나 다 청소한다. V와 V의 파트너는 더블린 곳곳을 차로 돌아다니며 아기 물건을 적절하게 처분하고 엄마 집에 들러 커피를 마신다. 우리는 서로를 안아준다. 우리는 장례 절차에 대해 논의한다. 우리는 눈물을 보이게 될까 봐 서로 거의 눈을 마주치지 않는다. 나의 경우에는, 23년간 채식을 했는데 갑자기 고기를 먹고 싶은 갈망이 깊이 느껴진다. 나는 이 갈망에 저항해야 할 이유를 찾지 못한다. 엘레나의 죽음과 출생, 10일 후의 장례식 사이의 시간 동안 나는 먹고 싶은 것을 모조리 먹는다.

그리고 나는 쇼핑을 한다. R과 나는 마침내 집수리를 시작하고 이를 위해 쇼핑을 한다. 나는 욕실의 부속물과 타일을 고른다. 1월의 인테리어 가게 전시실은 초현실적인 공간이다. 나는 첫 번째 가게를 서둘러 떠날 수밖에 없다. 어떤 종류의 욕조를 원하느냐는 가게 직원의 질문에 하염없이 눈물을 쏟았기 때문이다. 두 번째 가게에서 나는 그냥 가장 단순하고 가장 저렴한 모델들을 가리킨다. 나는 여러 종류의 세면대용 혼합수도꼭지 중에서 맘에 드는 것을 골라보라는 말에 고개를 가로젓는다. 나는 반짝거리는 크롬 금속을 처다보면서 왜 내가 엘레나가 병원의 영안실에 누워 있는 순간에 하필 이 일을 하기로 했는지 의아해한다. 사람들이 '천사들의 방'이라고 부르는 그곳에 엘레나가 누워 있는 이 순간에.

장례식 당일에 나는 엘레나를 마지막으로 한 번 더 보러 간다. 장례식장의 고요한 방에 있는 엘레나의 옆에 앉아서 사랑한다고 말하고 엄마를 잘 돌보겠다고 말한다. 예배실에서 나는 여동생의 어깨를 바라본다. V는 어깨를 똑바로 펴고 꼿꼿하게 앉아 있다. 나는 그보다 더 영웅적인 모습은 이제껏 그 어떤 것도 본 적이 없다.

엘레나와 함께한 시간은 찰나와 같이 지나갔다. V는 9개월 동안 임신을 했고 자기 딸을 알았고 딸의 움직임과 리듬을 알았다. 우리 각자는 바깥에서 지켜봤을 뿐이지만 V는 아기와 함께 크고 아기의 발길질을 직접 느꼈다. 심지어 엘레나의 아빠도 엘레나가 태어나기 전에는 엘레나를 아는 데에 한계가 있을 수밖에 없었다. 기억할 수 있는 일이 얼마 없으므로 나는 얼마 되지 않는 기억을 의도적으로 재생하고, 또다시 재생한다. 엘레나가 태어날 즈음의 며칠에 대한 인상은 놀랍도록 생생하지만, 작은 세부사항들, 일이 일어난 순서, 엘레나가 태어난 정확한 시간은 기억이 나지 않아 속상하다. 엘레나의 장례식이 끝난 후, 나는 다른 사람들에게 엘레나에 관해 이야기하고, 휴대전화 배경에 엘레나의 사진을 깔고, 사진을 보며 엘레나 하고 이름을 부른다. 이 모두가 엘레나를 붙잡고 놓지 않으려는 내 나름의 방식이다. 이 세상에서 엘레나의 존재는 매우 연약하고 가냘팠기 때문에 나는 엘레나를 더욱 맹렬하게 사랑하며 엘레나의 존재를 확인하고 또 확인한다. 심지어 지금까지도 나는 매일 엘레나에 대해 생각하고, 상황이 달랐기를 간절히 바란다. 나는 엘레나의 부재 속에서 엘레나를 기념하고 싶지도, 엘레나를 가슴에 묻고 싶지도 않다. 나는 엘레나를 품에 안고 싶다. 웃고 있든 울고 있든. 하지만 분만실에서 엘레나를 안았던 그 순간처럼은 아니다. 매우 아름답고 매우 감동적이지만, 돌이킬 수 없이 세상을 떠나버린 후인 그 순간처럼은.

인생의 중요한 사건들은 계속 이어진다. 가차 없이. 이제 V의 출산 예정일이다. 엘레나의 죽음 이후 한 달이 지났다. 장례식 이후로 한 달이 지났다. 우리는 첫 번째 '엄마의 날'을 함께 보낸다. V는 무지개 케이크를 만든다. 그러고 나서 부검 결과가 나온다. 근본적인 유전적 문제가 있는 것은 아니고 비극적으로 심장에 이상이 생긴 것이라고 한다. V의 파트너는 국립아동병원을 위해 기부금을 모으기 시작한다. 아동 심장 병동과 아직 치료의 희망이 있는 아이들을 돕기 위해서다. 우리는 엘레나가 생존할 가능성은 없었는지 스스로 묻는다. 우리가 미리 알았더라면 어떻게 됐을까? 뭔가 개입을 했다면 결과가 달라졌을까? 나의 동료들은 자선 도시락과 케이크를 판매하고 기금 마련 프로젝트를 진행해서 모은 돈을 기부한다. V의 파트너와 그의 친구들은 낙하산 점프를 한다. V와 나는 여성 미니 마라톤을 뛴다. 마라톤 경기가 시작되기 전에 우리는 모두 함께 모여 국립아동병원의 대표자에게 기부금을 건넨다. 우리는 사람들로 가득 찬 호텔 지하 연회실에 있다. 사람들이 삼삼오오 모여 있다. 각자 다른 질병의 이름이 적힌 티셔츠를 입은 채로. 모든 사람에게는 자신만의 이야기가 있다. 생존한 아이, 혹은 기억을 남긴 아이가 그들을 여기에 모이도록 이끌었다. 할 수 있는 일이 아무것도 없을 때 우리는 이런 식으로 무언가를 할 수 있다.

얼마 지나지 않아 V의 출산휴가가 끝이 난다. 하지만 또한 얼마 지나지 않아 V가 기쁨과 안도, 떨림이 섞인 목소리로 우리에게 자신이 다시 임신했다고 알린다. 이번 임신은 순탄하게 흘러가고 결말도 슬프지 않다. V는 9개월 후에 건강한 남자 아기를 낳는다. 이 임신은 V가 처음에 해야 했을 임신이다. 이 임신은 좋기도 하고 슬프기도 하다. 이 임신은 힘들다. 그리고 이 임신은 우리를 치유해준다.

·))➤

여동생의 용기에 영향을 받아서 나는 내게 무슨 문제가 있는지 알아내야겠다고 마음먹는다. R과 나는 불임클리닉에 등록한다. 나는 임신이 되지 않는 이유가 분명히 있을 것이라고 확신하면서 내 생식계에 대해 더 자세히 알아보기 위해 이런저런 테스트와 정밀검사를 받는다. 상담사는 남성 불임이 더 대처하기 수월하다고 말한다. 그래서 나는 R의 정자 수가 정상이라고 나오자 실망감을 느낀다. 그렇다면 문제는 나에게 있는 것이 틀림없다. 하지만 테스트를 거듭해봐도 나도 역시 아무 문제가 없다는 결과만 나온다. 나는 매주 체내 초음파 검사를 받으러 간다. 이제 탐침이 질 속으로 들어오는 느낌에는 지긋지긋할 정도로 익숙해졌다. 내 자궁의 순응하지 않는 부위가 이번에는 순순히 정체를 밝히리라고 매번 기대를 품는 것도 똑같다. 나는 배란을 한다. 마치 성배를 찾는 일처럼 아득하고 불가능한 일처럼 느껴진다. 자궁 내벽이 얇다. 임신 촉진제가 이 과정의 효율성을 북돋는다. 하지만 안심할 수 없다. 아무도 왜 나의 생리 주기가 유산 이전의 규칙적인 주기 근처에 조금도 다다르지 않는지 정확히 대답해주지 않기 때문이다. 왜 나를 제외한 아무도 이 사실에 신경 쓰지 않는 것 같지? 나는 나의 배란, 배출과 출혈에 관련해 매일매일 차트를 쓰고 이는 곧 수십 장이 된다. 나는 만나는 의사마다 이 차트를 보여준다. 하지만 매번 의사는 거만하게 미소를 지은 다음 차트 맨 위의 종이를 힐끗 본 둥 만 둥 한 채 차트를 서류철의 맨 뒤에 쑤셔 넣는다.

그런데도, 나는 집요하게 계속한다. 나는 다시 홀리스가에 있는 국립산부인과병원으로 향한다. 맙소사, 나는 이곳을 증오한다. 이번에는 정밀 탐색 검사를 받기 위해 왔다. 여느 때처럼 나는 허리 아래로 속옷까지 다 벗고서 비닐이 덮인 등받이 조정 의자에 누워 발을 발걸이에 얹는다. 불임 상담사와 두 명의 간호사가 와 있다. 또 한 번 체내 초음파 검사를 받는다. 하지만 이번에는 긴 튜브의 끝에 카메라가 달려 있고 거기에서 따뜻한 물이 분사된다. 이 물이 막힌 곳을 뚫어주고 카메라는 내 나팔관과 난소에서 무슨 일이 벌어지고 있는지 살펴본다고 한다. 처음부터 매우 아프고 카메라가 질 안쪽으로 점점 깊이 들어갈수록 통증이 더 심해진다. 나는 처음에는 이것저것 질문을 던지다가 이내 한마디도 할 수가 없다. 나는 비명을 질러서 속마음을 드러낼까 봐 너무 두려운 나머지 이 과정이 얼마나 고통스러운지 스스로에게조차 부정한다. 간호사가 이를 악문 얼굴을 보더니 손을 내민다. 나는 그 손을 으스러지듯 잡는다.

검사가 끝나고 상담사가 여성들이 이 검사의 고통을 출산의 고통에 비교하는 경우가 많다고 말한다. 그녀가 나를 영웅이라고 추켜세우며 이부프로펜 두 알을 먹으라고 권한다. 그런 다음 그녀가 내게 막힌 곳도 없고, 자궁 내벽도 건강하고, 나팔관에 의심스러운 부분도 없다고 말한다. 나는 기뻐해야 마땅하지만,

내가 어떤 구체적인 문제가 밝혀지기를 원했다는 사실을 깨닫는다. 일어서자 허벅지 안쪽을 따라 물이 줄줄 흘러내린다. "더 물어볼 게 있나요, 에밀리?" 의사가 묻는다. 물어보고 싶은 게 너무 많아요. 나를 고쳐주세요, 하고 말하고 싶다.

하지만 아마 나는 고칠 수 없을지도 모른다. R과 내가 불임 클리닉에 다시 갔을 때 상담사가 서른여섯 살에 마지막 검사를 받은 이후로 나의 난자 보유 개수가 대폭 감소했다고 말한다. 그녀가 생식 능력의 저하를 절벽에서 떨어지는 것과 비슷하다고 비유한다. 그녀가 체외수정을 시급하게 시도해보는 게 좋겠다고 말한다.

"주저하지 마세요." 그녀가 말한다. "6개월도 지체해서는 안 돼요." 나는 그녀의 말을 듣자마자 고개를 끄덕인다. 체외수정을 할 준비가 되어 있기 때문이다. 서류에 서명하고 내가 원하는 것을 위해 모든 과정을 감내하는 것. 나는 마치 이것이 간단한 결정인 것처럼 취급한다. 하지만 곧 나는 전체 과정에 대해 문의해야 한다는 사실을 상기한다. 그녀가 주사, 투약, 난자 채취의 과정에 관해 설명할 때 우리는 가만히 듣고 있다. 내가 주사 맞는 걸 아주 싫어한다고 앞에서 말했던가? 내게서 피를 뽑는 것을 보고 나서, R이 자신도 주사를 맞아야 한다는 생각에 몸을 부르르 떤다. R이 쌍둥이를 낳을 가능성에 관해 묻는다. 우리는 체외수정으로 쌍둥이를 낳은 커플들에 대해 들은 적이 있다. 상담사는 빙그레 웃으면서 그런 일이 생길 가능성이 전혀 없지는 않다고 말한다. 불충분한 대답처럼 들린다.

아마 분위기를 가볍게 하기 위해서였을 것이다. 배란유도제를 주사하고, 난자를 흡입하여 몸 밖으로 꺼낸 다음 배양액 내에서 난자를 성숙시키고, 채취된 남성의 정자와 성숙한 난자를 배양 접시 안에서 수정시킨다고 설명한 후에, 그녀는 이렇게 말을 마무리한다. "난자들을 안에 던지고 나서 뭔가가 달라붙기를 바라는 거예요." 난자들을 안에 던진다고? 무심한 듯한 이 표현을 들으니 마치 나 자신의 일부가 패대기쳐지는 듯한 느낌이 든다. 온갖 테스트와 체내 초음파 검사에도 불구하고, 이 사람들은 무엇이 실제로 임신을 가능하게 하는지 거의 하나도 모르는 것처럼 보인다.

나는 상담사에게 임신할 확률에 관해 묻는다. 그녀는 28퍼센트라고 말한다. 상담을 받은 후 며칠 동안 나는 혼자서 조사를 더 한다. 내 나이와 난자 보유 개수를 고려했을 때 확률은 20퍼센트에 가깝다. 나는 낮은 확률과 불충분한 답변 때문에 다시 한 번 혼란스러워진다. 달리 말하자면 임신하지 못할 확률이 80퍼센트라는 얘기다. 만약 이 불임클리닉에 그들이 말하는 9천 유로를 지급해서 결국 아기를 가질 수만 있다면, 나는 쏜살같이 달려가서 내 수표책을 거리낌 없이 휘두를 것이다. 주사를 얼마나 많이 맞든, 호르몬이 얼마나 많은 스트레스를 일으키든 상관없이 말이다. 하지만 확률은 형편없이 낮고, 지급해야 할 비용은 많다. 게다가 나는 내가 얼마나 더 많은 실망을 견딜 수 있을지 자신이 없다. 불임클리닉의 로비에서 R과 나는 서로를 마주 본다. 나는 우리가 1회 사이클의 체외수정을 위해 필요한 돈을 구할 수 있다고 말하며 딱 한 번만 시도하고 그만두겠다고 말한다. 하지만 R은 회의적인 표정이다. 그는 나라는 사람을 잘 알고 있기 때문이다. 내가 실패하는 것을 몹시 싫어하고, 그러므로 만약 첫 번째 시도에 성공하지 못한다면 내가 두 번째 사이클을 끈질기게 조르리라는 사실을 우리 둘 다 알고 있다. 이야기를 해보자고 R이 말한다.

우리는 불임클리닉 건너편에 있는 공원으로 간다. 비가 억수같이 퍼붓고 있다. 불임클리닉의 육중한 건물이 우리 곁을 영원히 떠나지 않겠다는 듯이 공원의 나무들 사이로 보인다. 그래서 우리는 건물을 등질 수 있는 벤치에 앉는다. 우리는 지금부터 나누려는 대화가 매우 중요하다는 사실을 알고 있으므로 아무말 없이 앉아서 기다린다. 그러고 나서 우리 인생에서 가장 중요한 대화일지도 모를 이야기를 시작한다. R은 확률이 너무 심하게 낮다고 말하고 나도 그렇게 생각한다고 말한다. R이 전체과정이 끔찍하게 느껴진다고 말하고 내가 이 말에도 역시 동의한다. R이 이 모든 과정이 자신을 불행하게 만들고 있다고 말한다. 나도 그렇다고 말한다. 하지만 현재 불행하게 느껴지기 때문에 더 나은 미래를 향한 희망 속에서 더욱 단호하게 이를 악물게 된다고 덧붙인다. R이 자신은 이 일 자체에 의문을 품게 되었다고 말한다. 우리가 최근 사소한 일로 말다툼을 한다고 지적한다. 아주 많이. 나는 입을 열어 반박하려다가 그만둔다. 맞다, 우리는 많이 싸우고 있다. 그래도 결국엔 그럴 만한 가치가 있을 것이라고 내가 말한다. 그런 후 기나긴 침묵이 흐른다.

의무인 양 치르는 섹스가 관계에 좋지 않으리라는 사실은 알고 있었지만, 우리가 이 정도로 서로 멀리 떨어져 있다는 것은 미처 깨닫지 못했다. 몇 개월 동안 나는 외롭다고 느껴왔다. 그렇지만 그도 똑같이 느낄지 모른다는 생각은 못했다. 나는 그의 거부를 무시하며 차단했고, 체외수정을 주저하는 그에게 안달을 냈고, 그의 반대 의사를 '대자연의 섭리에 맡기자.'라는 신조의 또 다른 변형으로 여겼다. 그가 내게 어떤 질환도 없고 내 신체에 아무 문제도 없다는 사실은 좋은 소식이라고 말했을 때 나는 단칼에 일축했다. 나는 반박했다. 나는 고장 났어. 나를 봐. 임신하지 못하는 것은 고장 난 것과 똑같아. 내가 체내를 후비는 고통스러운 테스트들을 받기로 선택했을 때, 그는 동의하면서도 한편으로 주저했다. 나는 내가 마지막 한 방울까지 쥐어짜고 있다고 그에게 딱딱댔다.

둘 다 아기를 원했고, 둘 다 매우 열심히 노력했고, 둘 다 유산으로 인해 가슴이 무너졌다. 그리고 이제 우리 둘은 다른 어떤 것을 직시해야 한다. 아마 부모가 될 수 없을지도 모른다는 현실, 그리고 그에 따르는 수많은 감정. 우리는 공원 벤치에 앉아 있고 나는 슬프고 혼란스럽다. 그가 나의 손을 잡고, 나는 그가 하는 말을 가만히 듣는다. 우리의 삶에는 불임 이상의 것들이 있다는 사실을 잊지 말아야 한다는 말을.

　체외수정을 시도했던 가까운 친구 중 여럿은 성공하지 못했다. 가장 가까운 친구와 그녀의 남편은 몇 사이클의 체외수정을 시도했고 결국 실패했다. 이들은 현재 이혼 절차를 밟고 있다. 나는 다른 친구들이 이와 비슷한 괴로움을 겪는 것을 지켜봤다. 한편, 나는 유산 후에 아이를 가진 부모들, 여러 불임클리닉을 전전하며 여러 사이클의 체외수정을 시도한 끝에 행복한 결말을 맞이한 부모들도 알고 있다. 그리고 우리는 아이를 입양한 사람들도 알고 있다. 입양이 그 자체로 몇 년이 걸리는, 대단히 힘든 과정임에도 불구하고 말이다. 나는 불임 치료가 커플에게 고통을 겪게 한다는 것을 인정해야 한다고 생각하면서도 조금만 더 노력하면 엄마가 될 수도 있다는 믿음을 버릴 수 없어 도무지 갈피를 잡을 수가 없다.

　하지만 나는 가질 수 없는 것을 가지려고 노력하다가 현재 가지고 있는 것을 잃어버릴지도 모른다는 두려움을 더 회피할 수 없다. 만약 상황이 지금과 같이 계속된다면 아기는 없을 것이다. 또한, R과의 관계도 없을 것이다. 우리는 모든 것을 잠시 중단하기로 동의한다. 이는 체외수정을 시도하지 않는다는 것 이상을 의미한다. '섹스하지 않는 것'을 의미하는 게 아니라 '임신 스케줄에 맞춰서 섹스하지 않는 것'을 의미한다. 우리는 정상적인 생활로 돌아간다. 지금은 9월 말이고 우리는 4개월 후에 다시 이 문제에 관해 대화를 나누기로 한다.

그리고 즉시 모든 것이 더 나아진다. 나는 잠을 더 잘 잔다. 우리는 서로에게 더 친절하게 대한다. 말다툼이 사라진다. 마치 우리가 무언가로부터 해방된 것처럼 느껴진다. 그 당시도 놀라웠고 아직도 놀랍다. 한번은 친구가 내게 조언을 했다. 우리는 함께 그의 딸아이가 걸음마를 하는 모습을 지켜보고 있었다. 그는 내게 결정을 내리라고 했다. '그것'을 하거나 하지 않거나, 둘 중 하나를 선택하라고. '그것'을 할 수도 있고 안 할 수도 있는, 불확실한 상태 속에서 길을 잃지 말라고. 이제 나는 이 말에 담긴 지혜를 이해한다. 결정을 내리는 일은 믿을 수 없을 정도로 커다란 힘을 부여해준다. 공원 벤치에서 대화를 나눈 이후로 나는 R이 자주 나를 쳐다보는 것을 알아챈다. 내가 정말로 괜찮은지 아니면 그냥 괜찮은 척하는 건지 확인하려는 것이다. 매우 오랫동안 내 방식대로 밀어붙이고 나서, 이제 우리는 R의 방식을 시도하고 있다. R은 나의 행복에 책임을 지려 애쓰고 있다. 임신하려는 노력을 중단하면서 나 역시 해방감을 느낀 것 또한 사실이다. 마침내 몸에 대한 강박에서 벗어났기 때문이다. 나는 내가 생리 주기의 어느 즈음에 와 있는지 의식하기를 그만둔다. 나는 차트를 적고, 관찰하고, 스틱에 오줌을 누는 것을 그만둔다. 그리고 이 일이 얼마나 숨 막히는 일이었는지 이해하게 된다. 그제야 마음이 편해진다.

이 모든 나날을 거치는 동안 V의 두 번째 임신이 순탄하게 흘러가고 있다는 사실은 우리 둘 모두에게 위안이 된다. 두 번째 임신이 스트레스를 주지 않는 것도 아니고, 그들이 이렇게 빨리 위험을 감수한 것은 부모로서 순전한 신념으로 한 행위이지만, 어쨌든 아기는 건강하게 잘 태어난다. 그에 비교해, 나는 아기에 대한 생각이 점점 줄어든다. 그리고 이내 다시 1월이 돌아온다. 엘레나의 1주기이자 엘레나의 첫 번째 생일 파티. 우리는 생일케이크를 준비해 엘레나의 탄생을 기념하지만, 새해 첫날은 앞으로 결코 새로운 시작의 순간으로 느껴지지 않을 것이다. 오직 엘레나를 상실한 사실만을 상기시킬 것이다.

1월 중순에 R과 나는 서로를 바라본다. 오랜 눈길, 감정이 담긴 눈길, 서로에 대한 공감을 담은 다정한 눈길이다. 그건 서로의 의사를 확인하는 눈길이다. 더 이상 체외수정은 없다는. 우리는 체외수정을 더는 시도하지 않기로 한다.

·))⟩

더는 '노력'하지 않겠다고 결심하는 것은 힘든 일이다. 예전 생활로 돌아가고, 우리에게 아기가 없으리라는 사실을 받아들이려 애쓰면서, 나는 결심을 뒤흔드는 순간들과 몇 차례 맞닥뜨린다. 어느 날, 나는 옷장의 바닥에 숨겨둔 남은 임신 테스트기와 임신 관련 서적들을 처분하기로 마음먹는다. 이것들 모두를 버리는 순간은 중요한 전환점이고 나는 플라스틱 더미를 앞에 두고 순간 망연자실해진다. 나는 상자에 적힌 글을 살펴볼 엄두가 나지 않아서 V에게 전화를 걸어 임신 테스트기가 재활용 쓰레기인지 혹시 아느냐고 묻는다. V가 내 목소리에 스민 극심한 두려움을 눈치챘다. "아, 언니." V가 애잔한 듯 말한다. "그냥 쓰레기통에 버리면 돼."

체외수정을 시도하지 않겠다는 결정은 가볍게 내린 결정이 아니었다. '임신'에 관해 말하는 일은 아이가(혹은 대학교수가) 새로운 용어를 배운 후 갑자기 그 용어가 '줄곧' 보이고 들리기 시작하는 일과 약간 비슷해진다. 고개를 돌리는 곳마다 그 용어를 상기시키는 것들이 있다. 임신이 쉽게 이루어지지 않는다는 사실을 깨닫고 나자마자, 마치 모든 라디오 방송국에서 불임클리닉 광고를 틀어대는 것만 같다. 신문에 실려 있는 전면 광고에는 "당신이 임신에 관해 알고 있는 모든 것은 틀렸다."는 문구가 쓰여 있다. 이 광고 문구는 몇 해 동안 주위를 맴돈다. 글을 쓰고 있을 때도 뇌리에서 떠나지 않고, 신문지를 구겨서 재활용 쓰레기통에 처박을 때도 거기에 버젓이 있다. 우연한 일들은 계속 일어난다. 내가 좋아하는 팟캐스트에서는 커플 중 한 명이 아이를 원하지 않아서 관계가 깨진 사연이 나온다. 훌륭한 영화 평론을 읽고 저자의 약력을 확인해보니 그녀가 아이를 낳지 않기로 한 자신의 결정에 관해 책을 썼다고 적혀 있다.

여섯 커플 중 한 커플은 임신에 어려움을 겪고 있다는 통계에도 불구하고, 마치 모든 곳에 있는 모든 사람에게 아이가 있는 것처럼 느껴진다. 직장에서 너무 잘 나가서 일밖에 모르는 게 틀림없다고 생각했던 동료에게 알고 보니 쌍둥이 자녀가 있다. 콘퍼런스에서 기조연설을 한 그 여성은? 두 권의 책을 쓰고 두 명의 아이가 있다. 이 두 여성 중 한 명이라도 잠을 자기는 하는 걸까? 앉아서 쉬기는 하는 걸까? 아니 차 한 잔을 끝까지 제대로 마시기는 하는 걸까? 때로는 우리가 '모든 것을 다 가지고자 하는' 낡은 게임을 아직도 하는 것처럼 느껴진다. 물론 나만 못 가졌다. 임신한 여성의 배가 여기저기서 툭 튀어나오기도 한다. 사람들의 소셜미디어 사진은 그들의 부른 배만이 아니라 자랑스럽게 웃고 있는 파트너의 모습도 보여준다. 나는 엄청나게 많은 프로필을 훑은 끝에 매우 드문 사진 하나를 발견한다. 아이 없이도 행복한 커플의 모습. 나는 드라마 「섹스 앤드 더 시티Sex and the City」의 재방송을 보다가 캐리가 아이 없는 삶의 가치에 대해 단언하는 것을 들으며 분노가 폭발한다. 결국, 이런 걸까? 드라마에 나오는 구두 중독자에게 인생 교훈을 들어야 하는?

다른 것들 역시 변화한다. 아이를 원하는 것이 확실한 후배 동료가 자신이 두 번째 책을 탈고할 때까지 기다렸다가 임신하면 어떻겠냐고 내게 의견을 구한다. 나는 조금도 주저하지 않고 말한다. "기다리지 말아." 내가 그녀에게 경력 계획을 세우지 말라고 말하고 있는 것인가? 몇 년 전이었다면 이렇게 대답하지 않았을 것이다. 하지만 그녀와 그녀의 남편은 정말로 아기를 원하고 있고 그녀는 대학의 종신 재직권을 이미 얻었다. 그러니까 임신을 시도해보라고 나는 말한다. 짬을 내서. 사실, 나의 기록을 봤을 때(나는 승진에서 밀렸다), 유산 이후 나는 아무것도 출간하지 못했다. 나는 정말로 열심히 일했고, 연구 네트워크를 구축했고, 콘퍼런스에서 발표했고, 학생들을 가르쳤고, 수많은 시험지를 채점했다. 하지만 나는 책은 쓰지 않았다. 솔직히 말해 나는 이전에 작업해오던 책의 초고를 포기했고 아직 그 초고에 다시 손을 대지 못하고 있다. 나의 삶에서 그 공백, 아기에 쏟은 그 시절은 내 이력서에 설명되지 않은 채로 남아 있다. 나를 트랙에서 멈춰 세웠던 슬픔을 서류에 어떻게 반영할 수 있을까?

사람들은 자주 내게 아이가 있느냐고 묻는다. 그럴 때마다 힘이 든다. 악의 없이 하는 말이지만, 이 질문은 삼십 대 후반의 여성이 감당하기에는 끔찍한 질문이다. 쉽게 답할 방법이 없기 때문이다. 때때로 나는 주위를 둘러보며 이렇게 말하고 싶은 유혹을 느낀다. "아, 그래요. 해야 할 뭔가를 잊어버렸다는 걸 저도 '알아요'." 하지만 나는 이러한 기만적인 농담을 할 수가 없다. 어느 날 저녁, 나는 한 친구와 외출을 한다. 와인을 잔뜩 마신 후에 그녀가 진지하게 내게 알려준다. 내게 아이가 없는 것은 나의 잘못이고 내가 그 일을 그렇게 늦게까지 남겨두지 말아야 했다고. 그 말은 비수가 되어 나의 가슴에 들어박히고 나는 아무 대답 없이 코트를 챙겨 집으로 돌아온다.

·•))▶

V는 임신 37주 차에 산기가 있다. 나는 도넛과 웃긴 이야기들을 가지고 병원을 방문해 V의 말동무가 되어준다. 병실에는 아기를 위한 심장박동 추적 모니터가 있고 우리는 잠시도 경계를 풀지 않고 그것을 쳐다본다. 하지만 이번에는 완전히 다르다. 그런데도 V와 파트너는 불안해하고, V는 특히 진통이 이틀 동안 계속되자 몹시 스트레스를 받는다. 마침내 두 번째 밤 느지막이 나의 조카가 태어난다. 나는 V와 함께 있지 못하고 있다는 사실에 짜증이 난 채로 집에서 소식만 기다리고 있다. 이때 휴대전화가 딩동 하고 울리며 V의 파트너에게서 메시지가 온다. 아기의 사진이다. 쭈글쭈글한 얼굴과 단단히 쥔 두 손이 자기 누나와 매우 다르면서 아주 많이 비슷하다.

다음 날 아침 병원 등록 창구에서 직원들이 내게 방문 시간이 아직 시작되지 않았다고 말한다. 나는 그들을 재빨리 제치고 달려간다. 그 규칙은 이 순간 적용되지 않는다. 어떤 것도 나를 내 여동생과 내 조카로부터 막을 수 없다. 그들은 복도 맨 마지막 방에 있다. 문을 열자 V가 건강한 상태로 아들을 안고서 미소짓고 있는 모습이 보인다. V가 자기 아들을 내게 건넨다. 꿈틀거리는 작고 따뜻한 포대기를.

세상에 온 걸 환영해, 작은 아가야.

나는 결코 아기를 낳지 못할 것이다. 나는 이 사실이 불안하다. 나는 이 사실이 대단히 슬프다. 그리고 나는 행복하다.

계속 느껴지는 불안 중 하나는 왜 임신이 우리에게 일어나지 않았는지 절대로 이해할 수가 없다는 점이다. 내가, 그리고 의료진이 한 그 모든 조사와 테스트에도 불구하고 나는 내 몸의 무엇이 '잘못된' 건지 여전히 모른다. 왜 그런 걸까? 이 질문을 곱씹고 또 곱씹고, 그 수개월과 수년, 우리의 노력과 실패, 수많은 진료와 2차 진료들, 그 이후의 반복들을 뒤돌아보면, 하나의 패턴이 드러난다. 그 패턴 안에서 나는 진지하게 여겨지지 않는다. 아니 우리는 진지하게 여겨지지 않는다. 아니 충분히 진지하게 여겨지지 않는다.

나는 부당한 대우를 받고 있다고 느낀다. 내가 아기를 낳을 수 없기 때문만은 아니다. 물론 그 또한 크게 느껴지기도 한다. 하지만 그렇게 느끼는 또 다른 이유는 우리가 태아에 대한 정보를 알 권리를 부정당했던 그 몇 주의 시간에 있다. 그리고 유산 후에 반복적으로 다음과 같은 태도와 맞닥뜨렸기 때문이다. 여성으로서 나는 오직 감정만을 느끼는 존재일 뿐, 생각하는 존재나 정보에 접근할 권리가 있는 존재, 자신의 신체를 통제할 힘이 있는 존재가 아니라는 태도.

내가 스스로 이 통제권을 발휘하기 위해 더 열심히 노력할 수 있었다는(더 열심히 노력했어야 했다는) 생각이 드는 때도 있다. 나는 글루텐과 유제품을 먹지 않는 식이요법을 따랐어야 했다. 침을 더 자주 맞았어야 했고 다른 불임클리닉 여러 곳에 가봤어야 했다. 마음속 깊은 곳에서는 내가 최선을 다했다는 사실을 알고 있지만, 나는 여전히 자책할 방법들을 찾고 있다. 나 자신이 절대 입 밖으로 꺼내지 않으리라고(뻔하디뻔한 헛소리이기 때문에) 생각했던 말은, 내 아이를 낳을 수 없는 나의 신체적 무능력을 스스로 '수용한다'는 말이다. 나는 순순히 수용하는 유형의 사람이 아니다(사실 나는 대체로 이러한 유형의 사람들을 좋아하지 않는다). 완전히 수용하기까지는 아직 시간이 더 필요한 것 같다. R이 다른 사람의 아기를 안고 있는 모습을 보면, 혹은 어떤 남자가 아기를 안고 있는 모습을 보면, 나는 내가 엄마로서 살지 못해 여전히 몹시 슬퍼하고 있다는 사실을 무언가에 얻어맞듯 불현듯 깨닫곤 한다. 하지만 내가 수용하기로 한 진실은 이것이다. 나는 아기를 가지려 애쓰며 매달 실패해가며 불행해질 수 있다. 아니면 아기를 가지려 애쓰지 않으며 매달 실패하지 않을 수 있다. 어느 쪽을 선택하든 내가 낳는 아이의 총수는 똑같다. 제로다. 그렇지만 양쪽의 결과는 완전히 다르다. 나는 행복해지기로 선택한다. 이 행복은 완벽하지도, 고통에서 완전히 자유롭지도 않다. 이 행복은 그 자체 안에 슬픔을 지니고 있다. 그러므로 한층 더 강하다.

그리고, 만세, 마침내 마흔 살이다. 마흔 살은 항상 나의 상한 연령이었다. 나는 나에게 다짐하곤 했다. 마흔 살까지 아이가 생기지 않는다면 더는 시도하지 않겠다고. 물론 나는 이 말을 서른다섯 살 무렵의 의기양양한 시절에 했다. 그땐 마흔 살이 까마득히 멀게만 느껴졌고 나는 그 정도 나이가 되면 아이 하나가 아닌 둘이 내 삶을 채우고 있으리라 상상했었다. 물론 마흔 살에 막 엄마가 된 여성들도 꽤 있다는 사실을 알고 있다. 그들에게 늘 행운과 기쁨이 함께하기를, 아기가 잠을 잘 자기를 진심으로 기원한다. 하지만 나는 여기에서 끝낸다. 나는 안도감 이상의 것을 느낀다. 롤러코스터를 타고 전속력으로 오르고 내린 끝에 나는 지금 여기에 와 있고, 마흔이라는 숫자는 내게 분명하고 확실한 경계선처럼 느껴진다. 나는 이제 내 자신에게 지금까지와 다른 누군가가 되도록 허용할 수 있다. 엄마 이외의 누군가가 되도록. 강박적으로 자궁경관 점액을 확인하는 여성 이외의 누군가가 되도록.

요즘 내게 일주일의 하이라이트 중 하나는 어린이집에 조카를 데리러 가는 목요일 오후다. 조카는 깔깔 웃고 놀고 소리 지르고 젖병을 밀어내고 과일 퓌레를 먹는다. 조카는 책을 사랑하고(주로 입으로 가져가지만), 반짝이는 것이면 죄다 좋아하고, 양말 신기를 무척 싫어한다. 조카는 얼마 전에 손 흔드는 법을 배웠다. 조카가 처음 내게 잘 가라고 손을 흔들었을 때 나는 갑작스러운 환희에 심장이 터질 뻔했다. 사람들이 뭐라 하든 나는 매우 따뜻하고 다정한 사람이다. 나는 환하게 웃으며 손을 흔들고 조카도 환하게 웃으며 손을 흔든다. 그리고 여기에 그것이 있다.
'사랑.'

·))▶

작년 어느 날, 나는 직장에서 집으로 돌아오는 길에 R이 정원에서 낙엽을 갈퀴로 모으고 있는 모습을 봤다. R이 나를 보며 환하게 웃었고 나는 R의 관자놀이에 새로 난 은백색 머리카락들이 가을 햇빛 속에서 반짝거리는 것을 보았다. 나는 불현듯 어떤 생각이 떠올랐다. 우리는 함께 나이가 들어가고 있구나. 앞으로 우리가 서로 상대가 나이 들어가는 것을 볼 때, 우리의 동반자 관계가 무르익어갈 때, 이러한 모습이겠구나. 이 예상치 못한 순간은 나를 상상 이상으로 더 행복하게 만들어주었다. 이제 나는 우리 앞에 놓인 삶을 본다. 함께하는 삶. 커다란 삶.

이 커다란 사랑, 커다란 삶을 종이 위에 말로 옮기기가 여간 어렵지 않다. 낙엽을 쓸면서 서로를 마주 보며 환하게 웃는다니 너무 따분해 보인다. 하지만 사랑의 강인함과 사랑의 깊이가 제 모습을 드러낼 때는 바로 이러한 일상의 평범한 순간들이다. 우리는 생물학적인 아이를 가지는 기쁨을 누리지는 못하겠지만 여러 방식을 통해 주위에 아이가 많은 삶을 살 수 있다. 게다가 아이가 없는 삶을 즐길 수 있는 여러 방식도 있다. 내가 최근 갖게 된 중요한 관점의 변화다. 나는 결핍을 통해 나 자신을 규정하는 것을 여기에서 끝낸다. 나는 내 몸에 대해 '실패'라는 단어를 사용하는 것을 여기에서 끝낸다. 나는 그 이야기에 따라 살아가는 것을 여기에서 끝낸다.

지금 바로 이 순간, 우리는 주위를 둘러보고, 우리만의 균형을 찾고, 우리가 서 있는 곳에서 보이는 풍경을 즐기기 시작한다.

✹

말하기 / 말하지 않기

❋

　나의 부모는 내가 다섯 살이고 여동생이 아직 갓난아기였을 때 서로 갈라섰다.

　나는 갈라서기 전의 그들을 기억한다. 나는 그들을 행복한 커플로 기억한다. 가족의 생일날이면 큰 소리로 웃으면서 촛불을 불어 끄던 모습을 기억한다. 그들이 서로 포옹하고 있던 모습을 기억한다. 풀이 제멋대로 자라 무성한 정원에서 숨바꼭질하던 것을 기억한다. 내가 집의 뒤편에 있는 작업용 발판에 올라갔다가 혼자서 내려오지 못하고 애타게 도움을 요청했을 때 그들이 나타나 나를 내려주었던 것을 기억한다. 지붕에서 빗물이 샜을 때 물을 담을 양동이를 찾는 것을 재밌는 모험이라고 생각하던 것을 기억한다. 여동생이 태어났던 것을 기억한다. 여동생을 위한 장난감들이 집에 속속 도착했지만 나를 위한 장난

감은 없었다. 엄마가 살얼음이 언 집안 바닥에서 미끄러져서 손목이 부러졌던 것을 기억한다. 아빠는 다른 방에서 잠을 자고 있었다. 겨울이었고 아빠는 내게 온수포병을 만들어주었는데 아빠는 내가 필요 없다고 하자 화를 버럭 내며 내 쪽으로 던졌고 온수포병은 벽에 부딪혀 터져버렸다. 그들이 내게 서로 갈라설 예정이라고 말했던 것을 기억한다. 나는 환호성을 지르며 말했다. "와, 이제 서로 싸우진 않겠다."

이사하던 날을 기억한다. 엄마는 2층 침실에 우리의 이삿짐을 전부 풀었는데 바닥이 멀쩡한 유일한 방이었기 때문이다. 밖에 비가 쏟아지던 날 우리 셋이 침대에서 서로 꼭 껴안고서 온기를 나누던 것을 기억한다. 여동생이 기침을 하던 것을 기억한다. 기침은 몇 달 동안 멈추지 않았고 벽은 항상 눅눅했다. 동네 슈퍼의 친절한 아저씨가 월급날까지 외상으로 빵과 우유를 가져가게 해줬던 것을 기억한다. 화창한 오후에 그림을 그리며 놀았던 것과 엄마가 정원에 그네를 세워준 날을 기억한다. 아빠를 만나러 갔던 주말 오후들을 기억한다. 아빠는 발로 밟고 있어야만 작동하고 발이 너무 뜨거워질 때라야 다 구워졌다는 걸 알 수 있는 기계로 토스트 샌드위치를 만들어주었다. 아빠가 월세를 내지 못해 집을 빼앗기고, 살 집이 없던 것을 기억한다. 엄마의 친구 집에 놀러 갔던 것을 기억한다. 아빠의 친구이기도 했던 그녀의 집에 아빠의 가구가 있는 걸 봤던 것을 기억한다. 나는 가구를 가리키며 말했다. "저거 우리 테이블인데." 나는 왜 아빠의 물건이 거기에 있는지 물었고 엄마는 화가 잔뜩 나서 한마디도 하지 않은 채 운전해서 집까지 왔다.

엄마는 차로 우리를 어디든 데려갔다. 엄마는 차로 우리를 학교에 데려다줬다. 슈퍼마켓에도. 공원에도. 주말에는 아빠를 만나도록 차로 데려다줬다. 아빠가 병원에 입원했을 때도 우리가 아빠를 볼 수 있게 데려다줬다. 병원은 시내에서 멀리 떨어진 외곽에 있었고 엄마가 운전하는 동안 우리는 제일 좋아하는 믹스 테이프를 틀어놓고 신나게 노래를 따라불렀다. 우리가 차에서 내리자 엄마는 아빠가 그다지 기분이 좋지 않을지도 모른다고 주의를 줬다. 나는 아빠가 "몸에서 알코올을 말리고 있다."는 엄마의 말이 무슨 뜻인지 이해하지 못했다. 나는 "걱정하지 말고 행복해지세요Don't Worry Be Happy."라고 적힌 포스터를 내 침실에서 떼어내 아빠에게 선물로 주었다. 갈라선 이후의 시간 동안, '행복하게 지내는 일'은 부모 둘 중 누구도 그다지 잘하지 못하는 것처럼 보였다.

그러면 그들은 무엇을 기억하고 있을까? 그 모든 경험에서 그들은 무엇을 여전히 간직하고 있을까? 엄마는 난방도 되지 않고 벽은 눅눅한 집에서 빠듯한 돈으로 작은 두 아이를 키우는 게 어땠을까? 아빠는 가족이 떠나버린 공간에서 홀로 사는 게 어땠을까? 남편이 있고 아내가 있고 결혼생활이 있다가 없이 사는 게 어땠을까? 누군가의 옆에 누워 있다가 그렇지 않게 된 게 어땠을까? 둘이었다가 아니게 된 게 어땠을까? 독립된 하나와 하나가 아닌, 두 조각으로 깨진 하나 중 반 조각이 되어버린 게 어땠을까?

·•))▶

다른 가족들은 대부분 우리 가족처럼 살지 않았다. 그 시대는 사람들이 자녀들을 위해, 가족을 위해, 결혼 제도를 위해 끝까지 참고 같이 사는 시대였다. 내 부모가 늘 하던 기괴한 방식으로 갑자기 '갈라서기' 파티를 열고 자신들의 관계가 끝났다고 발표하자 부모님의 한 친구는 파티장 바닥에 무릎을 꿇고 제발 그대로 같이 살라고 애원했다. 게다가 부부가 갈라선다고 해도 두 사람은 여전히 연결되고 여전히 묶여 있고 여전히 결혼한 상태로 남아 있을 수밖에 없었다. 다른 선택의 여지는 없었다. 그 당시에 아일랜드에서는 이혼이 헌법으로 금지되어 있었기 때문이다.

부모가 갈라서고 난 지 1년쯤 지났을 때, 담임선생님이 학기가 끝나고 난 후 반 아이들에게 성적표를 나눠주었다. 학생 한 명당 갈색 봉투 하나였다. 하지만 나를 위한 봉투는 없었다. 선생님은 내게 교실에 남으라고 했다. 다른 아이들이 시끌벅적하게 교실을 뛰어나가는 사이 나는 내가 뭔가 잘못했을지 모른다는 생각에 잔뜩 겁에 질려 교탁으로 걸어갔다. 선생님은 내게 갈색 봉투 두 개를 건넸다. 부모 두 분 각각을 위한 것이었다. 아마도 선생님은 반 친구들 앞에서 그걸 받으면 내가 창피해하리라 생각했던 것 같다. 그렇지만 아이들은 집에 가지 않고 모두 교실 밖에 서 있었다. "왜 선생님이 남으라고 한 거야?" 아이들이 궁금해했다.

나는 혼자만 외톨이가 된 것을 만회하기 위해 이야기들을 지어냈다. 나는 이야기가 꼭 진짜여야 한다는 사실을 알지 못했다. 그저 재미있어야만 한다고 생각했다. 나는 교실에서 아이들에게 여러 이야기를 들려줬다. 나는 아이들에게 내가 인어처럼 물속에서도 숨을 쉴 수 있다고 말했다. 어느 주말에는 신장이식 수술을 받았다고 말했다. 운동장 벽에 붙어 있는 달팽이들에게는 독성이 있으며 아이들을 살해하고자 하는 악당들이 살포해둔 것이라고 했다. 아이들은 재밌다는 듯이 듣다가 깔깔 웃고서 내게 거짓말쟁이라고 했다. 그 후로 아이들은 나의 말을 믿지 않았다. 어느 날 토요일 오후, 집 주방에 있는데 전화벨이 울렸다. 전화를 받자 킥킥거리는 소리밖에 들리지 않았다. 전화를 한 건 우리 반 여자아이들이었고, 파티를 열었는데 나는 초대받지 못했다는 걸 알려주려는 것이었다.

부모는 갈라서고 나서 초반에는 서로 정기적으로 얼굴을 보고 비교적 정중한 관계를 유지했다. 그렇지만 갈라선 첫해가 끝날 무렵이 되자 어느 시점부터 그들은 서로 말하기를 중단했다. 정확히 말하면, 아빠가 엄마에게 말하기를 중단했다. 그래서 엄마는 별다른 도리 없이 자기 역시 아빠에게 말하기를 중단했다.

부모가 서로 말을 하지 않는다는 것은 어떤 걸까? 부모가 단지 분위기가 좋지 않아서 '일시적으로' 서로 말을 하지 않는 것을 얘기하는 게 아니다. 부모가 서로 상대와 한마디도 섞지 않는 걸 말하는 것이다. 그건 어떤 걸까?

부모가 서로 말을 하지 않으면 아이는 그들의 중개자가 될 수밖에 없다. 아이는 아빠가 보고 싶으면 직접 날짜와 장소와 만날 시간을 조율해야 한다. 아빠가 '그 나쁜 년'에게 보내는 편지를 주면 아이는 엄마에게 그것을 갖다주어야 한다. 엄마가 편지를 받아들고서 울음을 터뜨리면 아이는 자기 자신을 책망한다. 아이가 뭔가를 잘못하면 엄마는 아이에게 가장 심술궂은 목소리로 지 아빠와 똑 닮았다고 말하고 아이는 다시 자기 자신을 책망한다. 여자친구가 생긴 아빠가 아이와 만나기로 한 약속을 취소하면 아이는 혼란에 빠진다. 아빠가 아이에게 지긋지긋하다며 꺼져버리라고 말하면 아이는 더욱 혼란에 빠진다. 때때로 아빠가 아니라 엄마가 문제일 때도 있다. 엄마가 술에 잔뜩 취해서 차로 집에 데리고 오지 못하거나 저녁을 차려주지 못하거나 재워주지 못할 때, 아이의 세계는 무너져내리기 시작한다. 엄마는 아이의 세계를 지탱하고 있는 유일한 존재이기 때문이다. 부모가 서로 말을 하지 않는다는 것은 바로 이와 같은 것이다.

그리고 이건 또한 다음과 같은 것이기도 하다. 아이는 열 살이고 엄마는 파티에 가서 집에 없는데 전화벨이 울려서 받고 보니 아빠다. 아빠는 그날 밤 자살할 것이라고 말하고, 아이는 "그래도 아빠를 사랑해요."라고 말하고 그는 이미 알고 있다고 말한다. 그러고선 아이에게 네가 나를 사랑하는 유일한 사람이라고 말한 다음 전화를 끊어버린다. 아이는 아빠가 정말로 그럴 작정인지 알 수 없어서 전화기를 붙들고 우두커니 앉아 있다. 아이는 아빠가 자신에게 정확히 무엇을 묻고 있는지 모르지만, 자신이 무언가 질문을 받았다는 사실을 알고 있고, 자신이 대답을 찾지 못하면 영영 아빠를 다시 보지 못하게 될까 두렵다. 그러다가 아이는 전화기를 올려놓는다. 아빠가 어디에 사는지도 집 전화번호도 모르기 때문이다. 아이는 잠자리로 돌아가서 혼자 울다 지쳐 잠이 든다. 그리고 다음 날 아이는 아빠의 직장 전화번호를 발견해 그 번호로 전화를 걸고 아빠가 전화를 받는다. 아빠는 다행히 죽지 않고 살아 있지만, 왜 일을 방해하냐며 아이에게 냅다 소리를 지른다. 그래서 아이는 전날 밤에 대해 아빠에게 아무 말도 하지 못하고, 엄마에게도 말하지 못하고, 결코 누구에게도 말하지 못한다. 이상하지 않은 이야기로 보이게 이 이야기를 들려줄 방법이 없기 때문이다.

　최근에 나는 옛날 사진들이 담긴 상자에서 어릴 적 엄마에게 보낸 엽서를 발견했다. 커다랗고 정성 들인 아이들 특유의 글씨체로 쓰여 있지만, 주소만은 아빠가 성급하게 휘갈겨 쓴 티가 난다. 엽서에는 이렇게 적혀 있다. "사랑하는 엄마에게, 날씨가 무척 좋아요. 어떻게 지내세요. 잘 지내고 있죠? 8월 5일 월요일에 집에 데려가기로 한 거 알고 있죠? 엄마가 알고 있는지 확인하려고 편지 썼어요. 사랑하는 에밀리가." 이 엽서는 우리가 휴대전화가 나오기 전의 시대, 심지어 모든 집에 전화기가 놓이기도 전의 시대에 살았음을 새삼 상기시켜준다. 그런데도 지금 보니 이상하게 느껴진다. 자식을 돌려보낼 날짜를 확인하는 엽서를 아빠가 딸에게 쓰게 하다니 말이다. 물론 이것 말고도 엽서에 숨겨져 있는 다른 단서들도 있다. 아빠는 엄마의 집 주소 위에 엄마의 성만 쓰고 이름은 이니셜로만 썼다. 마치 완전한 이름 전체를 쓰기가 귀찮기라도 하단 듯이. 엽서에는 안개 속에서 길을 잃은 돛단배가 그려져 있다. 이에 대해서는 한마디도 쓰지 않았지만 그림 자체가 애처롭게 말하는 것 같다. "엄마가 여기에 같이 있으면 좋겠어요." 그런 말은 쓰여 있지 않지만, 엽서를 들여다보고 있자니 내가 정말로 하고 싶었던 말이 이것이라는 걸 이제야 알겠다.

·))▶

내가 열여덟 살에 대학에서 첫 학기를 보내고 있을 때 아일랜드에서는 이혼의 합법화를 두고 국민투표를 했다. 대학의 토론 동아리 한 곳에서 토론회를 열었다. "국회는 아일랜드에서 이혼할 권리를 승인할 것인가." 나는 뭔가 배울 것이 있을지도 모른다고 생각하며 토론회에 참석했다.

토론회는 환한 조명 아래의 연극처럼 진행되었다. 마치 대본이 있는 것처럼 뻔하디뻔한 말이 왔다 갔다 했다. 논쟁은 훌륭했고 준비도 많이 한 듯 보였지만 모두 이전에 들어본 말이었고 어떤 말도 내게 현실감 있게 다가오지 않았다. 토론자들의 목록을 보자 이유를 알 수 있었다. 그들 중 누구도 나의 경험을 대변할 만한 사람은 없었다. 누구도 "저는 이 일을 직접 겪었습니다. 제 경험을 말씀드리죠."라고 말하지 않았다. 죄다 가설에 불과했다. 그들은 내가 알고 있는 것들을 알지 못했다. 혹은 안다고 하더라도 말할 가치가 없다고 생각했던 것 같다. 신성한 서약에 관해 쉼 없이 허튼소리를 내뱉으면서도 정작 아무도 진짜 위험을 정확히 지적하지 않았기 때문이다. '존재하지 않는 상태의 불확실성'에 빠지는 것에 대해서 말이다.

아빠가 공동양육권을 갖는 비강제적 별거 합의 외에, 내 부모의 결혼생활의 결말은 전혀 법적으로 효력이 없었다. 우리 가족은 세상에 존재하지 않는 것이나 다름없었다. 그리고 세상에 존재하지 않았기 때문에 보호받을 수가 없었다. 쉽게 말하자면, 이는 아빠가 의무적으로 정기 양육수당을 보내지 않아도 된다는 의미다. 음, 가끔 돈을 보내기는 했지만 한 주 두 주 지나면서 우리 가정 살림은 엄마가 번 돈에 온전히 의지해 꾸려졌다. 엄마는 번 돈을 두 아이를 키우는 데 다 썼고 아빠는 번 돈을 술을 마시는 데 다 썼다.

어렸을 적에 나는 부모와 관련된 이야기를 하고 또 하곤 했다. 나 자신에게 그리고 들어주는 사람에게 부모를 자꾸 언급함으로써 존재하지 않는 상태의 위협에서 벗어나려 애썼다. 나는 이 이야기들을 커다란 소리로 끈질기게 말했다. 다섯 살밖에 되지 않았지만, 나는 세상이 내가 조용히 있기를 바라고 있고, 우리 가족이 사람들에게 적절한 대화 소재가 아니라는 사실을 간파했다. 하지만 부모 얘기를 하면서도 나는 그게 결코 충분할 수 없다는 사실을 잘 알고 있었다. 이야기를 들려준다고 해도 부모가 서로 말을 나누게 되는 것은 아니다. 집단 괴롭힘이 멈추지도 않는다. 눅눅한 벽이나 추위, 냉장고에 먹을 것이 없는 문제를 해결해주지도 않는다.

그것은 내가 참여한 첫 번째 국민투표였다. 학생이라 여유 시간이 차고 넘치는데도 나는 이 행사를 위해 하루 전체를 비워두었다. 투표소까지는 걸어서 15분밖에 걸리지 않았고 "찬성" 옆에 체크 표시를 하고 난 후 투표용지를 접어서 투표함에 넣기까지 몇 분밖에 더 걸리지 않았다. 나는 남은 시간 동안 뭘 해야 할지 모른 채로 거리로 걸어 나왔다. 3차선 도로는 조용했다. 어떤 변화가 이루어졌다는 사실을 아무도 아직 모르는 것 같았다. 나는 전율하고 있었지만 세상은 고요했다.

다음 날 밤, 어떤 이유에서인지, 나는 아빠의 집에서 잠을 자게 됐는데 아빠와 아빠의 여자친구(두 사람 다 결혼한 상태였다. 물론 각자 다른 사람과)와 함께 국민투표 결과를 TV로 지켜봤다. 아빠는 일찌감치 술에 취해 곤드라졌지만, 그녀와 나는 자리를 지키며 점점 술에 취해갔다. 그렇지만 투표방송의 한 마디 한 마디에 촉각을 곤두세우고 아드레날린이 극에 달한 채로 바짝 긴장해 있었다. 이혼 반대 측에서 재검표를 요구했고 마침내 찬성 측의 총투표수가 더 많은 것으로 결론이 나자 우리는 승리의 환호성을 질렀다. 우리는 보통 때는 동맹이 아니었다. 그와는 거리가 멀었다. 하지만 이날 밤 우리 두 사람은 자신의 삶이 바뀔 기회가 탄생하는 현장을 함께 목격했다.

이혼을 합법화하는 법안은 총 50.28퍼센트의 지지를 받아 통과됐다. 투표율은 62.15퍼센트로 집계되었고 이는 국민투표가 9,114표 차이로 찬성 통과했다는 것을 의미했다. 힘겹게 가까스로 쟁취한 승리였다. 아일랜드에서 이혼은 1997년 1월 17일에 최초로 합법적으로 승인되었다. 새로운 법안은 3년의 별거 기간을 거쳐야만 법원에 이혼을 신청할 수 있도록 규정하고 있었다. 내 부모는 1982년 이후로 계속 별거를 했다. 15년이다. 이혼을 다섯 번 할 수 있는 시간이다.

그해 봄 어느 날 오후에 더블린 시내에서 갑자기 멈춰 섰던 기억이 난다. 나는 스무 살이었다. 혼잡한 인도 한복판에서 걸음을 멈췄고 사람들은 나를 밀치고 지나갔다. 한 여행사의 창문에 붙은 광고 표지판에서 나는 눈을 뗄 수가 없었다. "홀리데이 패키지 상품: 부모 1명 + 자녀 2명." 우습지만 나는 여름휴가 광고의 이 문구에 깊이 감동하였다. 내 가족이 공개적으로 인정받는 것을 본 첫 순간이었다. 부모 한 명에 자녀 두 명. 그것은 우리였다. 우리는 드디어 세상에 존재하게 되었다.

·))〉

이십 대 중반일 때 나는 일주일에 한 번 아빠와 오후에 만나 생맥주를 마시기 시작했다. 우리는 매번 같은 술집에서 만나 바에 있는 같은 자리에 앉아 바텐더와 항상 똑같은 몇 마디를 주고받고서 서로 거의 늘 같은 이야기를 나누었다. 아빠 옆의 바의자에 앉아 있노라면 어른이면서 아이가 된 것 같은 이상한 느낌이 들곤 했다. 아빠는 부루퉁한 채 아무 말을 하지 않기도 했지만 나는 대개 우리의 공통 화제인 책이나 연극에 관한 이야기를 던져 아빠를 대화로 끌어냈다. 그러던 어느 날 오후, 아빠가 떨리는 목소리로 내게 엄마에게 이혼해줄 수 있는지 물어봐 주겠느냐고 물었다.

여전히 중개자 노릇을 하고 있던 나는 주말까지 기다렸다가 엄마에게 이야기를 꺼냈다. 나는 엄마에게 아빠가 심각하게 물어볼 말이 있다고 전했다. 쉽게 말할 방법이 없었다. 엄마가 과연 아빠와 이혼해줄까? 차를 만들고 있던 엄마는 포트 위에서 주전자를 뱅뱅 돌리며 뜨거운 물을 붓고 있다가 갑자기 동작을 멈췄다. 식탁에 앉아 있던 여동생은 얼어붙었다. 그런 다음 둘이 동시에 폭소를 터뜨렸다. 잠시 후 나도 합류했다. 정말 우스꽝스러운 일이었다. 내가 질문을 엄마에게 전달하기로 한 것도, 20년의 별거 끝에 아빠가 엄마에게 의견을 물어봐야 한다고 생각한 것도, 그리고 무엇보다 아빠가 엄마가 싫다고 말할지도 모른다고 생각했다는 것도 말이다. 엄마의 웃음소리가 잦아들었다. 엄숙한 목소리로 엄마가 말했다. "너희 아빠에게 내가 아직 화해를 바라고 있다고 전하렴." 우리는 배꼽이 빠져라 웃었고 나는 배가 너무 아파서 허리가 끊어질 지경이었다. 다음 주에 나는 아빠를 만났다. 나는 아빠에게 엄마가 이혼을 허락했다고 말했다. "아." 아빠가 말했다.

그리고 그다음엔?

아무 일도.

아빠는 재혼하고 싶어서 이혼을 요청한 것이었다. 하지만 이는 아빠만의 희망 사항에 불과했고 엄마에게 이혼 요청을 한 후 얼마 지나지 않아 아빠는 여자친구와 헤어졌다. 우리 중 아무도 놀라지 않았다. 아빠는 몇 달을 혼자 살았다. 처음에는 아일랜드 서부에서 그다음에는 그리스에서. 관계가 완전히 끝나자 아빠는 그리스로 영구적으로 이주했다. 모두 이혼에 대해서는 깜빡 잊은 듯 보였다. 각각 서로 다른 나라에 살고 있는데 자신들이 결혼한 상태라는 것을 기억하기란 쉽지 않으리라.

엄마의 변호사는 몇 년 전에 안달이 났다. 그는 아빠에게 엄마의 재산에 대해 소유권을 주장할 권리가 남아 있을지 모른다고 걱정했다. 새로운 별거 합의서에 사인해달라고 아빠에게 요청하는 임무는 나에게 떨어졌다. 아빠는 동의했고 내게 정신적인 지지를 위해 같이 가달라고 부탁했다. 사무실에서 아빠가 펜으로 서명을 하고 나자 변호사가 나를 빤히 보더니 물었다. "왜 이분들은 보통 사람들처럼 그냥 이혼하지 못하는 거죠?"

나도 모른다. 정말로. 왜 부모가 여태껏 이혼하지 않는지를. 오히려 쉽게 찾을 수 있는 이유일지도 모른다는 생각도 든다. 마치 그들의 결혼이 깨진 데에 별다른 이유가 없었던 것처럼. 이 글을 쓰고 있는 지금 나의 부모는 여전히 서로 결혼한 상태다. 이제는 열두 번 이혼할 수 있는 조건이 충족되는 셈이다.

내 부모의 이야기는 2013년 1월에 바뀌었다. 그들은 다시 서로 말을 하기 시작했다. 마침내 오래된 침묵을 깨뜨린 것은 슬픔이었다. 내 여동생의 갓 낳은 딸아이가 죽었을 때 쏟아져 나온 슬픔 말이다. 아빠는 장례식을 치르기 위해 아일랜드로 비행기를 타고 날아왔다. 나는 아빠에게 경야(죽은 사람을 장사 지내기 전에 가까운 친척이나 친구들이 관 옆에서 밤을 새워 지키는 일―옮긴이)에 참석하고 싶다면 먼저 엄마와 인사를 나누고 말을 섞어야 할 것이라고 말했다. 나는 아빠에게 친절하게 대해야 한다고 말했다. 아빠가 말했다. "나도 짐승은 아니란다, 에밀리."

나는 부모의 재회가 장례식 당일에 긴장감을 주고 방해가 될까 걱정됐다. 그래서 여동생과 나는 장례식 전날 밤에 아빠가 묵는 호텔 로비에서 리허설을 하기로 했다. 짧은 만남이었다. 아빠가 바닥만 내려다보고 있자 엄마가 손을 내밀어 악수를 청했다. 여동생이 옆에서 눈치를 주자 아빠는 뒤늦게 엄마 손을 잡고서 말했다. "만나서 반가워." 초현실적으로 웃기면서 전혀 웃기지 않기도 했다. 만남이 끝나고 나는 엄마를 차까지 모셔다드렸다. 엄마는 아빠의 모습이 어찌나 많이 변했던지 충격을 받았다고 말했다. 엄마는 아빠의 목소리를 알아듣지 못했다고 말하고서, 하지만 목소리를 들은 지 너무 오래됐다고 덧붙였다. 그날 밤늦게 여동생이 말하기를 엄마와 내가 자리를 뜨자 아빠가 여동생을 돌아보며 이렇게 물었다고 했다. "정말 너희 엄마가 맞니?"

다음 날, 여동생의 집에서 엄마와 아빠는 앉아서 대화를 나누었다. 나는 그들이 서로를 위로했다고 생각한다. 두 분 모두, 결국, 부모일 뿐 아니라 이제는 조부모였다. 그렇게 오랜 세월이 지난 후에 부모가 대화를 나누는 것을 보니 파격적이게 느껴졌다. 하지만 여동생에게는 혁명적인 일이었다. 나는 여동생이 그들을 지켜보는 모습을 지켜봤다. 부모가 갈라설 때 여동생은 갓난아기였다. 이제 여동생은 엄마가 됐고 자기 딸아이의 경야에 참석해서 자기 부모가 대화하는 모습을 생애 처음으로 지켜보고 있다. 나중에 나는 엄마에게 아빠와 무슨 대화를 나눴느냐고 물었다. 엄마는 아빠가 자신의 간 부전 증상, 술을 끊은 느낌에 대해 말했다고 했다. 두 분이 함께 알고 있는 친구의 죽음에 관해서도 이야기했다고 했다. 그런 다음 엄마는 그날, 서로 갈라선지 수십 년이 지난 그날에야 비로소 그들이 겪었던 유산 경험에 관해 대화를 나눌 기회를 얻었다고 말했다. 나는 부모가 이전에 그 일에 대해 한 번도 이야기를 나누지 않았다는 사실을 믿을 수가 없었다. 그 순간 나는 깨달았다. 켜켜이 쌓인 침묵이 그들 결혼생활의 끝만이 아니라 도중에도 존재했다는 사실을.

내 부모는 가족의 비극 때문에 자신들의 침묵을 깨뜨렸다. 놀랍게도 그 후로 여러 해가 지나고서도 그들은 침묵하던 시절로 또다시 돌아가지 않았다. 이제 부모는 정기적으로 서로 말을 한다. 전화와 이메일로, 심지어 아빠가 아일랜드를 방문할 때면 만나서 커피를 마시기도 한다. 좋은 소식이다. 우리 모두에게. 그들이 담소를 나누고 문자를 주고받고 같은 방에 함께 있을 수 있다는 것 자체가 우리 모두에게 좋은 일이다. 이는 매우 많은 일을 더 수월해지게 만들었다. 하지만 만사형통한 가족이 된 것은 아니다. 때때로 엄마는 내게 전화를 걸어 아빠가 최근 한 짜증 나는 행동이나 말에 대해 불평한다. 엄마는 "너희 아빠가"라는 표현을 반복하며 아빠의 잘못들을 하나씩 늘어놓는다. "아빠는 엄마 남편이라고요." 나는 사납게 쏘아붙인다.

부모의 새로운 상태에 적응하고 대처해야만 하는 일에 나는 불시에 분노를 느끼곤 한다. 나는 그들이 다시 서로 말을 할 것이라고 결코 예상하지 못했다. 그들이 대화하는 것에 대한 내 감정 반응을 처리해야만 하는 날이 오리라 전혀 예측하지 못했다. 이 감정들은 점점 복잡해져만 간다. 나는 놀라움을 느낀다. 나는 희망에 가득 찬다. 나는 안도한다. 나는 혼란스러움을 느낀다. 나는 억울하다. 나는 화가 난다. 나는, 뜻밖에도, '어이가 없다'. 어떻게 그 모든 침묵의 세월이 이렇게 허망하게 끝날 수 있지? 어떻게 그 모든 상처와 고통과 응어리가 다 녹아버리고 아무것도 남지 않을 수 있지? 어떻게 우리에게 그렇게 오랫동안 악다구니를 견디도록 할 수 있지? 그리고 어떻게, 왜, 아무도 나에게도 여동생에게도 미안하다고 하지 않지? 이야기는 바뀌었을지 모르지만 내 안의 일부는 여전히 다섯 살짜리 아이 그대로다.

내면의 아이를 인정하기란 당혹스럽다. 나는 부모가 관심을 기울이기를 요구하며 성질을 부리고 발을 구르는 작은 어린아이가 된 것 같은 느낌이다. 주위를 둘러봐도 나만큼 부모 때문에 괴로워하는 사람은 없는 것처럼 보일 때 특히 당혹스럽다. 이혼한 부모를 둔다는 게 이제 너무 평범한 일이 되어서 부모의 별거가 엄청나게 힘들었다고 말하는 것도 괜한 호들갑인 것만 같다. 특별히 트라우마로 남았다고 꼽을 만한 일이 없기에, 나는 내가 어린 시절의 작은 고통들을 필요 이상으로 깊게 느끼고 계속 곱씹는 것은 아닌지 의심할 뿐이다.

∙))⟩

　스무 살에 집에서 독립할 때 나는 내 인생이 열리고 새로운 분리가 시작되고 있음을 느꼈다. 나는 학생 공동주택의 주방 선반에 냄비 두 개, 프라이팬 한 개를 쌓아두었다. 그리고 접시 두 개, 우묵한 그릇 두 개를 포개두었다. 그리고 포크 네 개와 나이프 두 개와 스푼 네 개를 놓아두었다. 도마 한 개와 머그잔 두 개로 전체 구성이 완성됐다. 나는 이 요리 도구들을 보며 내가 준비되었다고 느끼는 동시에 다음에 생길 일에 대해 전혀 준비되지 않았다고 느꼈다. 부모 너머의 삶. 나는 그 삶을 원하면서도 두려워하고 있었다. 나는 그들이 관여되지 않은 자유로운 감정들을 원했지만, 한편으로 그러한 감정들의 형태와 크기에 압도되었다. 가족이라는 분명한 경계선이 없다면 진짜 나는 누구일까? 이제부터 나는 어떤 이야기들을 해야 할까?

　나의 부모는 내가 다섯 살이고 여동생이 아직 갓난아기였을 때 서로 갈라섰다. 어린 시절의 곤경으로부터 이미 멀리 떠나왔지만 나는 여전히 그 시절의 이야기들을 되새기고 깊이 생각한다. 많은 감정과 생각과 행동이 남긴 힘겨운 잔여물들을 그 이야기들이 설명해주기를 바라면서. 부모는 서로 말을 하지 않았다. 아빠는 우울증으로 고생했다. 나는 외로운 아이였다. 이 사실과 이에 관련된 많은 이야기가 내 머릿속을 휘젓고 다닌다. 나는 이 이야기들을 글로 쓴다. 아마 그렇게 한 곳에 고정해놓으면 덜 고통스러워질지 모른다고 생각하면서.

글에서 한 발짝 떨어져 나와 내 가족, 이 가족, 우리 가족에 관해 쓴 것들을 다시 살펴보니, 결국 이 이야기는 항상 복잡하면서도 단순한 이야기일 것이라는 사실을 알겠다. 하지만 이 이야기 안에서, 나는 결코 말하기를 중단하지 않을 것이다. 나는 어린아이인 내게 그 모든 것이 어떻게 느껴졌는지, 그리고 내가 무엇을 했는지, 그리고 내가 어떻게 다르게 행동할 수 있었을지를 기억하려 애쓴다. 부모에게 그 모든 것이 어떻게 느껴졌는지, 그리고 그들이 무엇을 했는지, 그리고 그들이 어떻게 다르게 행동할 수 있었을지를 기억하려 애쓴다. 나는 우리가 행복했다고 기억하고 우리가 슬펐다고 기억한다. 나는 우리가 분리되어 있었다고 기억하고 우리가 함께 있었다고 기억한다. 나는 모든 것을 기억한다. 동시에 평생 결코 이해하지 못할 전체 이야기의 작은 조각들만을 기억한다.

＊

출혈과 기타 죄악들에 대하여

＊

좋은 글을 쓰기 위해서는 종이에 피를 쏟아야 한다는 유명한 말이 있다. 나는 이 구절을 만든 남성 작가가 타자기 앞에 앉아 텅 빈 새하얀 종이를 쳐다보는 모습을 그려본다. 그는 어떠한 종류의 피를 상상했을까? 자신의 팔뚝 정맥에서 흘러내리는 피? 아니면 다리? 깨진 머리? 짐작건대 자궁경관에서 흘러나오는 피는 아니었을 것이다. 나는 이러한 피를 매우 많이 경험했다. 생리 기간에 흘리는 피, 임신할 때 흘리는 피, 유산할 때 흘리는 피, 다시는 임신하지 못하게 됐을 때 흘리는 피, 폐경기 전후에 흘리는 피. 이러한 피는 그저 계속 흐르고 나는 그냥 계속 틀어막을 뿐이다. 표백한 면을 질 속으로 쑤셔 넣어 출혈을 멎게 하고, 팬티에 생리대를 붙인다. '날개가 달린' 야간용 생리대를 팬티에 꼼꼼히 부착하면서 희망한다. 어느 남자의 침대 시트에 생리혈이 새지 않기만을, 혹은 특별 안전을 위한 접착 날개에 음모가 너무 많이 뜯기지 않기만을. 그리고 '생리 팬티'로 단단히 무장한다. 이 사랑받지 못하는 거무칙칙한 팬티는 속옷 서랍의 맨 뒤에 숨어 있다가 매달 마지못해 끌려 나온다. 그리고 그동안 이런 지리멸렬한 과정 내내 나는 잘못 행동했다. 책상 앞에 앉아서 종이에 그것을 쏟아냈어야 했는데. 강렬한 빨간색으로 새하얀 종이를 가득 채웠어야 했는데.

·•))▶

나는 학교에서 수업을 받던 중 첫 생리를 했고 그것은 몹시 당황스러운 경험이었다. 지리학 시간이었는데 수업 종료 종소리가 울리고 모두 자리에서 일어서자 한 친구가 내게 몸을 기울이더니 치마 뒤가 젖어 있다고 말했다. 나는 깜짝 놀라 그 남자아이를 쳐다보았고 그 아이가 농담하는 것이리라 생각했다. 하지만 뒤를 흘낏 봤을 때 나는 그 아이의 말이 거짓이 아니라는 사실을 깨달았다. 내 치마에는 진한 색의 커다란 얼룩이 져 있었고 플라스틱 의자 위에는 피가 조금 고여 있었다. 반 아이들은 내가 당황하는 모습을 보고선 아무 말 없이 뒤로 물러서서 내가 지나갈 수 있게 해줬다. 여학생 화장실에서 나는 분개한 채 몸을 구부리고서 두루마리 화장지를 잔뜩 포개서 뭉치로 만들었다. 남은 시간 동안 나를 보호하기 위해서였다. 나는 이

것을, 이 피를 절대 원하지 않았다. 집에 돌아와 나는 욕실 세면대에서 속바지를 깨끗이 빤 다음 건조용 선반 뒤편에 걸어놓고 말렸다. 제발 아무도 눈치채지 못하기만을 간절히 빌면서. 나는 '여성이 되는 것'에 관한 무시무시한 대화를 엄마와 나눌 용기가 없어서 탐폰을 슬쩍했다. 그것을 내 몸속으로 집어넣을 때 타는 듯한 느낌에 울 뻔했지만, 꾹 참았다. 과정을 이겨내기 위해 이를 악물고 온몸에 힘을 꽉 주고 있어야 했다. 닦고, 끼워 넣고, 생리대를 차고. 열두 살의 나이에 나는 평생 피를 흘려야 하는 운명이 내 앞에 놓여 있다는 사실을 깨달았다. 내 몸이 나를 저버린 기분이 들었다.

그 이전에는 시간의 흐름을 감지하는 데에 둔감했다. 심지어 무슨 요일인지 잊어버릴 때도 가끔 있었다. 하지만 이제 내게는 절대 무시할 수 없는 체내의 달력이 생겼다. 매달 가차 없이 찾아오는 피. 닦고, 끼워 넣고, 생리대를 차고. 이 새로운 리듬에 적응하기를 거부하는 도중 몇 번 곤경에 처한 적도 있었다. 한번은 가족휴가를 떠났는데 생리용품을 챙기지 않았다는 사실을 너무 뒤늦게 깨달았다. 나는 호텔의 두루마리 화장지를 빽빽이 돌돌 말아서 임시 탐폰을 만들고, 다시 팬티의 아랫부분을 더 많은 화장지로 둘둘 감았다. 나는 틈이 나는 대로 화장실에 가서 피가 새지는 않았는지 확인했다. 며칠 후 마침내 출혈이 멈췄을 때 나는 안도감에 울음을 터뜨렸다. 다른 여자아이들 역시 나와 마찬가지로 생리의 현실에 대해 무지한 것 같았다.

그 당시 우리 학교에는 질이 물에 닿으면 곧바로 스스로 문을 닫아버린다는 신화가 퍼져 있었다. 심지어 생리 기간에도 말이다. 나는 방과 후 수영 동아리 시간에 이 신화가 틀렸음을 몸소 증명했다. 다행히 수영장은 여자아이들로 바글대고 있었고 아무도 나를 수영장 물을 탁하게 만든 범인으로 지목하진 않았다. 또 한번은, 친구네 집에서 하룻밤 자기로 한 날 밤중에 생리가 시작되었다. 나는 친구의 침대 옆에 있는 손님용 침대에서 잠이 깼는데 생리통으로 몸에서 열이 났고 두 다리 사이가 축축했다. 친구네 침대 시트를 얼룩지게 한 사실을 알았을 때 나는 지구가 쩍 갈라져서 나를 집어삼켜주기를 바랐다.

나는 믿기 힘들 정도로 피에 비위가 약하다. 피를 볼 때나 만질 때나 피 냄새를 맡을 때가 아니라 피에 관해 말을 할 때 그렇다. "생리 중이야." 나는 이 말이 수치스러운 말이라고 어디에서 배웠을까? 절대 나 혼자서 이 혐오증을 만들어냈을 리가 없다. 아마도 학교에서 우리(즉 여자아이들)를 한데 모아 '생활교육' 수업을 받게 했던 때일 것이다. (남자아이들은 이 시간이 되면 자취를 감췄다. 나중에야 알았지만, 운동을 하기 위해서였다) 원칙적으로는 생리와 임신에 관해 배워야 했지만 '생활교육' 수업 시간에 우리가 배운 것이라고는 고작 핸드크림을 바르는 법(너무 많지 않게), 적합한 치수의 브래지어를 착용하는 법(너무 작지 않게), 적절한 길이의 치마를 입는 법(너무 짧지 않게) 따위뿐이었다. 파운데이션 바르는 법과 다리 제모 시기에 대해서도 배웠다. 숙녀처럼 오렌지 조각을 먹는 방식에 대해서도 배웠다. 마침 한 여자아이가 완벽하게 타당한 질문을 던졌다. 만약 수업 중간에 생리가 시작돼서 화장실에 가야 한다고 요청하려면 어떻게 해야 하느냐고. 강사가 말했다. "선생님에게 '멘스를 하고 있어요.'라고 말하렴." 그녀는 '멘스'라는 단어를 대단히 강조했다. 우리는 그녀를 빤히 쳐다보았다.

피는 더럽다. '여성 위생용품'이라는 딱지가 잘 말해주고 있지 않은가? 우리의 비위생적인 몸을 위한 위생용품. 생리혈은 너무 더러워서 절대 밖에 내보여서는 안 된다. 탐폰과 생리대 광고는 실험실 비커에서 깔끔하게 쏟아지는 산뜻한 파란색 액체를 이용해 제품의 뛰어난 흡수력을 입증한다. 십 대 시절, 나는 소독제처럼 보이는 그 액체가 그때까지 내 몸 밖으로 계속 나왔던 어떤 것과 같다는 걸 알아차리지 못했다. 그 둘이 서로 같다고 알아차리지 못하는 것, 그게 바로 요점이었다. 내 몸과 내 몸의 피는 금기였다. 요즘은 탐폰과 생리대 회사들이 신나는 록 음악을 배경으로 깨끗한 피부를 가진 환하게 웃는 십 대 아이들을 등장시켜 제품을 광고하는데, 예전보다 상황이 더 나아진 것인지 잘 모르겠다. 예전과 달라진 것으로 보일 수도 있다. 생리 기간에도 즐겁게 노니까! 즐겁게 축하하니까! 모험을 즐기니까! 하지만 십 대 아이들을 위한 소형 탐폰 광고든 성인들을 위한 대형 생리대 광고든, 왜 그런지는 몰라도 피는 여전히 찾아볼 수 없다. 그러므로 메시지는 변함이 없다. 피는 알아서도 안 되고, 보여서도 안 된다.

　어른이 된 지금도 여전히 나는 생리를 하는 중이라고 말하기가 힘들다. 심지어 페미니스트들끼리 대화할 때조차 생리의 어떤 측면들은 금기다. 나는 요즘 유행하는 한 슬로건을 보고 크게 웃었다. "여성은 남성이 할 수 있는 어떤 일이라도 할 수 있다. 피를 흘리는 동안에도 그렇다." 하지만 웃다가 문득 의문이 들었다. 할 수 없다면 어쩔 건데? 때때로 호르몬은 홍수처럼 밀려와 나를 붕 띄웠다가 바닥에 패대기쳐 말라붙게 만든다. 세상에 기댈 곳 없이 홀로 남은 느낌이다. 때때로 나는 통증으로 허리가 끊어질 것 같다. 때때로 언제까지나 이 고통을 참아야 한다는 생각만으로도 실신할 것만 같다. 이러한 순간순간에 나는 페미니스트 영웅이 되고 싶은 마음이라곤 눈곱만치도 들지 않는다. 그저 어서 집에 돌아가 침대에 파묻히고만 싶다. 그렇지만 여전히 여성이 자신의 몸과 과잉 동일시되는 세계에서, 여성이 자신의 지적 능력을 거듭 증명해야만 하는 세계에서, 무엇이 이러한 고통을 호소할 수 없게 막아서고 있는 걸까? 만약 당신이 두통이 있다면, 너무 생각을 많이 해서 두뇌를 혹사한 탓이다(난 매우 똑똑해, 난 매우 바빠). 만약 척추가 아프다면 일을 너무 많이 했기 때문이다(난 매우 건강해, 난 매우 왕성해). 스트레스가 공격한다면?(난 매우 열심히 일하고 있어, 난 매우 중요해) 그렇지만 생리통으로 배가 찢어질 듯 아프다면?(난 매우 여성적이야) 이러한 고통은 절대 입 밖으로 꺼낼 수 없다.

벌거벗고 있을 때보다 피가 더 금기시되는 때는 없다. 생리에 관심이 있는 남자들, 이미 젖어 있는 여자와의 섹스를 갈망하는 남자들, '빨간 훈장'을 달고 싶어 하는 남자들이 있기는 하다. 하지만 나는 남자가 내 생리혈을 봤던 첫 경험을 너무나 생생하게 기억하고 있고, 그것은 그다지 유쾌한 기억으로 남아 있지 않다. 우리는 이십 대였고 서로 좋아하고 있었다. 그는 쿨한 남자였고 그가 나도 쿨하다고 생각하기를 바랐다. 우리는 키스를 하고 나서 서로 몸 구석구석을 어루만지다가 섹스를 했고 도중에 그가 아랫도리를 내려다봤다. 피를 보자마자 그는 내게서 몸을 뺐고 갑자기 온 사방이 피투성이가 되었다. 내 허벅지 안쪽도, 침대 시트도, 그의 성기도 피로 뒤범벅이 되었다. 그는 마치 자신이 곧 죽을 거라고 생각했는지 비명을 질러댔다. 염색이 좀 된 걸 가지고 말이다. 정작 죽을 것만 같은 사람은 나였다. 창피함을 못 이겨서 말이다. 이 경험을 통해, 남자가 온갖 종류의 체액을 여자와 섞기를 원하면서도 결코 혈액만은 아니라는 사실을 처음 알게 되었지만, 이것이 마지막 경험은 아니었다. 한번은 남자가 자신은 "그런 일에 전혀 신경 쓰지 않아."라고 말했지만, 그는 사정하자마자 시트를 세탁하려고 나를 침대 밖으로 밀어냈다. 또 한번은, 내가 생리 중이라는 말을 꺼내기가 무섭게 기사도가 투철한 데이트 상대가 길가에서 냉큼 전화로 택시를 불러 나를 집에 보낸 적도 있다.

이십 대 시절 나는 생리 기간에 섹스하는 것을 좋아했다. 이

기간에는 임신이 되지 않는다는 사실을 알았기 때문이다. 하지만 삼십 대 시절에는 같은 이유로 이 방식을 좋아하지 않게 됐다. 아이를 가지려고 갖은 노력을 다하는 동안 나는 피가 보일라 치면 곧바로 두려움에 빠졌다. 나는 '생리 주기'에 집착하게 됐고 점차 한 달 두 달 지나면서 이를 '임신 실패 주기'로 해석하기 시작했다. 나는 내 몸을 살피며 신호를 찾았다. 몸이 붓는 증상, 배란기의 쿡쿡 찌르는 듯한 통증, 임신했을 가능성이 있다는 것을 의미하는 투명한 자궁경관 점액 배출, 임신했을 가능성이 없다는 것을 의미하는 팬티 위의 분홍색 얼룩. 몇 개월이 몇 년으로 이어지면서 피는 내가 떨쳐버릴 수 없는 일종의 저주가 되었고, 나는 피를 정말로 증오하기 시작했다. 생리혈은 단순히 불편함에 그치지 않고 내게 새로운 종류의 지우기 힘든 얼룩을 남겼다. '불임'이라는 얼룩을. 사람들은 인생의 힘겨운 사건들과 화해하는 일에 관해 말하곤 하지만, 만약 당신이 타협하려고 애쓰는 사건이 자신의 몸속에서 일어나고 있다면 어떻게 해야 할까? 나는 생리에 관해 이야기할 수 없는 상태로 되돌아갔다. 파트너에게도 이야기할 수 없었고 그가 그저 직감적으로 알아차리기만을 바랐다. "생리 중이야."라고 말하는 일이 내게 너무 버거웠기 때문이다. 그 대신 나는 아기를 가질 수 없다면 최소한 새 옷이라도 가져야겠다고 생각하며 쇼핑을 갔다. 그러고 나서는 매번 신용카드 명세서를 볼 때마다 마침내 내 생리 주기를 여기에서 정확히 알 수 있구나 하고 씁쓸해했다. 말이 아닌

숫자로 표현된 주기를.

지난 30년 동안 나는 생리가 너무 부끄럽고, 불편하고, '여성적'이기 때문에 밖으로 크게 이야기해서는 안 된다고 엄명하는 거대한 침묵 속에서 살아왔다. 매우 오랫동안 그래왔기 때문에 더는 신경이 쓰이지도 않을 정도였다. 하지만 이제 나는 이러한 침묵과 비밀엄수의 의무, 질에서 나오는 피는 무조건 금기시해야 한다는 비뚤어진 견해에 질릴 대로 질렸다. 젠장, 왜냐하면 이러한 일은 조금도 괜찮지 않기 때문이다. 숨기고, 부끄러워하고, 침묵을 지키는 일은 지옥에서나 하라지. 인생의 대부분, 나는 한 달에 한 번씩 생리했다. 그리고 그 오랜 시간 동안 생리전 증후군과 감당할 수 없게 쏟아지는 피, 극심한 생리통을 겪으면서도 늘 생글생글 미소를 잃지 않았다. 출혈은 늘 고통스러웠다. 육체적으로도 정서적으로도. 그래서 남은 인생은 더는 이에 관해 침묵하지 않을 생각이다. 나는 피를 이야기하고 쓰고 쏟아낼 것이다. 피는 단지 나의 잉크만이 아니라 나의 화두가 될 것이다.

나는 피를 흘리는 몸을 가지고 있다. 한 달에 한 번, 몸은 피로 축축하고 뜨거워진 채로 질퍼덕거린다. 피는 생리대 옆으로 새어 나오고, 청바지의 가랑이 부분을 얼룩지게 하고, 탐폰을 제때 교체하지 않으면 화장실 바닥에 뚝뚝 떨어진다. 피는 불편하고 지저분하고 필요하고 활기차고 쏟아지고 경외감을 불러일으킨다. 이 피는 '빨간색'이다. 그리고 '울림이 크다'. 이 피는 '나의 것'이다.

·∙))▶

아니, 조금 더 정확히 말하면, 예전엔 그랬었다. 생리가 처음
시작됐을 때 수치심을 느꼈다면 이러한 수치심은 생리가 최종
종료될 즈음에 열 배로 증폭된다. 건조한 질에 손가락을 집어넣
어 피가 나올 기미가 있는지 확인할 때마다 두려움에 온몸이 긴
장된다. 십 대 시절 임신에 대한 공포 때문에 하던 행동을 재연
하는 것만 같다. 제발 피가 나오기를. 피가 넘치게 흐르기를.

다른 여성들은 신체가 변화해가는 상황에 맞닥뜨릴 때 어떻
게 할까? 나는 탐폰에 부과되는 특별소비세에 마음속으로 불평
하곤 했다. 하지만 이제는 음모가 뜯기곤 하던 야간용 생리대에
향수를 느낀다. 물론 위생용품 그 자체를 애석해하는 것은 아니
다. 폐경기를 향한 점진적인 이동 — 내 경우에 폐경기는 삼십
대 후반부터 시작됐다 — 은 내 몸이 아기를 낳을 수 있는 시기
가 거의 끝나간다는 명백한 신호다. 출산한 적이 없다는 사실(유
산은 출산과 다르다)은 훨씬 더 큰 상실감을 안긴다. 나는 이 상실
감을 또렷하게 설명할 방법을 찾아야 한다.

한 친구는 자신이 겪는 폐경기 증상들에 대해 언급하면서
미안하다는 기색을 감추지 못한다. 나는 "아니야, 계속 얘기해."
라고 말한다. 나는 그녀가 경련과 땀, 냄새나는 분비물 등에 대

해 실제 경험하는 그대로 말해주는 것이 매우 고맙다. 사회적으로 가장 커다란 당혹감을 느낄 때는 생리와 관련된 문제를 접할 때가 아니라, 비생산적인 여성의 몸이 목소리를 내지 말고 존재감을 지우도록 강요받을 때라는 사실을 잘 알고 있기 때문이다. 우리는 호르몬 대체 요법을 둘러싼 논쟁들에 대해 알고 있고, 폐경기 여성들이 경험하는 온몸이 화끈거리는 증상과 밤에 땀을 흘리는 증상에 대해 알고 있다. 피임하지 않아도 되는 섹스에 뜻밖의 즐거움이 있을 수도 있다고 수긍한다. 다만, 사람들이 말하지 않는 것은, 혹은 내가 들어보지 못한 것은 폐경이 어떠한 느낌을 주는가이다. 생리가 갑자기 사라지면 어떠한 기분이 드는가. 우리의 몸은 어떻게 우리를 깜짝 놀라게 하기 시작하는가. 한때 촉촉했던 것이 이제는 건조해진 느낌은 어떠한가. 선명한 빨간색이었던 것이 이제는 갈색이 되거나 혹은 완전히 자취를 감춘 느낌은 어떠한가. '다른' 냄새가 나는 건 어떠한가. '묵은' 냄새가 나는 건 어떠한가.

나는 어떤 증상들을 겪고 있는가? 이제 오르가슴은 내게 코끼리도 쓰러뜨릴 정도의 경련이 일어나게 만든다. 가슴은 덜…… 생기가 넘친다. 그리고 항상 너무 덥다. 물론 너무 추울 때는 제외하고. 생리 전 증후군은 더하면 더했지 못하지 않다. 절망이라고 칭할 수밖에 없는 감정을 경험하는 날들도 있다. 생리는 드문드문 있고 언제 있을지 예측하기 힘들고 예전과 다른 양상을 띤다. 때때로 몸이 유난히 힘든 날이 있는데 이런 날에는 끈적거리고 진하고 검붉은 물질인 혈전이 계속 몸에서 나온다. 엄지와 검지로 굴려 구슬을 만들 수 있을 것 같기도 하다. 나는 변기의 물을 내리기 전에 화장지에 묻어 있는 이 '오래된 피'를 자세히 들여다본다. 이것은 나의 몸이다. 하지만 낯설게 느껴진다. 나는 이것을 처음부터 다시 배워야 한다. 피를 흘리지 않는 여성으로 존재하는 법을 배워야만 한다.

작년 여름 어느 날 밤에 나는 우리가 중년이라고 말하는 친구와 말다툼을 벌였다. 그는 그것을 명예로운 훈장으로 여겼다. "나는 중년이 아니야." 나는 말하고 또 말했다. 왜 나는 이 위치를 그렇게 격렬하게 부정했을까? 아마 내가 젊지 않다는 신호들을 더는 피할 수 없기 때문일 것이다. 혹은 '중년'이라는 딱지가 그에게는 그저 관용구에 불과할 뿐 실제적인 신체 변화를 의미하지 않았기 때문일 것이다. 그리고 아마도 만약 생리의 첫 시작이 '여성이 되는 것'을 의미한다면 생리의 종료가 여성으로 존재하는 것이 끝났음을 의미할까 봐 두렵기 때문일 것이다.

•))))

그리고 이는 나—내 삶의 리듬만이 아니라 나는 누구인가라는 물음과 관련된 실제의 나—의 어느 부분들이 몸에 의해 구성되어 있는지에 대해서 다시금 생각해보게 한다. 나의 몸은 나에 대해 무엇을 말하는가? 그리고 나는 나의 몸에 대해 무엇을 말하는가? 나는 이러한 질문들을 나 자신에게 던진다. 몸이 변화할 때, 스스로 중년이라고 받아들일 때, 여성으로 존재하는 것의 의미에 대해 고민할 때, 이 질문들이 앞으로 똑바로 나아가는 길을 안내해줄 수 있다는 듯이.

내가 여성성의 체내 신호들에 대해서만 갑자기 새삼 활발하게 분석하고 있는 것은 아니다. 최근 휴가 때 나는 옷장의 한 면 전체가 거울로 된 호텔에 투숙했다. 어느 날 아침, 샤워를 마친 후 침대 가장자리에 앉아 있는데 수건이 툭 떨어졌고, 그때 나는 처음으로 내 몸 전부를 온전히 보았다. 십 대 때 나는 엄마의 책『우리의 신체, 우리 자신*Our Bodies Ourselves*』을 훔쳤다. 그러고선 책에 나오는 여성 신체의 묘사와 도해에서 눈을 떼지 못한 채 페이지를 빠르게 넘기며 게걸스럽게 탐독했다. 하지만 자신의 신체와 질을 관찰해보라고 추천하는 대목에 이르자 나는 책을 덮어버렸다. 대체 자신의 '질'을 보고 싶을 이유가 뭐람? 한 번도 본 적 없이, 나는 막연히 그것이 추할 것이라고 지레짐작했다. 그리고 놀랍게도 그 짐작을 평생 단 한 번도 바꾸지 않았다. 30년이 지난 후에야 나는 다리를 벌리고 그것을 관찰하고 만지고 탐색했다. 그것은 추하지 않았다.

묘한 우연의 일치로, 나는 휴가 후 집으로 돌아오는 비행기 안에서 기내지를 훑어보다가 두 페이지짜리 고상한 흑백 펼침 기사에 시선이 꽂혔다. 음부 건강에 관한 기사였고 나는 읽기 시작했다. 하지만 금세 그것이 건강에 관한 기사가 전혀 아니라는 사실을 알아챘다. 소음순 수술 광고였다. 그 광고는 자신의 소음순이 너무 비대하거나, 너무 헐겁거나, 너무 보기 흉하다고 느끼는 여성들을 대상으로 하고 있었다. 나는 재빨리 다음 페이지로 넘겼다. 그달 말에 나는 한 여성지를 휙휙 넘겨가며 보다가 또 소음순 수술을 다룬 긴 기사를 발견했다. 기내지에서 본 글보다는 논조에 더 공감이 갔지만 어쨌든 나는 크게 낙담했다. 물론 이 수술이 꼭 필요한 여성들이 있다는 사실을 잘 알고 있다. 특히 출산 후 여성들이 그렇다. 하지만 이 광고와 기사는 그러한 사람들에게 초점이 맞춰져 있지 않았고, 소음순 수술을 일종의 미용 시술로 권장하고 있었다. 나는 내 몸에 혐오감을 느끼던 십 대 시절의 내가 생각났다. 고작 열세 살의 나이에, 내 몸에 셀룰라이트가 있다는 것을 발견하고서 이 사실을 나 자신이 싫은 이유 목록에 추가했던 기억 또한 떠올랐다. 나의 몸을 있는 그대로 받아들이기 위해 평생 힘겹게 벌여왔던 모든 전투가 눈앞을 스쳐 지나갔다. 하지만 여전히 나는 어찌할 수가 없다. 소음순 수술에 관한 이 광고와 기사들을 읽고서 나는 나 자신을 처음부터 다시 미워해야만 하는 것인지 고민에 빠졌다. 나는 너무 비대한가, 너무 헐거운가, 너무 보기 흉한가?

　여성들은 자기 신체를 평가하는 의례에 매우 익숙하다. 우리는 주변의 여성들을 쳐다보고, 자기 자신을 쳐다보고, 그리고 비교한다. 우리는 동등한가, 우월한가, 열등한가? 이를 피할 수 있는 여성이 거의 없다는 측면에서 볼 때, 이 의례에는 지독한 결속력이 있다. 이는 마치 부정적인 치어리더와 함께 사는 것과 같다. 우리의 몸이 바람직하지 않다고, 받아들여질 수 없다고, 정상적이지 않다는 소리가 배경음마냥 우리의 귓가에 계속 웅웅거리며 들려온다.

이러한 부정적 비교 행위는 내 몸에 나 있는 털을 쳐다볼 때 가장 빈번하게 발생한다. 인중부터 시작해서 겨드랑이, 다리, 비키니 라인에 이르기까지 나는 털이 아주 많다. 지금까지, 심지어 생리해온 것보다 더 오랜 시간 동안 나는 면도를 해왔다. 그리고 거의 그만큼의 시간 동안, 면도를 시작한 것을 후회해왔다. 하지만 그만두기는 말처럼 쉽지 않다. 열여섯 살 때 나는 면도기를 거부했다. 한 친구(정확히 말하자면 '친구인 척하는 적frenemy'이었지만 그 당시에는 이 단어가 없었다)가 내게 '역겹게' 행동하고 있다고 말하기 전까지는 말이다. 그 아이는 '그런 다리'를 가진 내 옆에 앉아 있는 것을 누가 볼까 두렵다고 했다. 나는 다시 면도하기 시작했다. 그러고선, 이십 대에 또다시 면도를 과감히 그만두었다. 모든 일이 그럭저럭 잘 흘러가는 듯했다. 어느 더운 여름날 빡빡한 지하철 안에서 내 털투성이 다리가 어린아이들의 눈에 띄기 전까지는. 아이들은 나를 가리키며 '울음을 터뜨렸다.' "엄마," 아이들이 겁에 잔뜩 질린 목소리로 물었다. "저 사람 남자예요?" 나는 아이들의 엄마를 향해 싱긋 미소를 지었지만, 그녀는 나와 눈을 마주치려 들지 않았다. 세상 곳곳에 있는 털북숭이 여성들을 위해 탄압에 맞서 투쟁했다고 말할 수 있으면 좋으련만, 나는 면도하는 생활로 다시 돌아갔다. 솔직히 말하자면 실험을 끝내고, 다른 여성들처럼 다시 매끈한 다리를 가지게 된 것에 안도감이 들었다. 눈치챘겠지만, 나는 여성의 체모를 수용하자는 대의명분을 위해 싸우고 싶은 마음과, 순응하여 주류에 편입하고 싶은 마음 사이에서 아직 갈피를 잡지 못하고 있다.

그렇지만 때때로 선택의 여지가 없을 때도 있다. 나는 겨드랑이 밑에 자라는 털을 말끔히 면도하곤 했다. 하지만 면도는 만성 습진을 악화시켰다. 피부가 뻘게지고 벗겨지고 감염될 정도로 상태가 심각했다. 그리고 정말로 심해질 때는 부풀고 욱신거리는 겨드랑이에서 고름을 짜내야만 했다. 이 시술들을 받으면서 생긴 흉터가 아직 여러 개 남아 있다. 내가 '여러 개'라고 말하는 이유는 의사의 엄중한 경고에도 불구하고 매번 내가 면도하는 생활로 돌아갔고 감염의 악순환이 다시 시작됐기 때문이다. 통증이 있는 농양을 절개하던 도중 의식을 잃은 이후에야 이 특정한 형태의 자해를 마침내 끝낼 수 있었다.

겨드랑이 면도를 그만두고 나자 처음에는 겨드랑이 밑에서 수북이 자라는 털들이 무척 부끄러웠다. 나는 민소매 상의를 입지 않았다. 수영복을 입어야 할 때면 두 팔을 상체의 양옆에 쇠사슬로 고정한 듯 꽉 붙이고 있었다. 한 친구가 겨드랑이털이 관능적이라고 생각한다고 위로하듯 말해주었다. 정말 친절하고 따뜻한 말이었지만 나는 그녀가 겨드랑이털을 밀었다는 사실을 알고 있었기 때문에 내 겨드랑이가 '절대' 관능적일 리가 없다고 생각했다. 요즘 나는 털이 무성한 나의 겨드랑이에 대해 거의 신경 쓰지 않는다. 유난히 매끄러운 겨드랑이를 가진 여성을 본 후, 털이 나를 남과 다른 존재로 부각시킨다는 사실을 새삼 깨달을 때만 빼고 말이다.

최근 나는 스무 명의 벌거벗은 여성들이 춤을 추는 모습을 관람하다가 나의 다름을 뼈저리게 깨달았다. 이 군무는 포르노 문화에 문제를 제기하는 극장 공연 중 일부였다. 이 나체 군무의 핵심은 여성들이 자신을 신체로 표현하는 모습을 보여주되 성적 대상물로 보이지 않게 하는 것이었다. 공연은 매우 생동감 넘쳤고 춤추는 여성들은 흥겨워 보였다. 그녀들이 관객들에게 함께 벌거벗고 춤을 추자고 권할 때 그러고 싶은 유혹을 느낄 정도였다. 하지만 바로 그때 나는 다시 공연을 유심히 보았다. 문제가 하나 있었다. 음모를 원래 모습 그대로 기른 여성이 단 한 명도 보이지 않았다. 나는 팔짱을 끼었다. 일부 여성은 깔끔하게 모양을 다듬었고, 일부 여성은 더 정교한 디자인을 사용했고, 몇몇 여성은 음모가 아예 없었다. 나는 어리둥절했다. 이 여성들은 가부장적 시선을 거부하기 위해 춤을 추고 있었다. 그렇다면 왜 그녀들은 왁싱을 했을까? 포르노가 제시하는 미의 기준에 맞서는 공연에 왜 떼로 벌거벗고 춤을 추고 있는 것일까? 물론 나도 알고 있다. 그들은 스스로 선택해서 그렇게 하고 있었다. 의심의 여지가 없다.

제모가 가학적이고, 시간을 잡아먹고, 여성에게만 부과되는 고가의 세금이라고 내가 생각한다는 사실은 문제가 아니다. 문제는 이 세금을 충분히 내지 않는 것이 나를 기괴한 사람으로 만든다는 사실이다. 그래서 나는 내가 정상적이라고 느끼기 위해서 잡지와 소셜미디어를 샅샅이 뒤진다. 때로 체모를 드러낸 여성의 공개 사진을 찾고서 외부의 검증에 뒤따르는 순수한 행복감을 느끼기도 한다. 나만 그런 게 아니야! 이 여성에게도 털이 있어! 우리는 털로 하나 된 여성 공동체야! 하지만 여성이 털이 난 몸을 공공연하게 드러내 보이는 일은 여전히 매우 드물어서, 이러한 희열감도 똑같이 매우 드물 수밖에 없다.

여성들을 처다볼 때 — 그녀들이 무대에서 나체로 춤을 추든, 잡지에 비키니를 입고 나오든 — 나는 그녀들이 매끈하든 털이 많든 신경 쓰지 않는다. 그녀들의 몸에 대해 신경 쓰지 않고 그녀들이 자신의 몸으로 무엇을 하는지에 대해 신경 쓰지 않는다. 그녀들이 털을 보기 흉하다고 여기든, 관능적이지 않다고 여기든 신경 쓰지 않는다. 나는 그녀들을 심판하지 않는다. 대신 나 자신을 심판한다. 나는 음모를 충분히 다듬지 않는 나 자신을 심판한다. 있는 힘껏 자주 다리를 제모하지 않는 나 자신을 심판한다. 겨드랑이털을 그대로 내버려두는 나 자신을 심판한다. 나는 끊임없이 나 자신을 심판한다. 그리고 이러한 끝없는 심판 행위는 내가 지금껏 행한 일들 중 가장 무의미한 행위다.

때때로 나보다 더 매력이 넘치는 여성들과 동석할 때마다 나는 나 자신(백인, 서양인, 중산층, 이성애자, 시스젠더)이 '괜찮은 여자'인지 고민한다. 나도 저렇게 "괜찮은 여자인가?" 나는 나 자신과 주위의 여성들을 번갈아 보다가 내가 그녀들에게 한참 미치지 못한다고 느낀다. 그러다 순간 나는 내가 여자이고, 그 자체로 '괜찮은 존재'라는 걸 깨닫는다. 자신이 충분히 여성적이지 않고, 바람직하지 않고, 훌륭하지 않다는 이러한 편집증은 '여성성'이 추구하는 궁극적 목표다. 이 편집증은 여성들이 어떻게 감시받고 있는지를 잘 말해준다. 더불어 우리가 어떻게 스스로를 감시하고 있는지에 대해서도.

··))▶

몇 년 전 동남아시아를 여행하던 도중 나는 큰맘을 먹고 뷰티살롱에서 전신 마사지를 받는 호사를 누렸다. 약간 웃긴 이야기라 여기서 말하기에 생뚱맞아 보일지 모르겠지만 잠시만 참아주시라. 나는 그 나라 말을 할 줄 몰랐고 뷰티살롱 직원 또한 영어를 할 줄 몰랐지만 우리는 빙그레 웃으며 고개를 끄덕였고, 내게 마사지를 해줄 한 젊은 여성이 나를 전용실로 안내했다. 그녀는 내게 옷을 벗으라고 몸짓했다. 나는 부끄러워하며 속옷만 남기고 옷을 다 벗었고 이를 보고서 그녀는 웃었다. 나는 내가 얼마나 털북숭이인지 생각하지 않으려고 애쓰며 팬티를 벗고 테이블에 누웠다. 그런 다음 그녀가 나를 마사지하기 시작했다. 뭉친 근육들을 안마하고 좋은 향이 나는 팩을 온몸에 발랐다. 그녀가 여러 장의 수건으로 내 몸을 단단히 싸맨 다음 쉬라며 자리를 뜨자 나는 참고 있던 숨을 내뱉었다. 좋아, 나는 생각했다, 그리 나쁘진 않군.

그런데 갑자기 몸에 열이 오르기 시작했다. 아니 뜨거워지기 시작했다. 마사지용 팩은 맵고 가렵고 뜨거웠다. 몇 분도 채 지나지 않아 불에 덴 듯 피부가 화끈거렸다. 하지만 몸이 수건에 너무 꽉 싸매져 있었고, 곧 나는 테이블에서 바닥으로 몸을 내던지지 않는 이상 옴짝달싹할 수 없는 상태라는 것을 깨달았다. 바닥은 멀게만 느껴졌다. 나는 다른 것에 대해 생각하자고 나 자신에게 말했다. 가렵지 않은 어떤 것에 대해. 그렇지만 가려움에 대한 생각이 도무지 머리에서 떠나지 않았다. "심호흡하자." 나는 내게 말했다. 하지만 심호흡을 하자 불이 더 활활 타올랐다. 나는 도움을 요청해야겠다고 생각했다. 마사지사가 돌아와서 맵고 가려운 거대한 케밥이 돼 있는 나를 구출해줄 거야. 하지만 내가 이 호사를 즐기지(혹은 견디지) 못하는 것을 그녀가 의아해할지도 모른다는 생각이 들었다. 그러면 얼마나 내 전부가 발가벗겨진 느낌이 들까? 나는 그녀를 호출하지 않았다.

마침내 마사지사가 돌아와서 수건을 풀었다. 그런 다음 내가 마사지 테이블에서 안전하게 내려오도록 도운 후 전용실의 구석으로 데려갔다. 거기에서 그녀는 한참 동안 호스의 물로 내 몸을 씻어내렸다. 차디찬 물이었다. 나는 몸을 덜덜 떨면서도 아무 말도 하지 않았다. 이를 딱딱 맞부딪치며 사람 좋은 미소만 지어 보였다. 몸을 닦고 옷을 입고 걸어 나오니 기분이 상당히 좋았다.

하지만 동시에 어떤 다른 감정이 느껴졌다. 불쾌한 감정이었다. 나는 창피함을 느꼈다. 마사지사 때문도, 전신 노출 때문도, 팩 때문도, 찬물 씻김 때문도 아니었다. 나는 마사지사를 부르지도, 도움을 요청하지도, 찬물을 거부하지도 못한 내가 부끄러웠다. 나약하다고 여겨질까 봐 두려워서 나는 내 힘과 목소리를 포기해버렸다. 향신료 마사지는 내 인생에서 유일무이한 사건이었지만, 어떤 면에서 보면 전혀 외떨어진 사건이라고 볼 수만은 없었다. 몸이 너무 부끄럽다는 듯이 행동한 온갖 사례들이 그 옆에 줄줄이 늘어서 있기 때문이었다. 친구나 남자친구에게 생리 중이라는 사실을 말할 때 두려움을 느꼈던 때부터 외모를 가꾸기 위해 겨드랑이를 면도하던 때까지, 우스꽝스러운 사건에서부터 건강을 위협하는 사건까지, 나는 반복적으로 내 몸과 그것의 중요성, 그것의 고통을 부정해왔다. 나는 '콘돔'이라는 단어를 입 밖에 내지 못한다는 이유만으로 콘돔 없이 섹스했다. 자궁경부암 검사를 받는 동안에도 의사가 검경을 질 안에서 거칠게 휘저어서 생기는 고통을 애써 무시한 채 침묵을 지켰다. 몹시 고통스러운 자궁 초음파 검사 동안에도 비명을 속으로 삼키며 예전과 똑같이 침묵을 지켰다. 침묵을 지키면 검사 결과가 좋아질지 모른다고 생각하기라도 하는 듯이.

　게다가 나는 상의를 벗을 수 없다는 이유로 암 진단을 무모하게 회피했다. 아니다, 이건 사실이 아니다. 나는 상의를 벗을 수 있었다. 하지만 나는 상의 밑에 있는 것을 중요하게 대우하지 않았다. 어느 날 아침, 샤워하는데 가슴에서 멍울이 만져졌다. 나는 인터넷에서 '유방암 검사'를 검색해보고 화면에 나온 사진과 내 가슴을 비교해보았다. 멍울이 어떤 느낌이 나는지에 대한 설명을 읽어보고 나에게 뭔가 문제가 생겼다는 사실을 알았다. 그리고선 그 후 6개월이 넘게 아무 조치도 취하지 않았다. 암이면 어쩔지 무서웠다. 하지만 공포에 동기를 부여받지도 의사를 찾아가지도 않은 채 나는 그냥 가만히 있었다. 나는 가족에게도 친구들에게도 그 시기의 남자친구에게도 이에 관해 말하지 않았다. 마침내 조직검사를 받으러 가게 됐을 때 나는 철저히 혼자였다. 다행히 양성이었다.

　왜 나는 부끄러움이 나를 침묵시키도록 내버려두는 것일까? 왜 몸을 잘 돌보는 게 그렇게 어려울까? 아마도 이는 내가 여성의 몸을 가지고 있다는 것을 고통을 겪는 것과 연관 짓기 때문일 터다. 생리를 시작한 첫날, 몹시 힘들었지만 나는 아무 말도 하지 않고서 이를 악물고 참았다. 나는 그것이 다른 여성들이 하는 일이고 여성들에게 기대되는 일이라고 믿었다. 여성으로서 나의 몸은 고통의 장소가 되기로 애초부터 '정해져 있다.'고 믿었다. 고통은 여성이 침묵을 지키지 않으면 안 되는 무엇이다.

생리의 고통부터 왁싱의 고통, 열등감의 고통에 이르기까지. 우리의 고통은 중요하지 않다. 우리의 몸은 중요하지 않다. 고통은 우리가 내야 하는 세금이다. 그리고 나쁜 건강은 우리가 거두는 배당금이다.

·))▶

　신체와 침묵의 합류 지점에 대해 생각해보고 있자니 고통이 이야깃거리였던 시절, 우리의 몸이 발표의 주제였던 시절이 떠오른다. 일곱 살 때 나는 바짓단을 걷어 올리고서 흉터들에 관해 이야기하곤 했다. 개에게 물려서 생긴 흉터, 경사진 지붕에서 뛰어내리다가 생긴 흉터, 녹슨 못에 긁혀 감염되어 생긴 흉터. 어린 시절의 이러한 흉터들은 단지 고통의 흔적만이 아니라 명예의 훈장이기도 했다. 내면의 용감함을 외부로 증명해주는. 하지만 어른이 되면서 우리의 자서전은 이성적 이야기로 변해가고, 그 자서전 안에서 우리는 머릿속에 든 것에만 집중할 뿐 몸에 새겨진 것은 무시해버린다. 때로는 은유적 소매를 걷어 올리고 비통함이나 슬픔, 스트레스에 관해 이야기할지도 모른다. 그렇지만 우리의 몸은 침묵을 지킨다. 나는 여성뿐만 아니라 남성 또한 이러하리라고 생각한다.

　우리는 몸을 자신이 어떠한 사람이고 무엇을 행했는지 보여주는 징표로 받아들였던 어린 시절의 마음가짐을 되찾아야 하지 않을까. 나의 몸은 건강하고 여러 역경을 이겨냈다. 몸은 나를 기분 나쁘게 만들 때보다 기분 좋게 만들 때가 많다. 나의 몸은 내게 많은 일을 할 수 있게 해준다. 나의 셀룰라이트 허벅지는 강하고, 나를 산꼭대기까지 데려다준다. 그러한 허벅지를 나는 사랑한다. 나는 오른쪽 가슴에 있는 흐릿한 흰색 선, 즉 유방 종양 절제술 흉터를 보면 행복감을 느낀다. 흉터는 약함의 징표가 아니다. 흉터는 내가 어떻게 나의 몸을 되찾았는지를 보여주는 상징이다. 나에게는 이 흉터가 필요하다. 내가 몸의 주인이라는 사실을 상기시켜주기 때문이다.

때때로 거울을 들여다보는 일은 힘이 든다. 때로 자기 자신을 완전히 쳐다보기까지 수년의 시간이 ─ 내 경우에는 수십 년의 시간이 ─ 걸리기도 한다. 때로 가장 용감한 행동은 거울 없이 자기 자신을 쳐다보는 일이다. 이러한 종류의 벌거벗음에는 노력이 필요하다. 결국, 벌거벗는다는 것은 겉으로 어떻게 보이느냐의 문제만이 아니라, 겉으로 어떻게 보이는지에 대해 내면에서 느끼는 바를 인정하느냐의 문제이기도 하다. 대화를 역전시키는 문제이며, 자신이 초라하고 생기 없고 조용하다는 가면을 벗어던지는 문제. 몸이 슬픔의 원천이 아니라 삶 이야기의 원천이라는 사실을 인식하는 것의 문제다.

만약 나의 몸이 이야기할 수 있다면?
그것은 무엇을 말할까?

나는 몸이 피에 관해 말하리라고 생각한다. 넋을 빼놓는 피의 흐름과 사그라짐. 종료와 재개에 관해. 나는 몸이 내 손가락, 내 손, 다른 이의 입술이 선사하는 촉감에 관해 이야기하리라 생각한다. 피부와 피부가 닿는 느낌. 촉촉하고 느린. 부드럽고도 단단한. 차가움의 충격과 따뜻함의 기쁨. 나는 몸이 오르가슴의 환희와 웃음소리의 환희와 허기 채움의 환희에 관해 말하리라 생각한다. 톡 쏘는 매운 음식과 마음을 달래주는 부드러운 음식에 관해. 밖을 내다보고 안으로 끌어들이는 일에 관해 말하리라 생각한다. 나는 몸이 향기와 악취에 관해 이야기하리라 생각한다. 깨끗함과 더러움에 관해. 나는 몸이 질병과 회복에 관해, 불굴의 의지와 성장에 관해 이야기하리라 생각한다. 나는 몸이 상실과 슬픔에 관해 이야기하리라 생각한다. 홀로 서 있는 것과 서로 맞잡고 있는 것에 관해. 오랜 지속과 완전한 변화에 관해. 만족에 관해. 행복에 관해. 즐거움에 관해.

나는 몸이 강한 소리를 내리라고 생각한다. 나는 몸이 커다란 소리를 내리라고 생각한다. 나는 몸이 자신감 넘치는 소리를 내리라고 생각한다.

그리고 나는 귀 기울여 들을 것이다.

그리고 이것, 바로 이것이 여성이 종이에 피를 쏟아 낼 때의 모습일 것이다.

✳

나에 관한 어떤 것

＊

나는 여기 있지 않다. 그의 손이 나에게 닿을 때, 그의 손과 입과 그의 몸 전부가 내 안으로 들어오고 싶다고 말할 때, 나는 이렇게 생각한다. '나는 여기 있지 않다.' 나는 여기에 있으면 안 되니까. 절대로 여기에 있어서는 안 된다. 나는 고작 열여섯 살에 불과하고, 엄마는 내가 어디에 있는지 모른다. 오늘은 평일 밤이고 나는 내 침대에서 이불을 턱 끝까지 덮고 있어야 하지 다른 사람의 침대에서 강간을 당하고 있어서는 안 된다. '그러므로 나는 여기 있지 않다.'

물론 지금 나는 여기에 있다. 더 정확히 말하자면 나는 거기에 있었다. 있지 말아야 할 곳에. 지금의 나에게 물어보라. 그러면 나는 현재 내가 마흔이 넘었고 안전한 상태이고 직장도 가정도 파트너도 있고, 그저 십 대 시절 광란의 몇 년을 보냈다고 말할 것이다. 내게 물어보라, 그러면 나는 큰 소리로 웃으면서 내가 한동안 약간 통제 불능의 상태였다고 말할 것이다. 다른 사람들이 스포츠 팀에서 활약하던 일이나 수학여행 때 비행을 저질렀던 일에 대해 추억할 때, 나는 3년 동안 중등학교 다섯 곳을 전전했다고 말할지도 모른다. 아마 흔치 않은 일처럼 들릴 것이고 좋은 시절에 나와 만난 사람들은 약간 놀란 표정을 지었다가 이내 한때 내가 거친 아이였다는 사실에 웃음을 터뜨릴 것이다. 더 재밌는 일화들을 조금 알고 있는 남자친구는 어린 시절의 엉뚱하고 괴짜 같은 나에 대해 에세이를 써보라고 한다. 그렇지만 그는 어린 나의 유별난 몇몇 단편만을 알고 있을 뿐, 그것이 내 이야기의 전부는 아니다. 그래서 오랜 시간 동안 나는 고민을 거듭했다. 결국, 왜 나는 이 이야기를 하려 하는가? 이 이야기가 그 이후 지금껏 정성스레 가꾸어온 내 인생 전체를 위험에 빠뜨릴 수도 있는 이 시점에 말이다.

　나는 의자에 앉아 턱을 손으로 괸 채 앞에 놓인 노트북의 비어 있는 페이지를 쳐다보며 이 질문을 두고 몇 시간 동안 씨름한다. 이것이 단순한 불행 서사인지 아니면 들려줄 만한 가치가 있는 이야기인지 결정지으려 애쓰면서. 설사 들려줄 만한 가치가 있다고 하더라도 어떻게 이 이야기를 의미 있는 것으로 만들어낼 수 있을까? 나는 일단 '나는 여기에 있지 않다.'는 내 느낌을 출발점 삼아 이야기를 시작해보려 하지만, 이건 시점이 너무 늦다. 말이 되지 않는다. 그렇다면 런던으로 이사 간 열네 살 때부터 이야기를 시작해보면 어떨까? 그러나 이 역시 너무 늦다. 아일랜드에서 처음 술을 마시고 담배를 피운 열세 살 때부터 시작해야 하지 않을까? 그럼 만약 거기서부터 이야기를 시작한다면 어디에서 이야기를 끝내야 할까? 담배를 마지막으로 피운 열아홉 살 때?

그제야 나는 내 고민과 달리 이 이야기에는 시작도 끝도 존재하지 않는다는 사실을 깨닫는다. 이 이야기에는 쉽게 짚을 수 있는 탄생의 순간이 존재하지 않는다. 이 연대표는 자잘한 이런저런 일투성이고, 인생의 중점 사건들에 따라 연도별로 쉽게 나눌 수가 없다.

그래서 이 이야기가 항상 말도 안 돼 보이는지도 모르겠다. 하지만 이것이 바로 내가 가지고 있는 이야기다.

·•)))▶

부모가 갈라선 이후 우리에게는 돈이 거의 없었다. 나는 항상 이 사실을 고통스러울 정도로 뼈저리게 의식하고 있었다. 나는 우리가 계속 근근이 살아갈 수밖에 없다는 느낌을 증오했다. 선물 같은 건 전혀 없고, 자동차는 너무 낡아서 겨울이면 문이 얼어 열리지 않고, TV가 아예 없다가 나중에야 작은 흑백 TV가 하나 생긴 것을 나는 증오했다. 늘 신발을 한 켤레 이상 가져본 적이 없고 그마저도 같은 반의 다른 아이들이 가진 브랜드 신발이 아니라는 사실을 나는 증오했다. 나이가 더 많거나 덩치가 더 큰 아이들의 헌 옷을 물려받아 입는 것을 나는 증오했다. 무엇보다 우리가 매일 똑같은 값싼 음식을 반복해서 먹는 것을 나는 증오했다. 회갈색 다진 고기, 무른 감자를 앞에 두고 하는 길고 장황한 감사기도가 구역질 났다. 그리고 열 살 때 마침내 나는 음식을 먹지 않는 행위가 가지는 힘을 발견했다.

대부분의 평일에 엄마는 나를 학교에 보내면서 샌드위치 한 쪽과 사과 한 개를 점심 도시락으로 싸주었다. 그렇지만 시간이 촉박하거나 식빵이나 사이에 끼울 재료가 부족한 아침이면 엄마는 내게 학교에서 나눠주는 샌드위치를 먹으라고 했다. 모든 학생은 매일 무료로 우유 한 갑씩을 받았다. 우유갑들은 통 안에 담겨 나왔고 통의 모서리에는 뒤늦게 부랴부랴 챙긴 듯한 샌드위치들이 담긴 투명한 비닐봉지가 걸려 있었다. 대부분 햄이 들어 있는 샌드위치였고 어떤 것은 치즈가 들어 있었지만, 햄은 끈적끈적하고 치즈는 플라스틱처럼 딱딱했다. 그리고 두 종류 모두 버터가 잔뜩 발라져 있었다. 나는 버터 바른 샌드위치를 싫어했다(지금도 그렇다). 지금 생각해보면 샌드위치들이 아마도 처음에는 비닐봉지 안에 가지런히 쌓여 있었을 테지만, 교실에 도착할 때쯤이면 항상 엉망진창으로 뒤섞여 있었다. 샌드위치를 가져오기 위해서는 기름진 비닐봉지 안으로 손을 넣어서 재료 하나하나를 집어서 꺼내야만 했다. 퀴퀴하고 질척거리는 느낌이었고 겨울에는 너무 차가워서 라디에이터에 올려놓고 데워야 했다.

　남자아이들은 우유를 마셨고 일부 남자아이들은 점심시간 내내 축구를 하고 와서는 샌드위치도 먹었다. 하지만 여자아이들은 샌드위치를 먹지 않았다. 내가 아는 한 그런 것 같았다. 반에서 중심이 되는 여자아이들은 확실히 절대로 먹지 않았다. 나는 이미 옷을 물려 입는 아이로 낙인찍힌 것도 충분히 속상한 터였다. 나는 우리 반에 있는 그다지 착하지 않은 키 큰 여자아이에게서도 옷을 물려 입었다(엄마들은 서로 친구였다). "어," 그 여자애는 말하곤 했다. "나한테도 딱 저렇게 생긴 점퍼가 있었는데." "어," 그 여자애는 말하곤 했다. "그거 내 점퍼였던 것 같은데." 그 여자애가 빤히 쳐다보고 있는데 무료 샌드위치를 집어 들 수는 없었다. 아무리 배가 고프더라도 말이다. 그래서 엄마가 내게 점심 도시락을 싸줄 시간이 없을 때마다 나는 그냥 아무것도 먹지 않았다. 그러고 나서 ― 여기가 이 이야기의 진짜 출발점일까? ― 나는 엄마가 직접 만든 샌드위치도 먹지 않기 시작했다. 나는 가방 아래에 샌드위치를 쑤셔 박았고 샌드위치는 그 안에서 썩어 악취를 풍겼다. 나는 매일 사과 하나로 허기를 달랬다. 그런 다음엔 사과 먹는 것마저 그만두었다. 나는 내게 굶기의 재능이 있다는 사실을 깨달았다.

　한번은 방과 후 집으로 차를 타고 오던 중에 카풀을 해주는 친구 엄마에게 그날 온종일 아무것도 먹지 않았다고 말했다. 그리고 ― 이게 결정적인 구절이다 ― 심지어 배가 하나도 고프지 않다고 말했다. 그녀는 내게 엉뚱한 소리 하지 말라고 했다. 나는 아니라고, 정말로 온종일 아무것도 먹지 않았다고 의기양양하게 말했다. 그제야 그녀는 내 말을 믿고서 내게 자기 딸이 먹고 남긴 도시락의 빵 껍질을 먹게 했다. 이건 내가 원했던 반응이 아니었다. 그녀는 식욕을 이겨낸 내 의지력에 전혀 경탄하지 않았다. 나는 울음이 터지려는 것을 꾹 참고서 분개한 채로 빵 껍질을 씹었고 다시는 나 자신을 다른 사람에게 드러내지 않으리라 결심했다. 나는 나약함을 이겨낸 나의 승리에 대해 아무에게도 말하지 않을 작정이었다. 그냥 그렇게 혼자 실천할 작정이었다. 이 사건을 계기로 나는 이전보다 굶기를 더 가치 있는 행위로 받아들였다. 이제 나는 비밀 무기인 어떤 것을 가지고 있었고 이 무기는 오롯이 나만의 것이었다. 음식을 먹지 않음으로써 나는 가볍고 깨끗하다는 느낌이 들었다. 그리고 영향력이 있다는 느낌이 들었다.

학교에는 친구가 하나도 없었다. 아마 내가 여기에서 하고 있는 이야기를 보면 이미 뻔히 짐작하고 있겠지만 말이다. 나는 친구 사귀는 법을 잘못 알았다. 나는 너무 큰 소리로 말하거나 다른 사람들이 나에 대해 어떻게 생각할지에 대해 지나치게 신경 썼다. 나는 친구를 사귀는 규칙을 알지 못했다.

나는 항상 마른 아이였기에 아무도 내가 더 말라가고 있다는 사실을 눈치채지 못했다. 나는 아침에 엄마가 다그칠 때면 시리얼 몇 숟가락만 먹었다. 엄마가 더 먹으라고 강요하면 토하곤 했다. 하루는 시리얼 한 그릇을 다 비운 후 내 주장을 밝히기 위해 거실 카펫에 먹은 것을 다 토해버렸다. 이것은 엄마에게 몹시 성가신 일이었다. 안 그래도 일정보다 늦어진 아침에 그런 일은 더더욱 견디기 힘들었을 것이다. "맙소사, 아직도 성에 안 차니?" 엄마가 말했다. "차에 타." 나는 엄마가 "아직도 성에 안 차니?"라는 말을 무슨 의도로 한 건지 정확히 알 수 없었고 내가 도를 넘은 것은 아닌지 겁을 먹었다. 하지만 이 사건 이후로 아침을 먹으라는 압력은 확실히 줄어들었다.

나는 항상 매일 저녁 시간에 식사를 제대로 다 먹었고 그래서 절대 위험할 정도로 병들거나 마르지는 않았다. 하지만 항상 몸이 아팠고 비틀거림과 현기증이 뒤섞인 느낌을 자주 받았다. 나는 아동병원 응급실에 들락날락했다. 주로 손목이나 발목을 접질려서일 때가 많았다. 금세 나는 간호사들과 병원 행정직원들의 얼굴과 이름에 익숙해졌다. 한번은 너무 심하게 다친 나머지 엄마가 직장에서 일주일간 휴가를 내고서 나를 간호해야만 했다. 우리는 함께 판지로 된 인형의 집을 만들며 시간을 보냈고 엄마는 내가 제일 좋아하는 음식들을 만들어주었다. 차분함과 친밀함을 느낄 수 있는 매우 드문 시간이었다. 나는 음식을 먹었다. 그리고 기분이 나아지기 시작했다. 그 주가 끝나갈 무렵 학교에 돌아갔을 때 나는 다른 아이들이 내 목발을 가지고 경주하는 것을 허락해서 잠시나마 인기가 있었다. 하지만 얼마 지나지 않아 나는 음식을 먹지 않는 생활로 되돌아왔다. 점심시간 동안 나는 책상에 앉아서 책을 읽었다.

나는 점점 불안해졌다. 나는 잠을 자지 않기 시작했다. 침대에 누워서 낮 동안 학교에서 내가 말한 모든 말을 분석하고 바꾸어 말해보고 내가 실수한 모든 것을 곱씹고 또 곱씹었다. 이때가 아마 열한 살이었을 것이다. 엄마는 내 눈 아래의 다크서클과 나의 만성피로에 대해 염려하며 나를 의사에게 데려갔다. 진찰실에서 의사는 엄마에게 나와 본인 둘만 있게 해달라고 양해를 구한 후, 내게 특별히 걱정되는 게 있느냐고 물었다. 나는 없다고 말했다. 다른 질문들은 기억나지 않지만, 내가 아무 말도 하지 않으면 그들이 내게서 아무것도 알아내지 못하리라 생각했던 것은 기억난다. 엄마가 다시 진찰실로 들어오자 의사는 내가 너무 말랐다며 식욕은 있는지 물었다. 그는 추와 천칭이 달린 구식 저울을 사용해 내 몸무게를 쟀다. 나는 그가 두꺼운 손가락으로 슬라이더를 움직이는 모습을 지켜봤다. "저체중이에요." 그가 말했다. 나는 속으로 생각했다. '바로 이거야. 처음으로 주목받는 순간이야.' 엄마는 내가 마요네즈를 듬뿍 바른 치킨샌드위치같이 좋아하는 음식이 있으면 얼마나 게걸스럽게 먹는지 모른다고 말했다. 그들은 소리 내어 웃었다.

집으로 돌아오는 차 안에서, 엄마는 의사에게 내가 품고 있는 걱정거리에 대해 말했느냐고 물었다. 나는 무릎만 뚫어져라 보고 있다가 고개를 저었다. 엄마는 짜증을 내며 자신이 직장에서 오후 반차를 내야 했고 진료 비용이 비쌌다고 말했다. 엄마의 목소리는 돈 걱정으로 날카로워져 있었다. 나는 그 순간 앞으로 엄마에게 내가 잠을 자지 못한다는 사실을 말하지 않으리라 결심했다. 또한, 내가 앞으로도 나 자신에게 잠을 자도록 허용하지 않을 것이라는 사실을 엄마에게 말하지 않겠다고 결심했다. 그것은 또 다른 규칙이고, 또 다른 자기통제 방식이고, 나에게 내리는 또 다른 처벌이었다.

·•))▶

나는 이후 굶기가 일상을 지배하는 몇 년을 보냈다. 하지만 중학교에 진학하고 나자 하루를 버티려면 더 많은 에너지가 필요했다. 어느 날 아침, 학교 조회 시간에 나는 맥이 풀리기 시작했다. 처음에는 눈앞이 아득해졌다. 하지만 발표 소리는 아직 들을 수 있었고 앞으로 약간 휘청하긴 했지만 제자리에 서 있을 수 있었다. 그런 다음 시끄럽게 윙윙거리는 소리가 귀를 가득 채우더니 모든 것이 완전히 암흑으로 변해버렸다. 나는 쓰러졌다. 내 옆줄에 서 있던 여자아이가 나중에 말해주기를 내가 바닥에 부딪칠 때 쾅 하는 소리가 커다랗게 났다고 했다. 학교의 양호교사는 내가 아침 먹는 것을 깜박했다고 고백하자 멸시하는 듯한 표정을 지었다. 실제로 내가 아침 식사를 계속 거부하는 바람에 그 시기에 집에서는 아침마다 한바탕 전쟁이 벌어졌다. 엄마는 가운만 걸친 채 토스트를 흔들며 버스정류장까지 나를 쫓아오기도 했다.

남은 조회 시간 동안 전교생은 먼지투성이 바닥에 앉아 있으라는 지시를 받았다. 조회가 끝나자 고학년 언니들이 염려하는 척하며 나에게 어깨동무를 하더니 나를 마스코트로 선포했고, 그 학년의 남은 기간 내내 나는 기절한 여자아이로 주목받으며 약간의 명성을 얻었다. 최소한 이때는 친구들이 있었다. 열세 살이 되자 나는 나를 좋아하는 것 같은 사람들을 찾기 시작했다. 그들은 실제로 정말 나를 좋아했다. 하지만 나 스스로 그 사실을 믿기까지는 오랜 시간이 걸렸다. 아마 외로운 삶이 영혼을 가장 심하게 좀먹는 때는, 혼자서 보내는 시간이 아니라 무리 속에 있으면서 소외감을 느끼는 시간일 것이다.

새로 사귄 친구들은 내가 말랐다는 사실에 주목했다. 아니 모두가 주목했다. 다른 학부모들과 교사들도 이에 대해 한마디씩 했다. 이때 나는 '말랐다'는 말을 들었는데, 나는 이 꼬리표에 황홀감을 느꼈다. 대개 나는 말랐다는 사실을 '좋은 의미'로 선언하는 표현방식인 '날씬하다', '호리호리하다' 같은 단어들로 묘사되었다. 나는 학교에서 똑똑한 학생이었고 자신감 있게 행동하고(책을 '큰 소리로' 읽는다든지) 재미있는 이야기들을 아이들에게 들려줄 수 있었다. 그렇지만 뾰족하게 튀어나온 팔꿈치와 앙상한 갈비뼈를 과시하며 깡마른 상태를 유지하는 것만이 내가 가치 있게 여기는 유일한 기술이었다.

이 시기에 나는 나의 몸이 다른 사람들에게 미치는 영향에 대해 알게 됐다. 그리고 내 몸을 이용해서 더 많은 감정적 보상을 만들어내는 새로운 방식들을 발견했다. 나는 사교생활을 활발히 했고 방과 후에 다른 아이들의 집에 놀러 가고 주말에는 파티에 참석하기 시작했다. 나는 쿨하게 보이기를 갈망했다. 신나게 떠들고 깔깔대며 웃고 섹스를 하는 아이들 그룹의 언저리에 서서 그 안에 소속되기를 열망했다. 계속 여기저기 기웃거리면서 담배를 피우기 시작했고, 다른 여자아이들의 걸음걸이를 따라 했고, 유혹적으로 보이기를 바라며 엉덩이를 치켜들고 걸었다. 좋아하는 남자아이들 주위에 있을 때면 수줍은 척 미소를 지었고 심지어 대놓고 빤히 쳐다보기도 했다. 그건 나 자신을 드러내는 하나의 방식이었다. 한 파티에서 어떤 남자아이가 내게 손짓을 하자 그 아이를 따라 밖으로 나갔고, 그 아이가 폭소를 터뜨리면서 자기 친구들에게 내가 필사적이라고 소리치며 한껏 비웃자 나는 수치심에 온몸이 움츠러들었다. 하지만 필사적이라는 건 그 자체로 매력적일 수 있다. 나는 남자아이들이 나의 몸을 이용하고 싶어 하면 승리감과 홀가분함을 느낄 수 있다는 사실을 알게 됐다. 그건 이전에 내가 오직 음식을 먹지 않는 행위를 통해서만 느꼈던 감정들이었다. 그러한 만남들 자체가 상당히 혐오감을 느끼게 한다는 사실은 별로 중요하지 않았다.

나는 처녀막이 터져서 팬티에 피가 묻었던 순간을 기억한다. 한 극성스러운 남자아이가 자신의 손을 거의 통째로 나의 질 안으로 쑤셔 넣은 후였다. 아팠지만 나는 그저 아무 말 없이 얼굴을 살짝 찡그렸다. 다른 여자아이들이 비명을 듣고 나를 비웃을까 봐 두려웠기 때문이다. 나는 그 남자아이가 그 짓을 이전에도 해봤을 것이라고 짐작했다. 나는 그 짓이 쿨한 여자아이라면 다 하는 짓일 것으로 생각했다. 실제로 그 짓은 아마도 쿨한 여자아이들이 다 하는 짓이었을 것이다. 왜냐하면, 우리 중 누구도, 단 한 명도, 자신에게 기대되는 것같이 느껴지는 일을 거부할 만큼 아주 자신만만하지는 않았기 때문이다. 거부하는 것은 남자아이와 그 아이의 친구들에게 우리 자신이 불감증이라고 선포하는 것과 마찬가지였다. 그것은 '쉬운 여자아이'인 것보다 훨씬 더 나빴다. 지금에야 알겠다. 내가 정말로 원했던 것이 '애정'이었다는 것을. 사랑과 이해와 배려를 담아 만지거나 안아주는 것. 하지만 이것은 불가능한 요구였다. 나는 애정에 굶주려 있었고, 또한 그러한 욕구를 너무나 명백하게 겉으로 드러냈기 때문에, 때때로 사람들이 멈칫하지 않고 나를 쳐다보기가 힘들었겠다는 생각이 지금에야 든다.

·))))

내가 열네 살 때 엄마가 직장을 옮겨서 나와 여동생을 포함한 우리 가족은 런던으로 이사했다. 우리에게 생활비를 가뭄에 콩 나듯 보내주던 아빠는 계속 더블린에 머물렀다. 런던은 새로운 학교와 완전히 새로운 수준의 기회를 의미했다. 또한, 완전히 새로운 그룹의 친구들을 의미하기도 했다. 우리 학교에 다니는 여자아이들은 대담하고 용감하고 쿨해 보였다. 그리고 그 아이들은 나 역시 쿨할 것이라고 오해했다. 아이들은 나를 무리에 끼워주었고 우리는 어울려 다니며 클럽에 들락거리기 시작했다. 나는 엄마에게 친구 집에서 자고 온다고 말했고 이 새로운 도시에 아는 학부모라곤 한 명도 없는 엄마는 내가 거짓말하고 있다는 사실을 전혀 눈치채지 못했다. 금세 이 새로운 종류의 거짓말은 내 제2의 천성이 되었고 원하는 것을 얻어내는 유일한 방법이 되었다.

어느 금요일 밤에 클럽에서 이십 대 후반쯤 돼 보이는 남자와 시시덕거리고 있는데 그가 내게 몇 살이냐고 물었다. 나는 열아홉 살이라고 말했다. 그리고 예술을 전공하는 대학생이라고 말했다. 상대에게 강한 인상을 주기 위해 항상 즐겨 쓰는 수법이었다. 만약 누군가가 어떤 종류의 예술을 전공하느냐고 물으면 완전히 말문이 막히겠지만. 나와 키스를 한 후 그가 뒤로 물러서서 내 얼굴을 한 차례 더 확인하더니 나이를 다시 물었다. 나는 싱긋 웃으며 열일곱 살이라고 했다. 그는 얼굴이 핼쑥해진 채로 뒷걸음질을 치다 꽁지가 빠져라 줄행랑을 쳤다. 나는 댄스플로어로 돌아가 친구들에게 이야기를 들려줬고 우리는 일제히 폭소를 터뜨렸다. 얼간이 같으니라고. 우리는 천하무적 방탄소녀단이었다. 우리는 열다섯 살이었다.

나는 지금껏 내 안에 살아왔던 여자아이를 죽여버렸다. 나는 대담한 여자아이가 됐다. 립스틱을 바르고 짧은 치마를 입는 여자아이, 클럽에 다니는 여자아이, 어디에서 파티가 열리고 있는지 항상 알고 있는 여자아이. 나는 매우 도취해 있었고 모든 게 너무 재밌어서 책을 좋아하던 예전의 내가 조금도 그립지 않았다. 내게는 공연 무료입장권, 대기실로 갈 수 있는 통행권이 있었고 매일 밤 서로 다른 클럽의 내빈 목록에 이름이 올라 있었다. 지금 생각하면 미친 짓이지만, 친한 친구 두 명과 나는 이름과 전화번호와 "천국에서 창조되고 지옥에서 자라다."라는 슬로건이 적힌 '명함'을 사방에 뿌리고 다녔다. 바에서 마시는 공짜 술. 디제이 박스 속 한 자리. VIP 좌석. 이 모두를 위해 필요한 것이라곤 미성년인 나이와 몸에 딱 붙는 손바닥만 한 원피스, 남을 기꺼이 기쁘게 하고 싶다는 듯 연기하는 것뿐이었다. 게다가, 아, 나는 정말 그 연기를 잘했다. 기꺼이 남을 기쁘게 하고 싶었기 때문이다. 나는 엄마가 1970년대부터 보관해온 구식 드레스를 엉덩이만 겨우 가릴 정도로 잘라내고 입었다. 나는 수녀복 긴 치마의 아랫도리를 가위로 잘라내고 옷의 앞판 위에서 맨 아래까지 지퍼를 달아 재미 삼아 입기도 했다. 나는 그 옷 자체가 대단한 구경거리라고 생각했다. 엄마가 내 복장을 두고 문제를 제기했을 때 나는 마지못해 옷을 더 껴입었다. 하지만 이 자체는 게임을 조금 더 재미있게 만든 것에 불과했다. 나는 긴 상의와 긴 치마를 입고서 집을 나섰다. 하지만 클럽에 도착하자마자 관중들을 위해 입구에서 겉옷을 벗어젖힌 후 그 아래에 있는 손바닥만 한 옷을 드러내 보이며 경호원에게 겉옷을 건넸다.

　　나의 새로운 라이프스타일은 나이트클럽에서 끝나지 않았다. 나는 음악 페스티벌에 참석해 규칙이라곤 찾아볼 수도 없는 그곳에서 흥청거리며 놀았다. 언젠가 한 음악 페스티벌에 갔는데 내내 비가 퍼부어서 사방이 온통 진흙투성이였다. 페스티벌의 마지막 날에 부스스한 한 남자가 다가와 내게 대기실로 데려가서 너바나를 만나게 해줄 수 있다고 말했다. 나는 지인들에게 빌린 텐트와 침낭, 옷가지, 그리고 내가 가져온 모든 것을 미련 없이 내팽개쳤다. 심지어 함께 온 친구들에게 작별 인사도 하지 않았다. 그러고 나서 나는 바에 앉아 있는 커트 코베인 옆에 섰다. 그는 진토닉처럼 보이는 술을 마시고 있었고 순한 담배를 피우고 있었다. 나는 그가 너무 얌전하다고 생각해 퇴짜를 놓고 곧바로 돌아섰다. 나는 그 시절 보드카를 스트레이트로만 마셨고 타르 성분이 높은 담배만 피웠다. 나는 그 부스스한 남자를 뒤따라 화려한 호텔로 들어갔고, 거기에서 우리는 음악 기획자들 그룹과 파티를 하며 가구를 망가뜨리고 하늘을 찌를 만큼 엄청난 술값이 나올 때까지 술을 퍼마셨다. 그런 다음 술에 취해 의식을 잃은 사람들의 눈썹을 장난으로 밀었다. 그러고 나서 우리는 모두 호텔에서 쫓겨났다.

　　나는 이때 호텔에 있는 무료전화로 엄마에게 전화를 걸었다. 아직 새벽 여섯 시도 안 된 때였다. 엄마는 잠에서 덜 깬 상태로 전화를 받았다. 내가 술에 잔뜩 취한 채로 호텔의 이름을 불분명하게 말하자 엄마가 몇 주 전에 업무 관련 콘퍼런스가 있어서 그 호텔에 갔었다고 말했다. 웃기지 않느냐고 엄마가 말했다. 나는 그렇다고 하고서 전화를 끊었다. 지금에 이르러서도 나는 내가 그 전화에서 뭘 원했는지 전혀 모르겠다.

나는 사람들을 쫓아가서 그들과 함께 기차역을 향해 걸어갔다. 길을 걸어가면서 우리는 어떻게든 훔칠 수 있는 물건은 이것저것 가리지 않고 죄다 훔쳤다. 그중에는 강을 건널 때 신는 긴 방수 장화도 있었다. 우리는 웃고 또 웃었다. 나는 모르는 사람의 집에 다다랐고 그곳에서 며칠을 머물렀다. 나는 다 합쳐서 일주일 동안 집에 가지 않았다. 나는 페스티벌에 함께 갔던 사람들과 완전히 다른 부류의 사람들과 페스티벌을 떠났다. 내가 버린 텐트의 주인, 침낭의 소유주인 여동생, 아무 경고 없이 버리고 떠난 친구들, 이들 중 그 누구도 내게 말을 걸지 않았다. 나는 딱 죽지만 않을 정도의 심한 숙취에 시달렸다. 그러면서 나는 내 인생이 끝내준다고 생각했다.

이 시기에 나는 말 그대로 전형적인 문제아였다. 나는 전국에 방영되는 TV 토크쇼에 주요 사례로 출연해 중산층 학부모들이 겁먹을 만한 말과 행동을 보였다. 나는 얼마 전 헤어진 남자 친구의 이름과 그 뒤로 "~는 멍청한 새끼다."라고 직접 적은 티셔츠를 입고 출연했다. 아빠는 아직도 이 일화를 자랑스럽게 이야기하곤 한다. 그 토크쇼에서 나는 다른 특별 초대 손님 옆에 앉아 있었는데 아들이 본드 흡입으로 사망한 한 엄마였다. 그녀는 조용하고 친절하고 비탄에 젖어 있었다. 그녀는 자기 아들이 그렇게 위험한 상태인지 전혀 몰랐다고 하면서 다른 학부모들에게 주의를 환기하기 위해 토크쇼에 출연했다고 말했다. 자기 몰입이 심한 십 대 특유의 단단한 방어의식으로 무장하고 있었는데도 나는 그녀에게 깊은 연민을 느꼈다. 그러고 나서 나의 엄마도 내가 생각하는 것만큼 그렇게 심드렁하지만은 않을지도 모르겠다는 생각이 문득 들었다. 런던으로 이사 온 지 얼마 되지 않은 어느 날 저녁을 기억한다. 엄마는 방문이 열려 있는 내 침실 입구에 잠시 멈춰선 후 내게 뭐 하고 있느냐고 물었다. 나는 라디에이터에 등을 기댄 채 바닥에 앉아 허공을 응시하고 있었다. 나는 갑자기 울음을 터뜨렸다. "외로워요." 내가 말했다. "알아." 엄마는 이렇게 말하고선 어깨를 으쓱한 다음 자신의 침실로 향하는 계단을 올라갔다. 나는 엄마가 내게 신경을 쓰지 않는다고 생각했다. 그런데 만약 엄마가 문지방을 넘어와서 나를 위로했다면 나는 어떻게 반응했을까? 나는 엄마에게 내 방에서 당장 나가라고 소리를 질렀을 것이다. 엄마가 안으려고 했다면 나는 몸을 뻣뻣이 한 채 가장 차가운 목소리로 내 몸에 손대지 말고 눈앞에서 사라지라고 말했을 것이다.

나는 TV 스튜디오에 앉은 채 아들을 잃은 엄마와 내 엄마를 연결 짓고 있었지만, 정작 그녀 아들의 운명과 나의 운명은 전혀 연관 짓고 있지 않았다. 어쨌든, 나는 마약에 취하기 위해 본

드를 흡입하지는 않으니까. 마약을 하기는 했지만 내게는 철저한 규칙들이 있었다. 나는 크랙이나 헤로인에는 절대 손대지 않았다. 나는 내 무모함의 한계를 설정해주는 이 경계선이 나를 안전하게 지켜주리라고 생각했다. 정말로 내가 총알도 뚫을 수 없는 방탄 소녀라고 생각한 것이다.

그렇지만 나조차도 모른 척 회피할 수 없는 위험 징후들이 나타나기 시작했다. 나는 몇 개월간 장난삼아 만나고 있는 어떤 디제이와 맨체스터로 주말에 놀러 가기로 했다. 그동안 그는 나를 자기 차에 태워주고, 선물 공세를 하고, 술을 사고, 마약을 줬다. 그는 나보다 두 배 이상 나이가 많았다. 그는 나를 각종 파티에 과시하듯 데리고 다니면서 거기 있는 모두에게 내가 미성년자라고 얘기하는 것을 즐겼다. 때로는 자신이 내 아빠인 척을 한 후에 키스를 하거나 내 얼굴을 혀로 핥기도 했다. 하지만 맨체스터로 놀러 가기 전까지는 그와 단둘이서만 있었던 적은 단한 번도 없었다. 맨체스터에서 그가 대학생 바에서 특별초청 디제잉을 한 후 우리는 호텔로 갔다. 그제야 나는 내가 끔찍한 실수를 저질렀다는 사실을 깨달았다. 그는 공격적이었다. 그는 그것을 거칠게 하기를 원했고 내가 그런 것은 좋아하지 않는다고 말하자 그는 자신이 모든 것에 비용을 냈고 그러므로 내가 빚을 지고 있다고 말했다. 나는 어떻게든 그를 피해가며 그에게 호텔 냉장고에 있는 술을 죄다 먹였다. 그가 술에 취해 곤드라지자 나는 욕실에 들어가 문을 잠갔다. 그러고선 아침에 복도에서 호텔 청소부들이 왔다 갔다 하는 소리가 들리자 호텔 방에서 슬쩍 빠져나왔다. 나는 기차역까지 걸어가 기차를 탔고 승차권 검사원의 눈을 피하는 데 성공해 무사히 런던으로 돌아왔다. 얼마 후, 매주 금요일 열리는 클럽 파티에서 그 남자와 다시 마주쳤다. 그는 다 마신 맥주잔들을 내 쪽으로 여러 개 던지며 다른 남자들에게 내가 성적으로 흥분시켜놓고 성관계는 거부하는 나쁜 년이라고 소리를 고래고래 질러댔다. 클럽 경호원들은 유리잔이 내 주변에서 산산이 부서지는데도 그냥 가만히 서서 지켜보고만 있었다.

이로부터 몇 달 후 나는 나이트클럽의 댄스플로어에서 맥주병으로 얼굴을 강타당했다. 나를 후려친 그 여자는 내가 자기 남자친구와 너무 가까이 붙어서 춤을 췄다고 주장했다. 머리에 난 상처에서 피가 났고 화장실의 축축한 타일에 피가 떨어지자 화장실 바닥이 금세 새빨갛게 물들었다. 클럽 운영자는 염려하는 척하면서 한편으로 내가 자기 클럽에 다시는 오지 않기를 바라는 눈치였다. "정확히 몇 살이지, 에밀리?" 피를 흘리는 와중에도 나는 이 질문 뒤에 숨어 있는 아이러니를 놓치지 않았다. 나는 그의 클럽 초대명단에 항상 올라 있었고, 그는 내게 셀 수 없이 술을 많이 산 데다, 그는 나와 자려고 여러 번 시도했다. 그는 내가 미성년자라는 사실을 알고 있었다. 대답하는 대신 나는 자리를 떴다. 걱정하는 사람들이 나를 병원에 데려다주었다. 나는 머리 위부터 이마의 헤어라인까지 꿰매고서 집으로 돌아왔다. 크리스마스이브 저녁이었다.

나는 여전히 음식을 거의 먹지 않았다. 굶는 것은 내 라이프스타일에 긍정적이고 유리하게 작용했다. 나는 돈이 한 푼도 없었기 때문에 외식은 꿈도 못 꿀 일이었다. 내가 함께 시간을 보내는 남자들은 나의 (영양실조 상태의) 몸이 얼마나 아름다운지 찬양하면서도 내게 저녁을 사겠다고 한 적이 한 번도 없었다. 나이트클럽에 질릴 대로 질린 나는 비어 있는 오래된 건물이나 레이브 파티에서 친구들과 많은 시간을 보내기 시작했다. 마스 초콜릿바와 스피드(마약의 일종 ─ 옮긴이)를 주식으로 삼고서 말이다. 엄마가 항상 따로 챙겨주던 점심값은 당분이 많은 술을 사는 데 다 썼고 그 덕분에 나는 더 많은 끼니를 거를 수 있었다. 음식을 먹지 않는 몇 년을 보냈기 때문에 나는 이 리듬에 체질적으로 대비되어 있었다. 하지만 여전히 기진맥진한 상태였다.

그리고 추웠다. 나와 내 친구들은 항상 꽁꽁 언 채로 많은 시간을 보냈다. 몸이 벌벌 떨릴 정도로 정말로 추웠다. 기온이 낮은데 바깥에 있고 옷을 충분히 껴입지 않았기 때문이다. 우리는 클럽 밖이나 버스정류장에서 벌벌 떨면서 담배를 피우고, 줄을 서서 공연을 기다리고, 지하철이 오기를 기다리고, 친구를 기다리고, 남자를 기다렸다. 우리는 손을 주머니 깊숙이 찔러넣고 양팔을 몸통에 꽉 붙인 채 발을 동동 구르면서 서 있었다. 잠시 옥스퍼드가에 있는 한 은행 로비를 은신처 삼아 지내기도 했다. 카드 리더기가 고장 나 있어서 가볍게 밀기만 해도 문이 열렸다. 몸이 쑤시고 저릴 때까지 거기에 몇 시간 동안 앉아 있다 보면 동이 텄고 집에 갈 수 있었다. 길거리에 머무는 것보다 따뜻하긴 했지만, 아주 따뜻하지는 않았다. 나는 잠시 남자친구가 있었는데 그는 문신 시술소 위층에 있는 방에 세 들어 살고 있었고 우리를 거기에 며칠 밤 머물게 해주었다. 설사 집에 가고 싶다 하더라도 그리 단순한 문제가 아니었다. 일단 북런던에 있는 클럽에서 나와 심야버스를 타고 도심을 관통해 남쪽으로 가서 트라팔가 광장에서 내려야 했다. 하지만 거기에 내려 또다시 추위에 벌벌 떨면서 집으로 가는 버스를 기다려야 했다. 게다가 그 시간의 버스정류장은 인적이 드문 장소였다. 어느 날 밤, 버스가 트라팔가 종점 정류장으로 들어오더니 친절해 보이는 운전사가 문을 열고 나와 내 친구에게 원한다면 버스 안에 들어와서 따뜻한 곳에서 기다리는 게 어떻겠냐고 물었다. 우리가 타자 그는 버스를 골목길로 몰고 갔다. 그런 다음 그는 버스 시동을 끄고 버스 안의 모든 불을 다 껐다. 우리를 향해 다가오자 갑자기 그가 아까만큼 친절하게 보이지 않았다. 우리의 청소년용 버스카드를 아까 이미 봤으니, 그에게 우리가 미성년자라고 경고해봤자 아무 소용이 없을 터였다. 우리가 어리다는 사실에 그는 쾌감을 느끼고 있었다. 그가 점점 가까이 오자 우리는 비명을 지르며 미친 듯이 창문을 쾅쾅 쳐댔다. 그는 우리에게 악담을 퍼붓더니 버스 문을 열었다.

또 어느 날 밤에는 길에서 돈을 주웠다. 나는 손을 흔들어 택시를 불렀다. 하지만 그 택시 운전사 역시 차를 골목길로 끌고 갔다. 그런 다음 차의 모든 문을 한꺼번에 잠갔다. 나는 그에게 엄마와 어린 여동생이 집에서 나를 기다리고 있다고 애원했다. 하지만 그는 내게 나쁜 년이라고만 말했다. 그러고선 내게 자신의 알루미늄 야구방망이를 내보였다. 그가 백미러로 나를 쳐다봤다. 나는 그가 아무도 나를 기다리고 있지 않다고 생각한다는 걸 알 수 있었다. 도대체 어떤 부류의 여자아이가 새벽 4시에 북런던의 도로변에서 혼자 서 있겠는가? 그는 오로지 나를 쳐다보는 것에만 관심이 있었다. 그는 야구방망이를 어루만지더니 조수석 발밑 공간의 바닥에 놓았다. 그는 시동을 걸고 다시 도로로 돌아가서 나를 밖으로 내쫓았다. 나는 집까지 남은 길을 걸어가야만 했다. 집에 도착했을 때 거실의 불이 켜져 있었다. 엄마는 항상 나를 위해 거실의 불을 켜두었다. 이제야 알겠다. 그 불빛이 엄마가 나를 기다리고 걱정하고 있다는 신호였다는 사실을. 그 헤아릴 수 없는 밤마다 말이다. 엄마는 내가 열쇠로 현관문을 여는 소리가 들릴 때까지 경계를 풀지 않고 반만 잠들어 있었다. 내가 과거에 한 행동의 결과들 가운데 많은 것을 지울 수 있다면 좋겠다. 하지만 다른 어떤 무엇보다 엄마의 그 불안을 지울 수만 있다면 얼마나 좋을까 싶다.

한동안은 학교에 있는 누구도 눈치채지 못하게 비행 생활을 유지할 수 있었다. 나는 사물함에 교복을 두고 다녔다. 지난밤의 잔해를 완전히 떨치지 못한 채 아침 일찍 지하철을 타야 했지만, 조회 시간 전까지는 교복 블라우스와 치마를 입은 여느 다른 여학생과 비슷한 모습으로 변신할 수 있었다. 하지만 런던에서 두 번째 해를 보내면서 발각을 피하는 나의 시스템은 붕괴하기 시작했다. 숙취 때문에 학교의 첫 번째 벨이 울리기 전에 교실에 도착하는 것이 점점 더 힘들어졌다. 그리고 일단 첫 번째 벨을 놓치고 나면 나머지 하루를 버티는 것이 별로 가치가 없게 느껴졌다. 나는 한꺼번에 몇 주씩 학교를 빼먹기 시작했다. 어느 날 학교에 다시 나타났을 때 문제가 생겼다. 나는 체육 선생님에게 발각됐고 그녀는 내가 체육 수업에 죄다 결석했다고 장광설을 늘어놓았다. 교장실에 끌려갈 위험에 놓인 찰나에 과학 선생님이 나를 구해주었다. 과학 수업도 몇 주나 빼먹었지만, 그녀는 체육 선생님에게 내가 새로 전학 온 학생이고 바로 얼마 전부터 이 학교에 다니기 시작했기 때문에 수업을 빠졌을 리가 없다고 말했다. 그런 다음 나를 자신의 교실로 데려가 어디에 앉을지 알려주고 깨끗한 새 공책을 주었다. 그 당시에 나는 이 선생님이 지적 능력이 떨어져서 정말로 나를 알아보지 못하거나 내가 재학생이라는 사실을 인식하지 못하는 것이라고 확신했다. 하지만 이제 나는 그녀가 내가 누구인지 매우 잘 알고 있었고, 새빨간 거짓말을 이용해 화를 잘 내고 불안정하기로 악명이 높은 교사로부터 나를 보호해주었다고 생각한다. 그녀는 우리 두 사람 모두를 보호하기 위해 '전학생' 연극을 끝까지 했다. 나는 감사했다. 하지만 나는 그녀의 수업에 다시 들어가지 않았다. 정확히 말하자면 다른 과학 수업에 아예 다시는 한 번도 들어가지 않았다. 결국, 중도하차가 더 쉬웠다.

나는 혼자가 아니었다. 제일 친한 친구 두 명이 나와 똑같은 궤적을 그리고 있었다. 결석하는 날들은 점점 더 많아졌다. 끝내지 못한 숙제들도 쌓여만 갔다. 마치 술집인 것처럼 학교에 잠시 놀러 갔다가 다시 나왔다. 몇몇 선생님은 우리에게 도움을 주려고 애썼지만 대체로 선생님들과 행정직원들 모두 우리에게서 손을 떼었다. 누가 그들을 비난할 수 있겠는가? 학교에서 쫓겨나기 위해 총력을 기울여 할 수 있는 일이란 일은 모두 하고 있는데 말이다. 하지만 지금 되돌아보면, 우리의 행동이 얼마나 끔찍했는지 이해가 가면서도 당시에 우리가 정말 얼마나 어리고, 얼마나 취약했는지를 떠올리면 아찔한 기분이 된다. 두 친구 중 한 명은 난독증이 심했다. 그 아이는 우리 셋 중에서 가장 재능이 많은 것은 물론이고, 여러 면에서 매우 똑똑한데도, 계속해서 시험에 낙제했고 학교의 기존 시스템에서 밀려났다. 그 아이가 시험 시간에 출석하지 않기로 마음먹은 게 놀랄 만한 일일까? 또 다른 친구 한 명은 나와 같은 시기에 학교를 떠났다. 그 아이의 아빠는 그 아이에게 주먹을 휘두르고 학대했다. 이 사실은 지각력이 있는 사람이라면 누구나 알 수 있을 만큼 명명백백했다. 하지만 아무도 어떠한 조치도 취하지 않았다. 세상만사를 알고 있는 것처럼 보였을지 모르지만, 사실 우리는 너무나도 순진했다. 우리에게 필요한 것은 도움이었다. 우리에게 필요한 것은 보호였다. 그저 포기해버리는 것이 아니라.

학교가 목적지가 아니게 되면 온종일 머무를 곳을 찾기가 매우 어려워진다. 그렇기 때문에 부자가 아니라면 교문 밖 아이의 삶은 몹시 추울 뿐만 아니라 매우 지루하다. 무엇을 해야 할지 몰라서 나는 아픈 척을 하며 낮 시간대 텔레비전을 벗 삼아 집에 머무르기 시작했다. 이전과 비교하면 더없이 행복했다. 하지만 이내 엄마가 꾀병 부리기를 그만두고 학교로 돌아가야 한다고 주장했다. 나는 그럴 수 없었다. 나는 같은 말을 하고 또 했다. "못해, 못해, 못해." 실제로 그러했다. 다음 날 엄마는 교장 선생님과 면담하러 학교에 방문했다. 그리고 내가 출석 일수가 너무 모자라서 공립학교에서 중간고사를 볼 수 없다는 사실이 밝혀졌다. 그 학년을 다시 다니지 않는 한 여러 가지 과정이 있는 종합 중등학교로 전학하는 것도 불가능하다고 했다. 교감 선생님은 손해 되는 일에서 더 늦기 전에 손을 떼고 취직을 하는 게 어떠냐고 제안했다. 그녀가 미소를 지었다. "맥도널드 같은 곳은 어떨까요?" 엄마는 쉽사리 패배를 받아들이지 않았다. 그렇다면 엄마에게 남은 단 하나의 선택은 나를 사립학교에 보낼 돈을 마런하는 것뿐이었다.

　나는 딱 알맞게 세 곳의 학교에 응시했다. 첫 번째 학교에서는, 내가 면접 시간에 최선을 다해 상냥한 미소를 지으면서 교내합창단에 들어가고 싶다고 잊지 않고 언급했는데도, 교장 선생님이 나라는 존재를 꿰뚫어 봤다. 그녀는 엄마의 전화에 답신 전화를 하지 않았다. 두 번째 학교는 하루 동안 내가 학교에서 잘 지내는지 시험했는데, 그 하루가 순조로이 흘러가지 않은게 문제였다. 나는 이탈리아어 교사를 울게 만들었다는 혐의를 받았다. 그동안 나는 크고 시끄러운 교실에 있는 것에 익숙했다. 어느 정도의 무질서 상태가 항상 존재하는 곳 말이다. 다른 사람이 알아먹도록 크게 소리쳐야만 하는 것에 익숙해져 있었고, 교실 뒤에서 혼자 전자기기를 갖고 노는 일에 익숙해져 있었다. 나는 반 전체가 공모하여 미술 선생님을 비품실에 가두어도 아무런 징계를 내리지 않은 학교에 익숙했다. 복도의 어느 쪽에서 걸어야 하는지에 대한 교칙까지 있는 이런 우아하고 조용한 여자사립학교는 내가 감당할 수 있는 곳이 아니었다. 그리고 나는 다시 초대받지 못했다.

　세 번째 학교에서는 내게 확률에 관한 간단한 수학 문제를 풀게 했고 나는 정답을 맞혔다. 교장 선생님이 여러 가지 서류를 작성할 때 나는 그를 저지한 다음 내 이름의 마지막 스펠링을 'y'가 아니라 'ie'로 적어달라고 요청했다. 이전 학교들에서는 선생님들이 내가 쓴 이름을 지우고서, 공책을 '훼손한 것'에 대한 처벌로 그것을 '정확히' 다시 쓰게 하는 일에 거의 쾌감에 가까운 만족감을 느꼈었다. 교장 선생님이 나를 잠시 쳐다봤다. "자기 이름은 자기가 원하는 대로 쓸 수 있는 거지." 교장 선생님은 오직 두 가지 규칙만 지키면 된다고 설명했다. 첫째, 출석하기. 둘째, 숙제하기. 이 두 가지 규칙을 어기면 한 치의 자비도 없이 바로 퇴학이었기 때문에 처음에 엄마와 나는 걱정을 많이 했다. 하지만 그와 동시에 그들은 10시 이후에 첫 수업을 받도록 시간표를 조정해주었고, 쉬는 시간에 정해진 장소에서 담배 피우는 것을 허용했고, 교실에 커피를 가지고 들어가도 된다고 허락했다. 모든 교사와 학생은 서로 성을 붙이지 않은 채 이름으로 불렀고 한 학급당 학생은 여섯 명뿐이었다. 그리고 결정적으로, 이 학교에는 교복이나 복장 규제가 없었다. 아침에 라커룸에서 옷을 갈아입을 필요가 없어진 것이다.

나는 안도했다. 그리고, 오 하느님, 엄마도 안도했다. 그렇기는 해도 전학 과정이 전부 순풍에 돛 단 듯 잘 풀리지만은 않았다. 다른 아이들은 모두 부유했고 그래서 나는 가난하다는 느낌에 또다시 빠지게 되었다. 그들 중 많은 아이는 부유한 깡패였다. 대부분 나처럼 주류 시스템에서 살아남는 데에 실패한 아이들이었다. 어느 날 아침, 한 남자아이가 복도에서 나를 돌아보더니 시궁창으로 돌아가라고 말했다. 몇 년 후에 이 말을 들었다면, 나는 오스카 와일드가 남긴 "우리는 모두 시궁창 속에서 살아가고 있지만 그중 어떤 사람들은 하늘의 별을 쳐다본다."라는 문장을 인용했을 것이다. 그 대신 나는 그 아이에게 꺼지라고 말했다. 나는 여전히 계속 밤새 밖에서 머무르면서 술을 마시고 마약을 했지만, 그러면서도 가까스로 두 가지 규칙을 지켜나갔다. 날마다 학교에 가고 숙제를 제출했다. 나는 문예 창작 수업을 들었고 오랜만에 처음으로 칭찬을 받았다. 나는 중간고사를 치렀다. 기말고사에도 등록했다. 제일 좋아하는 선생님의 격려에 나는 생애 처음으로 대학에 진학할 가능성에 대해 생각해보기 시작했다. 하룻밤 사이에 싹 바뀐 것도 아니었고 늘 의식적으로 선택한 것도 아니었지만, 나는 서서히 나의 삶에 주의를 기울이기 시작했다. 그리고 그 때문에 그 모든 것을 헤쳐 나올 수 있었다. 당신은 물론 이 사실을 잘 알 것이다. 지금 이 책을 읽고 있으니까.

나는 여기에서 이 이야기를 끝낼 수 있다. 나는 교육이 나를 구원했다고 말할 수 있고 많은 면에서 그건 사실이다. 하지만 그것은 진실의 일부에 지나지 않는다. 내가 하지 않은 이야기들이 있기 때문이다. 그리고 그 이야기를 하고자 한다면, 지금 이 부분에서 이야기는 다시 전환되고, 나는 도대체 왜 이 이야기를 하고 있는지 나 자신에게 다시 묻기 시작할 것이다. 여기서 이야기를 멈추고서 잠시 창밖을 내다볼 시간을 주기 바란다. 일어서서 책상 앞을 떠나야겠다. 조금만 시간을 주기 바란다.

열다섯 살 때 나는 친구 두 명과 함께 집을 나갔다.

우리는 다시 돌아오지 않겠다는 쪽지를 남겼다. 우리가 가진 거라곤 침낭과 우리가 저축한 약 12파운드의 돈이 전부였다. 도심을 배회하다 보면 우리를 자기 공간에 머물게 해줄 누군가를 만날 수 있으리라 생각했다. 당연히 우리는 사람들의 관심을 끌었다. 한 스킨헤드족은 "지금 당장" 자신과 함께 간다면 우리를 어딘가에 재워주겠다고 제안했다. 하지만 처음 가출할 때의 객기에도 불구하고, 우리는 어딘지 모를 곳으로 우리를 데려갈 남자와 승합차에 함께 타는 위험을 감수하느니 가게 출입구에서 자는 편이 낫다고 생각했다.

거리에서 자는 일은 무섭다. 거리에서 깨는 일은 수치스럽다. 우리가 잠을 잔 가게나 사무실에 근무하는 사람들은 아침에 우리 위를 넘어갔다. 낮 동안에는 돈을 구걸했다. 이 또한 수치스러웠지만, 사람들의 놀라운 관대함을 볼 수 있는 계기이기도 했다. 인상이 좋은 한 아저씨는 우리 모두에게 아이스크림선디 한 컵씩을 사주며 이렇게 말했다. "내가 아무것도 주지 않았다고 말하면 안 된다?" 우리는 고맙고 기뻤다. 하지만 이런 종류의 교류는 매우 드물었고 우리는 점차 지치고 목소리에 짜증이 묻어났다. 점점 우리는 거리를 지나가는 사람들에게 투명인간처럼 눈에 보이지 않는 존재가 되는 것 같았다.

어느 날 밤, 우리는 부랑아들을 위한 한 쉼터에 대피했다. 쉼터에서 우리는 따뜻한 식사와 작성해야 할 서류들을 받고, 무료 임대주택 대상자 목록에 이름을 올리는 방법에 대해 안내를 받았다. 면담을 진행하는 동안 우리는 가정폭력, 가족 학대, 범죄 조직 가입 여부 등에 대해 조심스러운 질문을 받았다. 전문 상담을 받아보는 게 어떠냐는 제안도 받았다. 직원들은 호의적이었지만, 거기에 있는 다른 아이들은 우리가 열여섯 살이라고 말하자 거짓말을 하고 있다는 것을 아는 듯했다. 거리에서 지내는 이유에 대해서도 거짓말을 하고 있다고 생각하는 듯했다. 가출할 계획을 짜면서, 친구들과 나는 집에서 얼마나 불행하다고 느꼈는지, 그리고 어딘가 다른 곳에 가면 얼마나 자유로워질지에 대해 이야기를 나눴다. 우리는 가출이 다른 여자아이들도 관심을 가지는 획기적인 일이지만 정작 실행할 배짱이 없어서 하지 못할 뿐이라고도 했다. 우리는 가출이 우리에게 대단한 힘을 주리라고 생각했다. 그렇지만 며칠 동안 아무 데서나 자고, 구걸하고, 기차역 대합실에서 몸을 녹이면서, 우리가 한심할 정도로 잘못 판단했다는 사실이 명백해졌다. 나는 집에 가고 싶었다. 그래서 두 친구가 집에 돌아가기를 거부했을 때 잠시 당황스러웠다. 하지만 그 순간 나는 인기투표에서 표를 많이 얻기 위해서가 아니라, 무엇이 나에게 가장 득이 될지를 기준으로 행동했다. 그렇게 행동한 매우 드문 순간 중 하나였다. 집을 나오기 위해 짐을 꾸리면서도, 정말로 잘못되어 있는 것으로부터 도망칠 수는 없다는 사실을 이미 알고 있었으니까. 나는 집에서 두들겨 맞지 않았다. 무자비하게 학대받지도 않았다. 나에게는 가출해야 할 진짜 이유가 없었다. 나는 그저 외로웠다. 그저 불행했다. 그저 길을 잃었다.

내 여동생은 이 가족 안에서 살아가는 일에 나 못지않게 영향을 받았다. 하지만 여동생은 세상에서 가장 다정하고 가장 감정표현을 잘하는 아이가 되는 방법으로 이 문제에 대처했다. 여동생은 기질 면에서 나와 정반대의 위치에 있기를 바라는 것처럼 보였다. 많은 아이가 자신의 손위 형제로부터 멀리 떨어지려고 애쓰는 것처럼 말이다. 하지만 사실 여동생은 내게 거리를 두지 않았다. 항상 나를 안아주고 나를 안심시켜주었다. 내가 가출을 한 후 여동생은 갑자기 집에서 외동아이가 되어버렸다. 집을 나서면서 한 번도 생각해보지 않은 사실이다. 하지만 집에 돌아왔을 때 나는 이 사실을 통렬히 깨닫게 되었다. 집에 도착해 초인종을 누르자 여동생이 한걸음에 달려 나와서 그때까지 느껴본 중 가장 단단하게 나를 꽉 껴안았다. 여동생은 울고 있었다. 여동생은 크고 슬픈 눈으로 나를 올려다보며 물었다. "왜 우릴 떠났어?" 대답할 말이 없었다. 나는 여동생이 나를 그리워하거나 내가 집에 돌아가면 여동생이 기뻐할 것이라고 전혀 예상하지 못했다. 여동생이 나를 그곳에 필요로 한다는 사실도 말이다. 나는 그저 내가 짊어진 정서적 고통이 가출할 만한 충분한 명분이 된다는 순전한 이기심에 푹 빠져서, 다른 누구의 입장도 고려하지 않았다.

내가 집에 돌아온 그 순간 여동생의 목소리에 담겨 있던 아픔과 혼란을 회상해보면, 우리 두 사람 모두 같은 것이 필요했다는 생각이 든다. 얼마간의 조건 없는 사랑, 얼마간의 안도감. 우리 둘 중 누구에게도 주어지지 않았던 것들. 그리고 결국 우리는 서로에게서 이것들을 얻었다고 생각한다. 2년 후 내가 다시 큰 실수를 저지르고 엄마에게 쫓겨날까 봐 벌벌 떨고 있을 때, 여동생은 실수를 비밀로 지켜주겠다고 약속했다. 여동생은 무슨 짓을 하든 상관없이 나를 사랑한다고 말했다. 그런 다음 예금통장을 가져와서 자기가 저축한 돈을 전부 내게 주겠다고 매우 심각하게 제안했다. 그러면 다 괜찮아질 거라고. 나는 그것을 받을 수 없었다. 그 대신 나는 동생을 안아주고, 안심시키고, 소리 내 웃고, 농담했다. 불안한 기색이 동생의 눈에서 사라질 때까지.

·))▶

그렇지만 사실 나는 괜찮지 않았다. 내가 하는 이 이야기 중 말해야 하는 다른 조각이 있다. 내가 귀가하지 않았던 다른 모든 밤들에 대해.

이야기는 이런 식으로 흘러간다. 나는 나이트클럽들에 갔다. 때로는 친구들과 갔지만, 때로는 혼자서도 갔다. 친구들이 항상 다른 사람들의 관심을 구하러 외출하는 일에 질려 했기 때문이다. 나는 클럽의 바에서 낯선 남자와 시시덕거렸다. 술을 너무 많이 마신 탓에 제대로 서 있으려고만 해도 바의 가장자리를 붙잡고서 '온 힘을 다해' 열심히 순간에 집중해야 했을 것이다. 이때 낯선 이가 다가와서 뭘 하고 싶으냐고 물었을 것이다. 혀가 꼬부라진 소리로 나는 그의 집에 가면 보드카가 있느냐고 물었을 것이다.

그는 미소로 대답했을 것이다. 그는 택시를 타는 게 좋겠다고 말했을 것이다. 누군가에게 문자를 보낼 휴대전화도 없고, 우리 집으로 갈 택시를 호출할 애플리케이션도 없고, 인유두종 바이러스HPV 백신도 없었다. 이 모든 일이 말 그대로 백만 년 전의 일이었기 때문이다. 그래서 나는 결국 보드카 한 잔과 함께 꼼짝없이 이 낯선 남자의 아파트에 갔을 것이다. 그 남자는 내가 거기에서 벌거벗은 채로 있을 때, 침실에서 온몸에 소름이 돋은 채로 있을 때, 내가 그에게 모든 것을 줄 거라고 생각했을지도 모른다. 물론 내 몸은 거기에 있었다. 하지만 나는 다른 생각에 빠져 있었다. 내 안에서는 나를 구원하는 동시에 파멸시키는 한 가지 생각만이 계속 메아리쳤다. 나는 이 만트라를 속으로 끊임없이 되뇌며 그 공간에서 나를 증발시켰다. '나는 여기 있지 않다.'

나는 내가 거래하고 있는 것—나의 사춘기 몸—의 가치를 잘 안다고 생각했고, 내가 협상에서 승리하고 있다고 생각했다.

하지만 정작 이러한 일이 의미하는 바는 내가 자신에게 아무런 가치를 두고 있지 않다는 것이었다. 나는 내가 결함이 있는 상품이라고 생각했다. 수년 전부터 정상적으로 음식 먹는 것을 그만두면서 시작했던, 몸과 자아를 분리하는 기술은 이러한 만남에 의해 완벽하게 완성되었다. 그리고 이러한 만남은 나를 다치게 했다. 신체적으로. 정신적으로. 정서적으로. 이러한 만남은 나를 다치게 했다. 매번, 항상.

나는 겉으로는 태평스러운 척했지만, 속으로는 차갑고 무감각해졌다. 나는 정서적으로 나를 자극할 만한 모든 것으로부터 나 자신을 멀리했다. 나는 주변에 있는 사람들에게 솔직하게 말하는 대신 나 자신을 걸어 잠갔다. 나는 쉽사리 잠들지 못하는 어린아이였을 때 시작했던 내면의 대화를 이어 나갔다. 그 대화 속에서 나는 마치 대기권 밖처럼 엄청나게 멀리 떨어져 있듯, 나의 행동들을 목격하고 가차 없이 잘못을 찾아 논평해댄다. 지난 세월 동안 이러한 습관에서 거의 벗어났지만, 이 특정한 대화는 여전히 나의 곁을 떠나지 않고 맴돈다. 그리고 아직도 나를 밤에 깨어 있게 만든다.

이 시기의 언젠가 엄마는 나를 데리고 가족 상담을 받으러 갔다. 우리 두 사람은 지하에 있는 상담실에서 심리상담사를 앞에 두고 앉았다. 그녀는 내게 엄마에게 하고 싶은 말이 있느냐고 물었고 나는 고개를 가로저었다. 모든 질문에 대한 나의 대응은 괜찮다고 말하는 것이었다. 물론 나에게는 해야 할 말이 매우 많았고, 아마 그 상담실에 상담사와 단둘만 있었다면 그중 일부를 말할 수 있었을지도 모른다. 하지만 대개 나를 표현할 어휘가 부족했다고 생각한다. 나는 "나는 외로워요."라고 말하거나 "나는 불행해요."라고 말할 수 없었다. 혹은 그 모두를 싸잡아서 "나는 가치가 없어요."라고 말할 수 없었다. 내가 느끼는 두려움들을 말로 옮기는 일은 감정적으로 불가능할 뿐만 아니라 내가 나에 대해 말할 수 있는 범주를 넘어서는 것으로 보였다. 무엇이 나를 그토록 외롭다고 느끼게 만드는지 정확하게 표현할 수 있는 언어, 혹은 목소리를 가지지 못한 것은 정말로 비극적인 일이었다. 그리고 어느 누구도 이러한 어휘들을 사용하지 않았고, 내가 스스로 이러한 말들을 밖으로 꺼내도록 상황에 개입해서 돕지 않았기 때문에, 침묵만이 내가 할 수 있는 전부였다.

열일곱 살에 나는 공황 발작을 일으키기 시작했다. 산소가 폐에서 갑자기 사라지는 듯한 느낌이었다. 나는 숨이 턱 막힌 채 밖으로 뛰쳐나가 필사적으로 산소를 구하려 애쓰다가 마지막에는 기절했다(발작이 있을 때마다 항상 기절이 뒤따랐다). 한번은 콘서트장에 있는데 공황 발작이 일어났고 안전요원이 나를 군중 속에서 끌어내 무대 뒤 공간으로 데려갔다. 의사가 가슴에 청진기를 댔고 미친 듯이 뛰는 심장박동 소리와 고르지 못한 숨소리를 듣더니 나에게 아드레날린 주사를 놓았다. 그러자 과호흡이 멈췄고 헛구역질이 났다. 나는 사람들, 걱정하는 사람들에게 이러한 에피소드들은 천식 발작 때문에 생긴 것이라고 말했다. 한 사람은 내게 관심을 끌려고 별짓을 다 한다고 비난했지만, 나는 정말로 숨을 쉴 수가 없었다.

나는 열여덟 살이 되었다. 그리고 마약을 끊었다. 내가 복용하는 '스피드'는 점점 나의 내부를 망가뜨리고 있었다. 경련 때문에 잠을 잘 수도 가만히 앉아 있을 수도 없었다. 온몸이 오들오들 떨렸다. 황폐해진 것 같은 기분이 들었다. 어느 날 아침 잠에서 깨서 침대 밖으로 나가기 전에 나는 LSD 한 알을 삼켰다. 그렇게 하면서도 이건 옳은 일이 아니라고 생각했다. 나는 선택을 해야 하는 순간과 맞닥뜨렸다. 전부냐 제로냐. 나는 제로를 선택했다. 처음에 친구들은 이 선택이 멋지다고 생각했다. 친구들은 거의 자랑하듯이 나에 대해 말했다. "에밀리가 마약을 끊었대." 하지만 마약을 끊고 나자 — 놀랍고 또 놀랍게도 — 그 나머지 모두가 그다지 참을 만하지 않았다. 내가 줄기차게 다녔던 창고 레이브 파티들, 내가 머물렀던 무단 점유 건물들은 말짱한 정신으로 있자니 매우 황량한 공간들이었다. 게다가 처음에 잠깐 신기하게 생각했던 친구들 또한 이제는 맨정신인 누군가가 주변에 어슬렁거리는 것을 원치 않았다. 친구들은 나에게 피해의식을 느꼈다.

더구나, 나의 핵심 그룹 친구들이 뿔뿔이 흩어졌다. 인디 클럽과 그런지 클럽을 좋아했던 친구는 레이브 파티를 즐기지 않았다. 어떤 아이들은 고등학교 이후에 좋은 선택지를 갖고 싶다면 공부를 해야 한다는 사실을 깨달았다. 어떤 아이들은 이미 자퇴를 했고 적절한 복지 혜택을 받기에는 아직 너무 어렸기 때문에 구걸에 의지해서 살다가 결국에는 '거래'를 통한 수입으로 살았다. 어떤 아이들은 더 엄격한 위탁시설들로 옮겨졌다. 어떤 아이는 임신을 했다. 나는 토요일 밤마다 집에 머무르기 시작했다. 인기 없는 여자아이로 사는 일상으로 돌아간 것이다. 하지만 이 시기에 나는 외로움이 최악의 일이 아니라는 사실을 깨닫게 되었다.

친한 친구 한 명이 약물을 과다복용해 자살을 시도했다. 몇 번이나 시도했지만 성공하지 못했다. 식욕이상항진증 덕분이었다. 클럽에서 만난 한 여자아이는 내게 부모가 자신이 팔목을 긋고 있는 것을 발견하고서 엄마가 소금을 가져와 상처에 뿌렸다고 했다. 다시 시도하지 못하게 만류하는 차원이었다고 했다. 한 친구는 LSD를 너무 많이 복용한 나머지 단기기억 능력을 상실했다. 어떤 남자아이는 어느 날 밤 한 파티에서 배회하다가 몇 주일 동안 실종되었고 아지트에 다시 나타났지만, 예전과 같은 온화한 남자아이가 절대 아니었다. 그래도 이 아이는 최소한 목숨이라도 건졌다.

우리 모두가 이렇게 헤쳐나오지는 못했기 때문이다. 절규하고 싶도록 고통스러운 빌어먹을 사실이다.

우리가 모두 헤쳐나오지는 못했다.

학교에서 알고 지낸 한 여자아이는 밝고 재밌고 친절하고 관대한 아이였는데 그와 동시에 불안정하고 불행했다. 그리고 부모에 의해 정신병원에 감금되었다. 감금 도중 어느 순간에 그 여자아이는 스스로 목을 맸다. 내가 런던에 처음 이사 왔을 때부터 알고 지낸 한 남자아이는 위탁시설에 버려졌고 그 아이의 아빠는 영국을 떠나 다시는 돌아오지 않았다. 열여덟 살이 되어 위탁시설에서 나와 사회 적응을 위한 시설에서 살게 됐을 때, 그 아이는 치사량에 달하는 약물을 과다복용했다. 우리는 이 두 아이의 죽음에 통곡하고, 이유를 가늠하기 위해 대화를 나누고, 실제적 충격을 경험했다. 정신병원에 감금된 여자아이의 부모는 병원에 한 번도 방문하지 않았다고 했다. 내가 이 아이에 대해 생각나는 거라곤 마지막으로 그녀를 봤던 순간뿐이다. 우리는 깔깔깔 웃으면서 우리 둘 다 좋아하는 밴드에 관해 대화를 나눴다. 남자아이와는 못 본 지 몇 년 됐지만, 가끔 내가 전화로 안부를 물었었다. 이 아이는 외롭다고 느낄 때 내게 전화를 걸었다. 위탁시설이 통화시간을 5분으로 제한했음에도 불구하고 말이다. 이들의 죽음은 그때까지 내가 겪은 가장 현실적이면서도 가장 비현실적인 일이었다. 나는 결코 이들을 마음에서 정리할 수가 없다. 나는 여전히 언젠가 이들을 볼 수 있지 않을까 기대한다. 붐비는 인파 속을 걸어가고 있는 그들의 뒷모습을 보게 될 것만 같다.

아직 몇 가지가 더 있다.

내가 처음 런던으로 이사와 보통의 열네 살 아이처럼 학교에 다녔을 때, 나는 매일 러시아워에 지하철을 타고 집에 돌아가곤 했다. 어느 날 오후, 혼잡한 지하철 안에 서 있는데 어떤 남자가 뒤에 서서 내 몸에 자신의 몸을 비벼대는 게 느껴졌다. 나는 어안이 벙벙했지만 이내 정신을 차리고서 상당히 큰 소리로 말했다. "그만 만져요." 그는 하던 짓을 멈췄다. 아주 잠깐. 하지만 그러고 나서 다음 역을 지난 후 그는 다시 그 짓을 시작했고 나는 울기 시작했다. 조용히 울지 않고 서럽게 흐느끼며 꺽꺽 울었다. 나는 아이였고 교복을 입고 있었고 어른들에 의해 둘러싸여 있었다. 하지만 단 한 사람도 어떠한 말도, 어떠한 행동도 하지 않았다. 나는 침묵을 지키는 통근자들을 밀어젖히며 다음 정류장에서 내렸다. 나는 글로스터로드 플랫폼에 한참을 서서 발작적으로 터져 나오는 울음을 억누르며 숨을 고르려고 애썼다. 아무도 말을 걸지 않았다.

열여덟 살이 되었을 때, 나는 여성 네 명 중 한 명은 강간을 당한다는 통계를 접했다. 나는 주위를 둘러보았다. 내 친구들과 나는 이 수치에 포함되어 있을까, 아니면 우리 모두 기적적으로 면제를 받은 걸까? 나는 지하철 사건과 남자들이 성관계를 노리고 접근해왔던 다른 모든 순간들에 대해 생각했다. 성관계를 원하지 않았지만 순응하고 말았던 순간들에 대해 생각했다. 하지만 나는 강간을 당한 적이 없었다. 서른아홉 살에 어느 페미니스트 행사에서 여성들이 용기를 내어 자신들의 개인적인 이야기들을 들려주는 걸 듣기 전까지만 해도 그렇게 믿고 있었다. 그러나 이 자리에서 나는 '나는 강간을 당한 적이 없었다.'라는 서술에 대한 나의 확신을 다시 생각해보았다. 나는 사람들로 가득 찬 강당에 앉아 심각한 성폭력 경험에 관한 이야기들을 듣고 있었다. 바로 그때 갑자기 두 가지 매우 선명한 기억이 떠올랐다. 격한 감정에 휩싸인 채 나는 강당을 뛰쳐나와 길거리에 서서 펑펑 울었다. 나는 강간을 당한 적이 있었다.

공격은 어두컴컴한 한밤의 거리에서 발생하지 않았다. 강간에 대해 생각하면 자동으로 떠오르도록 훈련받은 모습과 달랐다. 가해자 두 사람 모두 내가 아는 사람들이었다. 나는 사건 이후에 그들과 말을 했다. 나는 일어서서 내 발로 현장을 떠났다. 멍이 몇 군데 든 것 말고는 신체적으로 멀쩡했다. 나는 경찰에 신고하지 않았다. 지난 세월 동안 나는 이 두 번의 공격을 그저 내 의지에 반해 억지로 섹스를 해야 했던 순간으로만 생각했다. 두 번 모두 나는 싫다고 말했지만 그건 중요하지 않았다.

첫 번째는 내 남자친구였다. 그는 나보다 두 살쯤 나이가 더 많았고 아마 열일곱 살이었을 것이다. 어느 날 밤 클럽에서 나온 후 그가 나를 내 친구의 집까지 바래다주었다. 나는 친구에게 빌린 열쇠로 문을 열고 안으로 들어갔다. 추운 겨울날이었고 그가 자신도 들어가도 되느냐고 물었다. 나는 그에게 바로 잠자리에 들 거라고 하면서 집에 가라고 했다. 하지만 그가 문을 밀어젖히더니 집 안으로 걸어 들어왔다. 그때 나는 그에게 당장 나가라고 했다. 하지만 그는 씩 웃기만 했다. 나는 작별 인사를 하고서 2층으로 올라갔다. 제발 이것으로 끝나기를 바라면서. 그가 나를 따라왔다. 그는 나를 비어 있는 침실 안으로 끌고 들어갔다. 그러고 나서 나를 침대 위로 넘어뜨린 다음 내 스타킹과 팬티를 아래로 끄집어 내린 후 내 안으로 자신을 밀어 넣었다. 나는 싫다고 말했다. 정확히는 "하지 마."라고 말했지만, 의미는 같았다. 그가 손으로 내 목을 조이며 숨을 쉬거나 말을 하기 힘들게 했다. 나도 더 크게 소리 지르고 싶지는 않았다. 집 안에 있는 다른 사람들을 깨우게 될까 무서웠다. 나는 그를 집 안으로 들인 것에 대해 사람들이 내게 화를 내리라고 생각했다. 그가 더 세게 자신의 몸을 거칠게 밀어 넣자 나는 숨을 헉헉거리며 울면서 그에게 제발 멈추라고 애원했다. 그리고 잠시 후엔 그저 이를 악물고서 조용히 눈물을 흘리며 곧 끝나기만을 기다렸다. 끝내고 나자 그는 한시도 지체하지 않고 내게서 몸을 빼고 바지 지퍼를 올린 후 방을 나갔다. 현관문이 쾅 하고 닫히는 소리가 났다. 나는 팬티와 스타킹을 힘들게 끌어 올려 입고서 이불로 온몸을 감쌌다. 나는 이 남자아이와 이전에 섹스한 적이 있었다. 서로 합의한 섹스였다. 그러니까 이것은 강간일 리가 없었다. 나는 이 남자아이를 몇 주간 계속 더 만났고 그 후 그는 나를 차고 다른 여자아이에게 가버렸다.

두 번째는 그로부터 몇 년이 지난 후였다. 나는 친구의 아파트에 놀러 가서 그와 그의 손님과 저녁을 먹었다. 그 손님은 우리보다 나이가 많은 남자였는데 아일랜드에서 방문차 런던에 왔다고 했다. 그와 나는 레드와인 한 병을 나눠 마시며 런던에서 반아일랜드 인종차별을 겪은 경험들을 이야기하며 친해졌다. 내 친구가 잠을 자러 침실로 떠난 이후에도 우리는 남아서 이야기를 계속했다. 하지만 그때 갑자기 그가 180센티미터는 족히 넘는 몸으로 나를 밀치면서 한쪽 팔뚝으로 내 가슴팍을 단단히 찍어누르고 손으로 내 얼굴을 소파 쿠션에 처박았다. 그가 곯아떨어지자 나는 그의 육중한 몸 아래에서 빠져나와 친구의 침실로 기어가서 바닥에 쓰러져 있다가 날이 밝자마자 그곳을 탈출했다.

그 당시에 나는 이 두 번의 공격을 강간이 아닌, 내 행동과 라이프스타일로 인한 불가피한 결과로 합리화했다. 만약 그 당시 누군가가 내게 여자가 짧은 치마를 입는 것이 남자에게 여자를 강간해도 된다는 면허증을 준다고 말했다면 나는 몸서리를 치며 반박했을 것이다. 하지만 사실상 나 또한 이를 내면화하고 있었다. 나는 벌을 받아들였다. 내가 뭔가를 잘못했고 '착한 소녀의 규칙'을 고의로 어겼다고 강하게 느꼈기 때문이다. 나는 내게 벌어진 일을 부정했다. 그것만이 내가 알고 있는 유일한 생존 방법이었다.

나는 여전히 이 개인사를 어떻게 정리해야 할지 알아내기 위해 몸부림친다. 나는 이 경험들을 어느 범주에 넣어야 하는지, 심지어 '강간'이라는 용어를 사용해야 할지 말지를 두고 고심한다. 나는 다른 여성들이 강간당하는 동안 겪은 폭력을 축소하게 될까 봐 조심스럽고, 이 경험들을 걸고넘어져야 하는지 여전히 확신이 들지 않고, 내가 그 이름표를 받을 자격이 있을 만큼 충분히 고통받았는지 확신이 들지 않는다. 이에 덧붙여서, 나는 내가 이 남자들을 신고하지 않아서 나의 침묵 때문에 그들이 다른 누군가에게 더 나쁜 짓을 하지 않았을까 죄책감이 든다. 하지만 내가 누구에게 이들을 신고해야 했을까? 나는 누군가가 나의 말을 믿어주거나 진지하게 받아들일 것이라는 느낌을 받아본 적이 없다. 그게 무슨 일이든 간에 말이다. 그리고 지금도 여전히 그러하다.

두 번째 강간을 당한 후에 나는 그 남자에게 왜 그랬느냐고 물었다. 나는 그 순간을 어제 일처럼 뚜렷하게 기억한다. 오디오에서는 가수 프리디지의 노래가 나오고 있었다. 그는 나를 돌아보더니 이렇게 말했다. "그냥 네 문제야. 네가 풍기는 분위기." 나는 이 해로운 문장을 내 안에 오래 간직했다. 수십 년 동안이나. 나의 문제라고 생각하며. 하지만 오랜 시간이 흐른 후 페미니스트 행사에서 울음을 터뜨리고 난 후에야 깨닫게 되었다. 내가 풍겼던 '분위기'는 단순히 어리고, 약하고, 여성이라는 것뿐이라는 사실을.

·))▶

나는 손상됐다. 하지만 나는 헤쳐나왔다. 나는 고등학교 졸업시험을 무사히 치렀다. 나는 아일랜드에 있는 한 대학에 입학했고 마침내 그곳에서 편안함을 느꼈다. 강의와 세미나에 참석했고, 책을 읽고 책에 관해 대화하는 것을 가장 즐거워하는 나와 비슷한 사람들을 만났다. 오래된 습관들을 완전히 버리지는 못했다. 술과 음료를 무료로 제공하는 이벤트가 열리면 공짜 맥주를 한껏 마셨다. 하지만 그 이외의 다른 습관들은 신속히 버렸다. 나는 새로운 게임, 아니 더 정확히 말해 새로운 형태의 옛 게임을 하기 시작했다. 바로 적응하고 소속되는 것이었다. 이 게임의 규칙은 간단했다. 내가 클럽에 다니고, 마약을 복용하고, 아무 남자의 집에 가며 청소년 시절을 보낸 티를 내지 않는 것. 새로운 친구들은 이런 일들을 상상도 못 할 만큼 순수해 보였고 나는 친구들과 어울려 잘 지낼 수 있었다.

하지만 대학이 진정으로 내게 준 것은 삶에 대한 일종의 통제력이었다. 나는 내가 있고 싶은 곳에 있으면서 내가 하고 싶은 일을 했고, 이러한 경험들이 쌓이면서 섭식을 통제하고자 하는 욕구는 점차 줄어들었다. 나는 하루에 두 끼를 먹기 시작하다가 세 끼로 늘렸다. 나는 앞으로 절대 퇴행하지 않을 거라고 말하고 싶다. 하지만 섭식장애에서 완전히 벗어났다고 말하는 것보다 한때 섭식장애를 겪었다고 과거시제로 쓰는 편이 더 정확한 표현일 것이다. 정상적으로 먹기 시작한 지 오랜 시간이 흐른 지금도 나는 집에 전신 거울이나 저울을 두지 않고 살고 있다. 나는 내 몸을 똑바로 바라볼 수가 없다. 인정하면서도 나는 이 사실이 정말 싫다. 이 사실이 내 회복 감각을 약화하는 것이 싫다. 그리고 이 사실이 과거의 어리고 고통스러운 자아와 나를 다시 연결하는 것이 싫다. 또한, 이 사실이 내 몸과 내 욕구 사이의 지속적인 부정적 관계를 표현하는 것 같아 싫다.

욕구. 이제 내게 이 단어는 그 의미가 바뀌었다. 나의 몸과 나의 피부와 말초신경을 즐거움의 장소(다른 누군가만이 아니라 나 자신을 위한)로 소유하는 것, 그리고 자유롭게 선택하고 의사결정을 내리는 능력을 가지는 것으로 말이다. 이는 하루아침에 이루어지지 않은 오랜 변화의 과정이었고 여전히 내게 매우 급진적인 일로 느껴진다. 이십 대 때 한번은 피임약 처방을 받기 위해 가족 계획 전문병원을 방문한 적이 있다. 간호사는 빙그레 웃더니 내게 전희, 그리고 여성이 절정에 이르기까지 걸리는 시간에 대해 말해주고 여성 대부분은 성기 삽입만으로는 오르가슴을 느낄 수 없다고 덧붙였다. 나는 그녀가 성적인 즐거움에 관해 이야기할 때마다 얼굴을 붉히며 안절부절못했지만, 이것은 정말로 인생을 바꿀 만한 정보였다. 섹스는 이제 보니 재미있는 것으로 여겨지는 — 실제로 재미있는 — 것이었다. 이 사실이 온 세상을 뒤흔들거나 기존의 성 정치학을 뒤엎지는 않는다. 하지만 삼십 대가 되어서야 비로소 완전히 발견된 나의 신체 자아에 대한 이처럼 완전히 다른 태도는 나의 세계를 뒤흔들었고 자주 나의 몸을 뒤흔들었다. '나는 단연코 여기에 있다.'

·)▶

처음에는 이 이야기를 어떻게 시작해야 할지 고민했는데 이 제는 이 이야기를 어떻게 끝내야 할지 고민이 된다. 그리고 이 모든 경험 속에 도움이 되는 교훈이 조금이라도 있기는 한 건지 판단하기는 더더욱 힘들다. 나의 현재 자아는 나의 어린 자아가 하루에 세 끼를 먹었기를 바란다. 집에 있으면서 단어 퍼즐을 풀고 시계추처럼 정확하게 학교에 갔기를 바란다. 나는 내가 담배를 피우지 않았기를, 마약을 복용하지 않았기를, 그렇게 엄청나게 술에 취하지 않았기를, 가출하지 않았기를 바란다. 그리고 나는 내가 열세 살에 동정을 잃지 않았기를 정말로 바란다. 하지만 이러한 온갖 희망 사항 아래에서 나는 의문을 던진다. 만약 내가 이러한 것들을 하지 않았다면, 나는 더 안정되거나 더 행복하거나 더 안전했을까? 내가 이 질문에 언젠가 답할 수 있을지 아직 잘 모르겠다.

흡연과 음주와 자기파괴가 이야기의 전부인 것도 아니다. 삶의 전체는 가장 극단적인 순간들만을 추출하여 판단되어서는 안 된다. 아마 나는 더 얌전한 순간들에 관해 써야 했을지도 모른다. TV를 보던 밤, 가족 휴가, 과제로 『햄릿』에 관해 쓴 에세이들에 대해서 말이다. 그리고 어쩌면 현재의 삶에 대해 더 많이 이야기해야 했을지도 모른다. 전체적으로 바라보면, 내가 그저 가까스로 헤쳐나온 것이 아니라는 사실을 보여주기 위해 말이다. 나는 성공했고 매우 잘 지내고 있다. 이제 나의 삶은 달라졌고 나의 삶은 좋은 삶이다. 그래서 잘 지내느냐고 어제 누군가가 내게 물었을 때 나는 잘 지낸다고, 행복하다고 말했고, 그건 거짓말이 아니었다. 정말로 그랬다.

하지만 나는 그러한 이야기를 하지 않았고, 유쾌한 맥락으로 이야기를 전개하지도 않았다. 나는 오로지 당신에게 불쾌한 사건들만을 이야기했다. 이런 식으로 글을 쓰면 불쾌한 사건들이 전체 이야기가 되어버린다. 그래서 나는 글을 쓰는 도중에 다시 잠시 멈춘다. 그러고선 수많은 단어와 지워야겠다고 줄을 그어놓은 표시로 가득 찬 메모장을 쳐다본다. 그리고 궁금해한다. 만약 다르게 쓸 수 있다면? 기다렸다는 듯이 내면의 비평가가 속삭인다. "부정적인 얘기'는 이미 충분히 했잖아, 에밀리." 하지만 이 생각이 드는 순간 곧바로 나는 이것이 이 이야기의 모습이어야 한다는 사실을 깨닫는다.

이 이야기는 약 8년의 세월을 다루고 있다. 이 이야기에는 내가 이전에 누구에게도 말하지 않았던, 심지어 나 자신조차도 인정하지 않았던 많은 사건과 감정 들이 포함되어 있다. 그것들을 글로 쓰는 경험은 매우 고통스러웠다. 그럼에도 이 이야기를 쓰지 않기로 하면서 회피하지 않은, 혹은 회피하지 못한 것은 오로지 한 가지 단순한 이유 때문이다. 이 이야기를 써야겠다는 충동이 위험하고 두렵고 수치스럽다고 느끼면서도 필요한 이야기라고 느끼기 때문이다. 나는 매우 오랫동안 그토록 철저하게 부정해왔던 나의 일부들을 되찾기 위해 지금 이 이야기를 쓴다. 나는 오랜 세월 지녀온 침묵의 암호를 해제하기 위해 이 이야기를 쓴다. 결국, 나는 내가 나의 삶에 오롯이 뿌리내리고 있다고 느끼기 위해 이 이야기를 쓴다. 그리고 이 일이 내가 할 수 있는 가장 강한 일이라고 생각하기 때문에 이 이야기를 쓴다.

마지막으로, 나는 시간여행을 할 수 없으므로 이 이야기를 쓴다. 오랫동안 나는 내가 1990년대 초로 돌아갈 수 있다면 얼마나 좋을까 하는 감상적인 바람을 가져왔다. "괜찮아요."라는 항변은 못 들은 척하며 나의 어린 자아를, 그 아이가 갈구하는 대로 꽉 붙잡아줄 수 있다면 얼마나 좋을까. 나는 내가 그 아이에게 뭐라고 말할지 알고 있다. 나는 그 아이를 꼭 안아주며 말할 것이다. 네가 외롭다는 사실을 알고 있다고, 길을 잃었다고 느낀다는 사실을 알고 있다고, 자신이 가치가 없다고 느낀다는 사실을 알고 있다고. 그런 다음 그 아이는 내가 아니므로, 그리고 동시에 그 아이는 나이므로 그 아이에게 확신시켜줄 것이다. 너에게는 무언가가 있다고. 놀라운 무언가가, 사랑스러운 무언가가, 특별한 무언가가, 아름다운 무언가가, 연약한 무언가가, 강인한 무언가가, 싸울 가치가 있는 무언가가 있다고 말이다.

✳

시험에 나오지 않는 것들

＊

자라면서 나는 자전거가 없었다. 게다가 친구도 없었다. 그래서 나는 혼자서도 잘 노는 척을 했던 것과 마찬가지로, 자전거를 타지 못하는 것이 신경 쓰이지 않는 척을 했다. 그 이후로 자전거를 배우기에 너무 나이가 많아지고 아동용 자전거를 타기에 너무 덩치가 커졌다. 그렇게 결국 나는 자전거 타는 법을 배우지 못했다. 다른 아이들이 자전거를 타고 세상 밖으로 나갈 때 나는 집에서 책을 읽었다. 가야 할 곳이 있으면 걸어서 갔다. 누가 묻기라도 하면 나는 걷는 것을 좋아하기 때문에 전혀 개의치 않는다고 말했다. 스스로도 그렇게 확신했다.

그런 다음 삼십 대에 다른 나라에 가서 잠시 혼자 살게 됐을 때 나는 자전거와 관련된 전부를 다시 생각해볼 수 있겠다고 생각했다. 어쨌든, 실패하더라도 아무 문제가 되지 않을 터였다. 아무도 모를 테니까. 그래서 나는 동네 자전거 판매점에 가서 기어들어가는 목소리로 보조 바퀴가 달린 성인용 자전거를 대여할 수 있는지 물었다. 그렇게 말하고 나자마자 세상에 그런 제품이 존재하기는 하는 건지 의문이 들었다. 하지만 계산대 뒤의 수염이 덥수룩한 남자는 고개를 끄덕이더니 다음 달에 시작하는 성인 강좌에 등록하고 싶은 생각은 없는지 물었다. 나는 눈을 끔벅거렸다. 세상에 자전거를 탈 줄 모르는 성인이 나 말고 또 있다니. 게다가 강좌도 운영한다고? 그렇다고 해도 나는 다음 달까지 기다리고 싶지 않았다. 나는 초보용 자전거를 대여할 수 있는지 다시 물었다. 그 남자는 보조 바퀴에 관해 회의적이었다. 그가 페달을 제거한 자전거를 대여하는 것은 어떠냐고 물었다. 나는 자전거가 움직이려면 페달이 반드시 있어야 하는 것 아니냐고 물었다. "먼저 균형 잡는 법부터 배워야 해요." 그가 말했다. "그런 다음 페달 굴리기로 넘어가는 거죠."

그래서 나는 그가 준 페달 없는 자전거를 가지고 경사진 곳이 있는 텅 빈 주차장을 찾았다. 그리고 자전거에 몸을 싣고 밀기 시작했다. 처음에는 한 발만 땅에서 뗀 채로, 다음에는 하얗게 질려 양쪽 발을 모두 뗀 채로. 나는 그날 오전 내내 주차장을 뱅뱅 돌며 이 연습을 했다. 일단 익숙해지고 나자 경사진 곳의 약간 더 위로 자전거를 끌고 올라갔다. 그러고 나서 뒤로 돌았다. 그리고 손으로 브레이크를 꽉 잡고 발을 땅에 철석같이 붙인 채로 잠시 가만히 있었다. 지금 보니 비스듬한 비탈이 아니라 가파른 언덕처럼 보였다. 아마도 그날 하루에 연습할 만큼은 다 했는지도 몰랐다. 새삼스레 자전거를 배울 필요가 전혀 없는지도 몰랐다. 하지만 나는 진짜 실패는 시도조차 하지 않는 것이라는 사실을 잘 알고 있었다. 그래서 나는 자전거에 몸을 내맡겼다. 나는 태어나서 처음으로 자전거를 타고 미끄러져 내려갔다. 공기가 나를 휙 하고 지나가고 땅이 내 밑에서 움직이는 게 느껴졌다. '언덕'의 맨 아래에서 나는 죽 미끄러지다가 멈춰섰다. 두려움이 놀라움으로 바뀌고 놀라움은 자부심으로 바뀌었다. 나는 자전거를 끌고 비탈진 곳의 맨 위로 올라가서 다시 자전거에 몸을 내맡겼다. 그날 이후 이틀 내내 나는 눈을 뜨자마자 자전거를 끌고 나가 전날의 작은 언덕 꼭대기로 올라가 반복해서 몸을 자전거에 내맡겼다. 나는 행복했다. 나는 독학으로 자전거 타는 법을 배웠다. 아니 나는 독학으로 날아가는 법을 배웠다. 나는 그때의 미끄러지고 날아가고 공기가 온몸을 휙 지나가는 느낌을 다시 떠올려본다. 그리고 궁금해한다. '뭐가 그렇게 두려웠을까?' 왜 나는 더 자주 그렇게 하지 못하는 걸까? 왜 그냥 몸을 내맡기지 못하는 걸까?

·⫸

대학교수로 일하고 싶다는 사실을 깨달았을 때, 나는 나 자신이 학생들의 삶에 변화를 줄 수 있는 선생, 이해가 깊은 선생,

학생들에게 '시험에 나오지 않는 것들'을 가르쳐주는 선생이 되기를 바랐다. 나의 교실을 모든 학생이 위험을 감수할 수 있는 안전한(그리고 평등한) 공간으로 만들려고 애쓰면서 이 포부를 실현하려고 했다. 때로 학생들이 상상하는 가장 큰 위험은 무언가를 큰 소리로 말하는 일인 것처럼 보인다. 학생들은 틀린 것을 말해 주위의 비웃음을 받을까 봐 두려워한다. 나도 알고 있다. 하지만 나는 학생들이 이 두려움을 무릅쓰고 자기 목소리를 내기를 바란다. 교실에서조차 자기 생각에 대해 침묵한다면 다른 곳에서 다른 것들에 대해서도 침묵할까 봐 걱정되기 때문이다. 침묵해서는 안 되는 그런 것들에 대해서. 교실에서조차 자유로이 말할 수 없다면, 괴롭힘을 당하거나 차별을 당하거나 다쳤을 때 어떻게 자기 목소리를 낼 수 있겠는가?

한 학생이 내 수업의 기말 에세이에 관해 물어보려고 내 연구실에 들렀을 때 나는 이 질문에 대해 다시 생각해보게 됐다. 우리는 교과 과정의 세부 내용과 그녀의 아이디어에 관해 활발히 대화를 나누었다. 그 여학생은 똑똑하고 통찰력 있고 자기 생각을 분명히 표현했다. 하지만 개강한 후 8주의 시간 동안 나는 그녀가 세미나 때 의견을 표명하는 것을 한 번도 듣지 못했다. "다음 주 수업에 이 의견을 발표하는 건 어떨까?" 내가 그 여학생에게 물었다. 그녀는 아무 말 없이 고개를 가로저었다. "넌 정말로 훌륭해." 내가 말했다. 그녀는 놀란 표정을 지었다. 나는 낙담했다. 나는 이 젊은 여성이 어떤 이유로 침묵을 지키고 있는지 모르지 않았다. 그녀는 여자이고 여자는 침묵을 지키라고 배운다. 다른 사람들에게 의견을 발표할 만큼 훌륭하지 않다고 배운다. 그것이 무엇이든 뭔가를 말로 꺼내는 위험을 감수하는 특출난 여자들은 건방지거나 오만하다고 인식되는 위험 또한 감수해야 한다. 이들이 태어날 때부터 이러한 두려움들을 가지고 있지는 않았다. 이들이 태어날 때부터 자신이 열등하다고 느끼지는 않았다. 이들은 그렇게 배웠다. 나는 이 사실을 잘 안다. 왜냐하면 나도 그렇게 배웠기 때문이다.

열두 살 때 나는 지역의 한 중학교에 입학시험을 치렀고 장학금을 받았다. 하지만 엄마가 학교의 안내서를 자세히 읽다가 여학생들은 의무적으로 가정 수업을 받아야 하고, 반면 남학생들은 그 시간에 별도의 수학 수업을 받는다는 사실을 발견했다. 별도의 수학 수업을 받을 수 있는 선택권은 여학생에게는 아예 주어지지 않았다. 엄마는 실망했고 나는 그 학교에 가지 않았다. 그렇지만 결국 가게 된 중학교도 여학생들을 차별하기는 마찬가지였다. 1학년을 마치고서 나는 두 과목에서 기이하게 모두 99점을 받았다. 맹랑하게도 나는 두 명의 선생님들에게 가서 내가 무엇 때문에 1점을 잃었는지 물었다. 두 선생님 모두 대답하기 전에 잠시 가만히 있었다. 그런 다음 약속이라도 한 듯이 똑같이 말했다. 또 다른 학생이 나와 동등하게 잘했지만, 우리 둘 중 오직 한 명만이 100점을 받을 수 있다고. 선생님들이 왜 내가 '그 한 명'이 되지 못한 건지 명확히 말하지는 않았지만 두 경우 모두 그 다른 학생은 남학생이었다. 나는 메시지를 이해했다.

그리고 현재 일을 하면서 나는 이 메시지의 결과들을 매주 수업을 할 때마다 확인한다. 여학생들은 남학생들보다 훨씬 더 말수가 적다. 여학생들이 자기 의견의 가치를 과소평가하는 경향이 더 강하기 때문이다. 어쨌든 여학생들은 대개 말수가 적다. 앞에서 얘기했던 그 젊은 여성(훌륭한 아이디어를 많이 가지고 있는 조용한 여학생)은 나와 면담을 한 다음 주에 수업에 들어왔다. 나는 학생들에게 희곡에 관해 그들이 가지고 있는 전반적인 의견에 관해 물으면서 토론을 시작했다. 학생들이 좋아했을까? 잠시 침묵이 흘렀다. 그리고 나서 그녀가 대답했다. 그녀는 그 세미나에서 한 번 발언했고 그 후로 이어진 세미나마다 한 세미나에 두세 번씩 발언했다. 나는 그녀가 매우 자랑스럽다. 목소리를 내기가 어렵기 때문이 아니다. 몹시 두려움에도 어쨌든 그렇게 했기 때문이다.

·))▶

나는 여전히 남성들이 정상의 자리를 꿰차고 있는 분야에서 일하고 있다. 나는 승진을 거부당한 적도 혹은 직장에서 성희롱을 당한 적도 없다. 그러므로 전반적으로 그럭저럭 잘 해나가고 있다고 말할 수 있다. 하지만 이러한 일들을 겪지 않았다는 사실만으로 운이 좋다고 느끼는 것 자체가 무언가를 이야기해준다. 뒤집어 이야기해보자면 나는 그만큼 일상적으로 성차별을 겪으며, 겉보기에는 아무 일도 아닌 듯한 이런 일들에 마음의 상처를 받는다. 나는 깎아내림을 당하고, 대화의 안줏거리가 되고, 때로 그저 무시당한다. 모두 내가 여성이기 때문에 벌어지는 일들이다. 회의에서 남성 선배 동료들이 내게 고함을 지르기도 한다. 그들은 내가 뒤받지 않으리라고 자신한다. 내가 후배이고 여성이기 때문이다. 나는 '페미나치Feminazi'라고 불리기도 한다. 다른 여성들은 이러한 종류의 상황과 맞닥뜨릴 때 어떻게 할까? 재빨리 머릿속으로 이리저리 계산할까? 고함을 지르는 남성에게 이의를 제기할까? 성차별적인 농담에 함께 웃으면서 스리슬쩍 넘길까? 아니면, 나처럼, 그냥 문제를 회피할까?

나를 '페미나치'라고 부른 사람은 한 사진사였다. 그는 콘퍼런스에서 현장 사진을 찍고 있었고 내게 두 명의 남성 동료들과 다정하게 자세를 취하라고 지시했다. 내가 주저하자 그가 이 모욕적인 발언을 날렸다. 내 옆에서 두 남성 동료들은 주뼛주뼛 웃고 있었다. 만약 두 사람 중 한 명이라도 어떤 말을 했다면 그는 페미니스트 영웅이 되었을 것이다. 만약 내가 어떤 말을 했다면 나는 나쁜 년이 되었을 것이다. 상황을 불편하게 만든 사람은 남성이었지만, 나는 여성이었고 그러므로 나는 상황을 무마하는 역할을 맡아야 했다. 가만히 닥치고서 카메라를 향해 미소를 짓는다든지 해서. 그리고 참담하게도 이것이 내가 실제로

한 행동이었다.

　대개 직장 안에서 일어나는 성차별적인 발언은 그것이 잘못되었음을 지적할 만한 준거가 없다. 이 사실은 성차별 발언을 별다른 거리낌 없이 쉽게 하도록 만드는 데다 그것의 문제점을 인지하지 못하게 만든다. 나이가 나보다 많든 적든 수많은 남성은 내게 젊어 보인다고 말한다. 이들은 이 말이 칭찬인 것처럼 행동하지만, 사실 이 말은 절대 칭찬이 아니다. 젊어 보인다고 말하면 여자들이 좋아할 거라고 남자들은 생각한다. 그들이 보기에 여성에게 외모는 가장 중요한 것이고 젊은 외모는 최고의 외모이기 때문이다. 하지만 내게 젊어 보인다고 말할 때, 혹은 내가 너무 순진해서 이해하지 못한다고 말할 때, 혹은 내가 종신 재직권을 가진 교수임에도 내게 학생이 아니냐고 물을 때, 이 남성들은 내게서 십 년이 넘는 경력과 전문성을 박탈하고 있는 것이다. 그러므로 흔히 칭찬이라고 일컬어지는 이 말은 사실은 즉각적인 격하에 불과하다.

　만약 당신이 여성이고, 젊고, 하급자라면 사람들은 당신의 말에 귀를 기울일 필요를 느끼지 않을 것이다. 나는 작년 말에 다른 대학에서 초청 강연을 하기 위해 해외로 출장 갔을 때야 이 사실을 온전히 깨달았다. 특별히 유쾌한 강연은 아니었다. 나는 여성들이 자신이 강간당한 경험을 증언하는 몇 개의 희곡에 관해 이야기했다. 그리고 여성들이 강간에 대해 공개적으로 말할 때 겪는 어려움과, 특정한 문화권에서 여성들이 공개적으로 말하는 것이 '아예' 금지되어 있는 금기 사항들에 관해 이야기했다. 나는 극장이 여성에게 자신의 목소리를 찾고 자신의 이야기를 공유할 수 있는 중요한 공간이라고 말했다. 내가 강연을 마치자 잠시 짧은 침묵이 흘렀다. 때때로 나는 강연 주제에 너무 열중한 나머지 심지어 학문적 맥락에서조차 '강간'이라는 단어가 거의 언급되지 않는다는 사실을 잊어버리곤 한다. 나는 질문을 받겠다고 말했다.

첫 번째 논평은 강연 전에 자신을 학과장이라고 소개한 남성에게서 나왔다. 고개를 절레절레 흔들며 천천히 말을 꺼낸 그는 어떻게 반응해야 할지 잘 모르겠다고 말했다. 나는 이러한 반응에 익숙해져 있다. 이 불편한 주제에 관한 한 나 역시 어떻게 반응해야 할지 항상 잘 모르겠다. 나는 미소를 지으면서 그를 편안하게 해주려고 애썼다. 그러자 그가 말했다. "당신의 외모와 강연 주제에 대한 당신의 태도를 조화시키기가 어렵군요. 그러니까 제 말뜻은 당신의 외모가…… '귀엽다'라는 단어를 사용하고 싶지는 않지만…… ." 그가 말꼬리를 흐렸다. 그가 나를 향해 양해를 구하는 듯 손을 흔들었다. 그는 이어서 질문을 던졌고 나는 충실하게 대답했지만, 그는 이미 토론의 분위기를 망쳐버렸다. 나는 진지하게 받아들여지지 않았다. 그날 저녁에 나는 친구에게 강연이 어땠는지 말해주었다. 그러던 중 갑자기 생각이 나서 나는 그 학과장을 다시 떠올렸다. "음," 내가 말했다. "그 남자가 진짜 이상한 말을 했어. 내게 '귀엽다'고 했어."

친구가 끔찍하다는 듯 몸서리를 쳤다. 그제야 나는 내가 나의 말이 아닌 나의 외모에 근거해 평가를 받은 것에 대해 얼마나 화가 났었는지 스스로 인정했다. 하지만 그러고 나자 분노가 사그라들고 새로운 감정이 모습을 드러냈다. 수치심이었다. 나는 그 말을 들은 순간에 바로 이의를 제기하지 않았다.

통렬한 아이러니는 나의 강연이 여성들이 침묵을 강요받는 방식들에 관한 것이었다는 점이다. 그리고 내가 거기 있었다. 나는 연단에서 강연을 하며 강연 주제와 똑같은 어려움을 겪고 있었다. 그 학과장의 논평은 내가 강간에 관해 이야기하면 안 된다는 의견을 함축하고 있었다. 이는 단순히 '여성은 보이기만 해야지 의견을 드러내서는 안 된다.'는 지긋지긋한 태도만을 의미하지 않는다. 이는 여성에게 자신이 속한 곳으로 돌아가서 입을 닥치고 조용히 있으라고 말하는 방식이다. 나는 대학에서조차 아직도 이러한 태도와 마주친다는 사실에 명치를 얻어맞은 듯 놀라 아무 말도 할 수가 없다. 무엇보다 나는 이러한 태도에 어떻게 반응할지 생각해내야 한다는 사실에 진저리가 쳐진다. 내가 그 학과장을 보면서 껄껄 웃어야 했을까. 아니면 그의 여성 혐오를 지적해야 했을까. 그렇지만 그가 그렇게 말한 순간, 나는 그의 말속에 담긴 의미를 곰곰이 생각해보지도 않았다. 나는 전문적으로 보이고 싶었다. 나는 강하게 보이고 싶었다. 나는 다음 순서로 넘어가고 싶었다. 그래서 나는 문제에서 옆으로 한 걸음 살짝 움직여 문제를 회피했다. 당연히, 이 또한 일종의 침묵임은 두말할 필요조차 없다.

　조용하다는 말로 나를 묘사하는 일은 조금 우습기도 하다. 사실 나는 매우 시끄럽기 때문이다. 나는 행사에 참석할 때마다 공지 사항을 말해달라는 요청을 받는다. 소음을 뚫고 목소리가 들리게 말할 수 있는 사람이 나밖에 없기 때문이다. 한번은 친구가 내게 크게 소리치면 수 마일 밖에서도 목소리가 들릴 정도니 휴대전화가 필요 없는 것 아니냐고 말한 적도 있다. 게다가 나는 다른 측면에서도 시끄럽다. 나는 회의 때 거리낌 없이 의사를 표현하고, 토론할 때 명확하게 나의 견해를 밝힌다. 무엇보다 교수라는 직업은 '말하는 것이 나의 밥벌이 수단'이라는 사실을 의미한다. 하지만 침묵을 지키는 동시에 시끄러울 수 있다는 사실을 나중에야 알게 됐다.

　내가 공개적으로 발언하는 것이나 야심 있는 사람으로 인식되는 것을 두려워하지 않긴 하지만, 이 둘은 전문직에 종사하는 여성들에게 매우 오래된 걸림돌이고 나 역시 이 기만적인 문제에 먹잇감이 되곤 한다. 그 결과, 나는 내 힘을 양도한다. 문제를 회피할 때, 성차별적 발언에 이의를 제기하지 않을 때, 나는 그러한 문제나 발언이 옳은 것처럼 행동한다. 나는 여성은 목소리를 가지면 안 되는 것처럼 행동한다. 나는 내가 페미니스트가 아닌 것처럼 행동한다. 그리고 사실 나는 페미니스트로 사는 것에 넌더리가 난다. 성차별을 인식하고 공격하고 바로잡는 일 모두가 오직 여성들만의 책임이 되는 것에 넌더리가 난다. 나는 매우 필요한 사람이자 매우 까다로운 사람으로 사는 것에 넌더리가 난다. 그리고 나는 성차별을 내면화하는 나의 행동들에 넌더리가 나고, 범행에 공모하는 것에 넌더리가 나고, 떳떳이 승부를 겨루는 것에 넌더리가 난다.

·•))▶

여기에서 잠시 샛길로 벗어나 내가 올해 나에 대해 처음 알게 된 사실을 말해보겠다. 준비됐는가? 나는 당신의 감정에 신경 쓰지 않는다. 나는 당신이 누군지 모르지만, 당신이 어떻게 느끼든 무엇을 느끼든 상관하지 않는다. 어떤 감정을 가지든 말이다. 왜냐고? 나에겐 공감 능력이 부족하기 때문이다.

어떤 사람들에게 이 사실은 전혀 놀라운 일이 아닐지 모르지만 내게는 놀라움 그 자체였다. 나는 직장에서 공감적 듣기 능력에 관한 테스트를 받았고 우려할 만한 결과를 통보받았다. 다시 다른 테스트도 받았다. 하지만 결과는 여전히 끔찍했다. 그래서 나는 일대일 성격검사를 신청했다. 나는 플래시 카드 더미를 앞에 두고 인사 담당 상담사와 함께 작은 방에 앉았다. 그녀는 내게 일련의 시나리오들을 제시한 다음 질문에 대답하라고 요청했다. 가령, 만약 누군가가 내게 집에 도둑이 들었다고 말하면 나는 위로의 말을 건네며 차 한 잔을 대접하고 자초지종을 물을까, 아니면 자물쇠를 고치라고 조언할까? 나는 가장 적절한 행동은 그 사람에게 자물쇠공의 전화번호를 주는 것이라고 답했다. "음." 그녀가 말했다. 계속해서 나는 공감 능력과 동떨어진 대답을 내놓았다. 상담 시간이 끝날 무렵에 상담사는 내게 훌륭한 접근법을 가지고 있다고 말했다. 나는 문제를 해결하려고 노력하고, 논리적인 질문들을 던지고, 사실관계를 확인한다고 했다. 하지만 공감 능력이 부족하다고 그녀가 조심스럽게 견해를 밝혔다. "글쎄요, 물론 그렇겠죠." 내가 방어적으로 말했다. "여긴 직장이잖아요. 직장에서 공감 능력을 꼭 발휘해야 할 필요가 있나요?"

그녀는 비판이 섞이지 않은, 숙련된 미소를 지으면서 내게 왜 직장에서 감정들이 아무 필요가 없다고 생각하느냐고 물었다. 그녀는 취약성이 일종의 힘일 수도 있다고 말했다. 나는 머릿속에 허리케인이 발생한 듯한 느낌을 받았다. 그러고선 몇 년 전에 내가 직장에서 간절히 나의 감정들을 공유하고 싶었지만, 조용히 침묵을 지켰던 기억이 떠올랐다.

나는 학과의 연구 회의에 참석해서 내 연구 현황에 관해 이야기해달라는 요청을 받았었다. 나는 내가 발표를 해야 한다고 생각하지 않았다. 딱히 눈여겨볼 만한 성과가 없었기 때문이다. 하지만 주최자는 사람들이 관심을 가질 것이라고 말하면서 거듭 요청했고 나는 알겠다고 했다. 하지만 나는 발표를 막 앞두고서 요청을 받아들인 것을 후회했다. 그리고 발표를 하는 도중에도, 발표가 끝나고 나서도 후회했다. 내가 진행하는 프로젝트는 전반적으로 별문제가 없었지만, 나 자신이 엉망이었기 때문이다. 그때는 크리스마스 즈음이었다. 나는 최근 이사를 했다. 매일 불면증에 시달리고 있었다. 그리고 막 유산을 한 참이었다. 나는 상사를 제외하고 직장의 그 누구에게도 임신 사실을 알리지 않았었다. 발표 내내 나는 피곤했고 멍했다. 나는 모호하고 인상적이지 않은 얘기를 늘어놓으며 "우리의 연구가 세상에 가져다줄" 유익함에 대해 추어올렸다. 하지만 내가 진짜로 하고 싶었던 이야기는 내가 슬픔을 느낀다는 것이었다.

차라리 내가 슬픔을 느낀다고 말했더라면 발표는 훨씬 가치가 있었을 것이다. 나의 슬픔이 더 관심을 받았을 것이라고 기대하기 때문이 아니다. 우리 모두 가까운 동료임에도 불구하고, 우리 중 그 누구도 직장에 지니고 오는 감정들과 일을 하면서 느끼는 감정들에 관해 이야기해본 적이 없기 때문이다. 그러는 대신, 우리는 자신의 전문성과 자신의 야심, 그리고 자신의 성취로 서로에게 깊은 인상을 주는 데만 매달렸다. 이제 와 생각해보니 정직하지 못한 행동이었던 것 같다. 맞다. 만약 내가 슬픔을 느낀다고 말했다면 다들 이상하게 여겼을 테지만 ― 그리고 그것이 정확히 내가 그렇게 하지 않은 이유다 ― 만약 그렇게 했다면, 어떻게 가르치는 일과 연구하는 일이 우리에게 특별함과 다양한 감정을 주는지, 그리고 어떻게 이 일이 우리에게 스스로 유능하고 가치 있고 의미 있는 존재라고 느끼게 만드는지에 관해 이야기를 나눌 수 있었을지도 모른다. 그러한 일련의 감정은 관심을 가질 만한 가치가 있고 논의할 만한 가치가 있었다. 그렇지만 나는 관심을 가지지 않았고 이야기를 꺼내지도 않았다. 한 가지 이유 때문이다. 슬픔을 느낀다고 말하는 것은 위험할 정도로 여성적이기 때문이다.

내가 직장에서 감정을 드러내는 일에 왜 이렇게 반감을 느끼는지 곰곰이 생각해본다. 나는 감정을 가지는 것, 감정을 보이는 것, 감정에 관해 이야기하는 것, 이 모두가 여성성의 신호일 뿐만 아니라 나약함의 신호라고 생각하고 있다. 나는 지식인으로 진지하게 받아들여지기 위해서는 이러한 감정들, 이러한 여성성, 이러한 나약함을 부정해야 한다는 신념을 스스로 내면화했다. 나는 나 자신의 정체성, 그리고 내가 주창하는 페미니즘에도 불구하고 이렇게 생각하고 있다. 나의 독서 목록에 있는 여성 작가들, 내가 주최하는 여성 대상 행사들, 여성의 발언권에 관한 나의 연구들, 남자로만 구성된 패널에 대한 나의 비판, 생식권을 주장하는 행진을 홍보하는 연구실 포스터, 이 모든 것에도 불구하고 말이다. 결국, 나 역시 성차별주의자인 셈이다.

최근에 나는 아일랜드의 대학에서 일하는 여성들을 위한 리더십 코스에 참여했는데 이때도 비슷한 교훈을 깨달았다. 우리는 2월의 어느 아침에 콘퍼런스 룸에서 만나 '앞서나가는' 법에 대해 배웠다. 가장 먼저 한 훈련은 참가자 각자가 역할 모델을 꼽는 일이었다. 나는 누구를 꼽아야 할지, 그리고 내 선택이 나의 역할 모델에게 어떤 의미일지를 고민했다. 나는 매우 존경하는, 훌륭한 대중 지식인이자 연사인 한 여성 교수를 역할 모델로 꼽았다. 하지만 그 훈련의 다음 과정으로 소그룹을 지어 자신의 역할 모델에 대해 이야기를 나누던 중 나는 많은 여성이 자신의 엄마를 역할 모델로 꼽는 것을 보고 깜짝 놀랐다. 이들은 엄마가 지닌 불굴의 용기, 정신력, 희생정신을 이유로 댔다. 그리고 이 영웅적인 특징들을 닮고 싶다고 했다. 나는 이 엄마들에게 화가 났다. 우리는 여성이 경력을 쌓는 과정에서 맞닥뜨리는 장벽을 깨부수게 돕는 전문 행사에 참여하고 있는데, 이 여성들은 죄다 자기 엄마처럼 되고 싶다고 말하고 있다. '당신들이 승진하지 못해도 그리 놀랍지 않겠군요.' 나는 속으로 심술궂게 생각했다. '집에 머무는 사람이 역할 모델이라면요.'

그런데 중요한 것은 이것이다. 나의 엄마는 집 밖에서 오래 일했다. 엄마는 내게 여성에게 가장 중요한 일은 경제적으로 독립하는 일이라고 가르쳤다. 그리고 여성이 야심을 가져야 하고 자기 일에 자부심을 느껴야 한다고 가르쳤다. 또한, 일이 가장 우선으로 중요하고, 집안일은 그것에 관련된 감정들과 함께 그 다음으로 중요하다고 가르쳤다. 이러한 가르침을 통해 나는 여성은 반드시 일이라는 용감하고 필수적인 여정을 걸어야 한다고 인식하게 됐다. 그래서, 아이러니하게도, 나는 역할 모델로 엄마를 꼽을 수가 없었다. 또한, 나는 모성을 성취 단계 중 가장 꼭대기에 놓을 수 없으므로, 어떤 상황에서도 '절대로' 엄마를 역할 모델로 꼽지 않았을 것이다. 내가 모성과 연관 짓는 특징들 — 사랑과 지지, 공감과 보살핌 — 은 내가 일에서 성공하는 것과 연관 짓는 특징들과 전혀 들어맞지 않는다. 그리고 다시 여기에 내면화된 성차별주의가 있다.

·))》

나는 항상 다른 사람들이 나를 좋아해주기를 원했다. 이 점에서는 나 역시 다른 여성들과 다르지 않다. 여성들은 자신이 호감이 가는 사람이 되기를 바란다. 여성들은 호감이 가는 사람이어야만 한다. 여성들은 충분히 호감이 가는 사람이 아닐 때 비판을 받는다. 하지만 호감이 가는 존재가 되는 것은 그것의 사회적 이점에도 불구하고 직장에서 여성들의 발목을 잡았다. 여성들은 주위를 보살피고, 지겨운 서류 작업을 도맡아 하고, 수백만 가지의 원치 않은 일을 하느라 너무 바쁜 나머지 인정을 요구할 시간조차 없었다. 그리고 인정을 요구한다 해도 다시 발목이 잡혔다. 우리는 덜 다정하고, 덜 타협하고, 덜 '친절해야' 한다고 충고를 받았다. 결국, 친절한 여성들은 요직을 차지하지 못한다. 남자들은 여성들보다 먼저 승진했다. 그들이 용감하고 대담하고 타협하지 않았기 때문이다. 이러한 현상은 남성들은 영향력을 키우느라 너무 바쁘므로 친절한 사람이 되는 일에 신경 쓰지 않아도 됐다고 암묵적으로 말하는 것과 다름없다.

그렇지만 요즘의 현실은 달라졌다. 남녀 막론하고 '모두'가 호감이 가는 사람이 되어야 한다. 오늘날 여성뿐만 아니라 남성에게도, 경력 사다리는 호감 사다리, 즉 '당신의 고용주가 얼마나 당신을 좋아하는가'의 사다리와 구분하기 힘들어졌다. 이 사다리는 오르기가 매우 힘들다. '호감도'의 골대가 계속해서 움직이기 때문이다. 내가 재직하는 대학에서는 때로 더 많은 논문을 발표하기를 바란다. 때로는 학생들을 더 많이 가르치기를 바란다. 때로는 행정업무를 더 많이 하기를 바란다. 만약 정말로 호감을 받고 싶다면 이 세 가지 중 하나라도 놓치면 안 된다. 앞서 말한 친절함과 마찬가지로 이 호감도에도 문제가 존재한다. 우리가 일을 더 많이 하면 할수록 우리는 더 높은 평가를 받는다. 하지만 우리가 일을 더 많이 하면 할수록 그들은 우리가 더 많은 것을 하기를 바란다. 그런 다음 그들은 우리가 '수행 능력을 높이고 성공 사례를 안겨주기'를 더 바란다. 그리고 더 적은 돈으로 더 많은 일을 하기를 원하는, 재정난에 처한 대학들에게 성공은 결국 외부에서 돈을 끌어오는 것을 의미한다.

나는 연구기금에 지원하는 일과 관련해 일주일에 두 개의 이메일을 받는다. 두 개의 이메일이라, 그 정도면 뭐 괜찮네, 안 그런가? 하지만 그 순간 바로 세 번째 이메일이 도착한다. 매주 대학 총장 공보에는 외부의 기금을 수여받은 대학 구성원들의 목록이 올라온다. 이를 통해 우리는 메시지를 받는다. 과로하는 사람들 만세! 재정적으로 성공한 소수 만세! 나머지는 우우! 나는 이 이메일을 떨쳐버리려고 애쓸 수 있었다. 인정받을 수 있는 다른 방식을 발견할 수도 있었다. 하지만 나는 다른 사람들이 나를 좋아해주기를 원했다. 그래서 오직 돈만이 호감을 끌수 있는 유일한 방법이라는 사실을 깨달았을 때, 나는 연구기금 관련 이메일을 읽기 시작했고 링크를 클릭했고 내 연구가 지원금을 받을 만한 가능성이 있는지 재고했다. 그리고 프로젝트가 연구기금을 지원받는 데에 성공하면 축하했다. 명백한 증거가 생겼기 때문이다. 내가 호감이 가는 사람이라는.

내가 여기에서 은근한 자랑을 하려는 것은 아니다. 도움이될 만한 사연을 이야기하려 한다. 3년 전에 연구기금을 받기 위해 지원했을 때 나는 내가 사실상 새로운 일자리에 지원하고 있다는 사실을 알지 못했다. 연구기금을 받자 새로운 책임들이 뒤따랐다. 프로젝트팀을 이끌어야 할 책임, 수십만 유로의 예산을 관리해야 할 책임, '강한 인상의 성과'를 내야 할 책임. 나는 이러한 것들에 훈련되어 있지 않았지만, "나는 강해. 나는 역경에 맞설 수 있어."라며 스스로 합리화했다. 연구기금을 받은 덕분에 학생들을 가르치는 일에서 면제될 수 있었지만, 나는 기존의 책임 중 어느 하나도 포기하지 않았다. 그래서 나는 두 개의 직업을 가지게 됐다. 그런 다음 심지어 더 많은 것들을 승낙했다. 나는 한 학술지의 편집장 임무를 맡았다. 또한, 두 권의 책을 저술하는 계약을 맺었다. 두 책의 마감일이 같은 달이라는 사실을 무시하고서 말이다. 나는 여러 국제 콘퍼런스에 등록했고 세 개의 콘퍼런스를 직접 주최했다. 출장을 엄청나게 많이 다녀서 항공 마일리지가 산더미처럼 쌓이기 시작했다. 친구들과 동료들이 잠을 자기는 하는 거냐고 물으면 나는 그저 미소만 지었다. 왜냐하면, 이것이 성공한 사람의 모습이기 때문이다. 하지만 사실 이것은 일 중독자의 모습이었다.

왜 나는 일 중독자가 되었을까? 당연히 경영진은 내가 과로를 하기를 바랐을 것이다. 하지만 그것만이 유일한 이유는 아니다. 나는 완벽하기를 바랐다. 유산한 이후 다시 임신하지 못했을 때, 나는 아이를 갖는 데에 실패했다고 자신에게 말했다. 나는 마치 임신이 더 열심히 공부해야 했던 시험이라도 되는 양, 이를 반복해서 자신에게 말했다. 엄마가 될 수 없게 되자, 나는 그 대신 일을 통해 나 자신을 증명하겠다고 다짐했다. 지나고 보니 이것이 커다란 실수였다는 사실을 알겠다. 진심으로 슬퍼하는 대신 나는 자신을 점점 더 일 속으로 밀어 넣었다. 하지만 곰곰이 되짚어봐도 왜 상황이 그렇게 잘못돼갔는지는 이해가 잘 안된다. 왜 일을 잘하려는 노력이 자신에게 불친절하게 구는 것으로 이어졌는지 말이다.

밖에서 봤을 때 나는 아무 문제 없어 보였다. 성공 가도를 달리고 있는 것처럼 보였다. 저술 계약! 프로젝트 연구기금! 학술지! 하지만 사실 나는 조용히 무너지고 있었다. 현재 상태로는 가느다란 금이 간 것에 불과했지만, 그렇더라도 붕괴의 전조 현상임은 틀림없었다. 나는 매주 주말마다 일했고, 일에 완전히 매몰되어 있었고, 친구들이 보내는 휴대전화 메시지에 답장을 보내지 않았다. 남자친구가 자전거를 타러 가자고 할 때마다 나는 바빠 죽겠다고 쏘아붙였다. 게다가 나의 일이 내가 사랑하는 활동들 ― 가르치기, 연구하기, 글쓰기 ― 로 이루어져 있음에도, 끊임없이 닥쳐오는 마감일들이 주는 압박감이 쌓여 그 활동들에 대한 사랑, 그리고 자기 자신에 대한 사랑을 죽이고 있었다. 나는 단지 슬픔을 느끼는 데에 그치지 않고 우울감을 느끼기 시작했다. 하지만 나는 우울증을 위험신호로 해석하지 않았고, 러닝머신에서 내려오지 않았고, 주위의 도움을 받지 않았다.

나는 내 우울증이 나약한 성격의 신호라고 생각했다. 나는 슬퍼하느라 그렇게 많은 시간을 낭비하는 것을 그만둘 수만 있다면 더 생산적으로 될 수 있으리라 생각했다. 나는 우울증을 숨기기 위해 더 많은 시간을 일했다. 때때로 나는 너무 피곤하고 너무 슬퍼서, 연구실 문을 잠그고서 불을 끄고 연구실 바닥에 누워 있었다. 짙게 드리운 불안이 나를 질식시키고 있는 느낌이었다. 가장 쉬운 업무들도 나를 잡아먹을 것처럼 느껴졌고 매우 사소한 실수에도 자신을 몰아붙였다. 나는 나처럼 불안에 잠식되고 있는 것처럼 보이지 않는 다른 사람들을 보면서 그들이 어떻게 그렇게 해내고 있는지 궁금해했다. 한 여성 동료가 내게 자신은 아이들을 재운 후 밤 9시에 연구 업무를 시작한다고 말했을 때, 나는 그녀에게 연민을 느끼지 않았다. 그녀의 절제력에 질투가 났을 뿐이다.

그리고 나서 작년 여름, 연구 행정사무실의 부추김 때문에 그리고 말을 잘 듣는 착한 여자아이이기 때문에, 나는 또 다른 연구기금에 지원하는 일을 떠맡았다. 그 일을 하겠다고 수락하면서, 나는 한 달 정도밖에 걸리지 않을 것이라고 자신에게 말했다. 그 한 달 동안 단 한 순간도 쉬지 못하고 매일매일 일해야 한다는 사실을 간과하고서 말이다. 내가 가족들에게 또 다른 대규모 연구기금 사업에 지원할 것이라고 말하자 가족들은 "하지 마."라고 말했다. 그런 다음 내가 그 조언을 그냥 무시하자 그들은 "글쎄, 하지 않으면 좋겠는데."라고 말했다. 지원서를 작성하는 일에 착수하자마자 나는 가족들의 말이 옳았다는 사실을 깨달았다. 실수였다. 어쩌다가 이 일에 뛰어들었을까 의문이 들었지만 이미 너무 늦어버린 후였다. 나는 전략을 짜고 자문을 구하고 초안을 작성하고 퇴고를 거듭했다. 두뇌가 녹아내리고 있다는 생각이 들 때까지. 게다가 당연히 나는 정규 업무도 포기하지 않고 계속했다. 더욱더 많은 일을 떠맡는 이러한 상황에서, 나는 자기 자신의 붕괴를 정교하게 설계하는 설계자였다. 하지만 내가 이 여정에서 혼자였던 것은 아니다. 대학은 내가 광기의 상태로 급격히 빠져드는 내내 옆에서 나를 열렬히 응원했다. 과로하는 사람들 만세!

·•)))▶

콘퍼런스 시즌이 시작되자 모든 것이 무너져 내리기 시작했다. 6월 말에 한 심포지엄에 참석하기 위해 출장을 가는 참이었다. 날이 매우 더웠고 나는 집에서 출발할 때 약간 멍한 상태였다. 공항에 도착하자마자 나는 재킷을 집에 두고 왔다는 사실을 깨달았다. 평소라면 그다지 큰 문제가 아니었겠지만 나는 노르웨이로 날아갈 예정이었고 일기예보가 불길했다. 춥고 비가 주룩주룩 온다고 했다. 나는 따뜻한 옷이라곤 단 한 벌도 없는 채로 출국장에 우두커니 서 있었다. 어이없는 실수에 헛웃음이 날 정도의 사소한 상황일 뿐인데 파국을 초래할 엄청난 실수를 한 것처럼 느껴졌다. 극심한 공포가 느껴지고, 심장이 빠르게 뛰고, 땀이 비 오듯 쏟아지고, 호흡이 가빠졌다. 깊은 고통 속에서 나는 남자친구에게 전화를 걸었다. 그는 가만히 듣더니 나를 진정시키고 안심시켰다. 그는 공항에서 재킷을 사는 게 어떠냐고 제안했다. 나는 공항에 있는 중 가장 따뜻한 재킷을 산 후 그것을 입었다. 감사하게도 콘퍼런스 내내 그 옷으로 버틸 수 있었다. 위기 모면.

이틀 후 또 다른 문제가 생겼다. 집으로 돌아가는 비행편이 취소되었다. 금요일 오후밖에 되지 않았는데 항공사에서는 일요일까지 노르웨이 밖으로 나가는 항공편이 없다고 말했다. 하지만 그럴 수는 없었다. 월요일에 프랑크푸르트에서 강연해야 하기 때문이었다. 다시 공포가 밀어닥쳤다. 처음에 나는 항공사 직원들을 회유하려고 애썼다. 그런 다음 나는 고함을 지르기 시작했다. 나는 관리자와 이야기하게 해달라고 요구했다. 관리자가 왔지만, 그녀는 항공편이 하나도 없다는 말만 반복할 뿐이었다. 그 순간, 나는 그녀가 결혼반지를 끼고 있는 것을 봤고 그녀가 엄마일지도 모른다고 생각하며 새로운 전략을 시도했다. 나는 그녀에게 휴대전화 바탕화면에 있는 조카의 사진을 보여주었다. 나는 아들이라고 말하면서 아들을 위해 집에 꼭 가야 한다고 말했다. '나는 눈물을 글썽거렸다.' 그녀는 사진을 쳐다본 후 다시 나를 쳐다봤다. 그러고선 접수창구로 돌아가서 전화기를 집어 들었다. 그녀가 내가 토요일에 비행기를 탈 수 있도록 항공편을 조정하는 동안, 나는 득의만면한 승리의 미소가 자꾸 삐져나오는 것을 숨기려고 애썼다. 또다시, 위기 모면. 그날 밤 나는 거의 잠을 이루지 못했다. 다음 날 아침 나는 첫 번째 비행기를 탔다. 그날 타야 하는 세 개의 비행기 중 하나였다. 유럽의 공항들을 터벅터벅 걸어 다니는 일은 매우 힘이 들었다. 하지만 나는 지난 몇 년 중 그 어느 때보다 더 행복감을 느끼고 있었다. 이게 중요하다. 나는 일을 하고, 또 하고, 또 하는 경조증 상태에서 몹시 흥분해 있었다. '아무것도 날 막을 수 없어.'라고 나는 생각했다. 처음엔 스타방에르(노르웨이 서남부의 항구 도시—옮긴이), 그다음에는 애버딘(스코틀랜드 북동부의 항구 도시—옮긴이), 마지막으로는 스키폴(네덜란드 암스테르담 근처에 있는 국제공항—옮긴이)에서 노트북 키보드를 신나게 두드리면서 그렇게 생각했다. 슈퍼우먼이 따로 없었다.

월요일에 나는 피로로 여전히 머릿속이 뿌연 채로 프랑크푸르트로 날아가 강연을 한 후 집으로 날아왔다. 다음 날 내가 어느 시간대에 속해 있는지 거의 인지하지 못한 채로 나는 몸을 질질 끌고 직장에 출근해 연구기금 신청지원서를 완성했다. 나는 떨리는 손가락으로 '제출' 버튼을 누르고 난 후 연구실에서 나왔다. 그러고선 순간적으로 혼란스러워서 어둡고 고요한 복도를 응시하며 가만히 서 있었다. 나는 그 건물에 남아 있는 유일한 사람이었다. 지원서를 제출해야 한다는 생각에 사로잡혀서 나는 시간을 의식하지 못했다. 한여름임에도 바깥의 하늘은 어두컴컴했다. 갑자기 배가 고팠다. 돌이켜 생각해봐도 제대로 된 식사를 한 게 언제가 마지막인지 기억나지 않았다. 나는 자신을 위로했다. 최소한 이제 다 끝났잖아. 정상 생활로 돌아갈 수 있을 거야. 위기 모면. 이번에는 정말로 진심으로.

그렇지만 얼마나 여러 번 위기를 모면해야 이 자체가 하나의 긴 위기라는 사실을 인정할 수 있을까? 다음 날 저녁, 나는 차로 벽을 들이받았다. 나는 조카를 데리러 가던 중이었다. 싱글맘으로 고생하는 여동생에게 잠시의 휴식을 주고자 도움을 베풀려던 참이었다. 여동생의 집에 도착하자 나는 차를 돌렸다. 하지만 너무 멍한 상태라서 미처 문설주를 보지 못했다. 갑자기 끼익하고 긁히는 소리와 쭈그러지는 소리가 나면서 차의 금속이 일그러졌다. 처음에 든 생각은 조카가 괜찮냐였다. 다행히 조카는 근처에 그림자도 보이지 않았다. 그런 다음 나는 사고를 친 것에 민망해하며 벽에 대해 생각하고 차에 대해 생각했다. 그러고 난 후에야 느릿느릿 나는 내가 다치지 않았는지 궁금해하기 시작했다. 나는 운전대를 끌어안은 채 울음이 터지기 직전이었다. 온몸이 아드레날린으로 덜덜 떨리고 있었다. 나는 이미 알고 있던 사실을 확실하게 확인할 수 있었다. 나는 불길한 무언가가 내게 다가오고 있다는 사실을 감지하고 있었다. 나는 내가 무언가를 망가뜨릴 거라는 사실을 알고 있었다. 그리고 지금 나는, 자동차를 망가뜨렸다. 나는 '의기양양'해졌다. 왜냐하면, 나는 내가 망가뜨릴 무언가가 나 자신일 것으로 생각했기 때문이다.

나는 다른 사람들에게 그다지 공감 능력을 발휘하지 않을지 모른다. 하지만 공평하게도, 나는 나 자신에게도 공감 능력을 발휘하지 않는다. 어떤 시점이 지나자 나는 내가 지나치게 많은 일을 떠맡고 있다는 사실을 알았고 내가 비참하다는 사실을 알았다. 물론 지난 2년 동안 내가 행복했던 순간이 아예 한 번도 없었다고 말하는 것은 아니다. 하지만 기진맥진해지고 우울해지면 이상한 괴리가 생겨난다. 행복감을 느껴야 하는 순간이라고 생각되면 자기 자신에게 말한다. "나는 지금 행복해." 하지만 경험 전체가 왠지 인위적이고 비현실적으로 느껴진다. 나는 감정들의 벼랑 끝에 서 있었다. 또한, 나 자신의 벼랑 끝에 서 있었다. 그렇지만 누구에게도 말할 수가 없었다. 누구에게 말한다면, '우울하다'라는 단어를 밖으로 크게 내뱉는다면, 궁극적인 실패자가 될 터이기 때문이다. 그래서 나는 무언가가 무너질 것이라는 사실을 알면서도, 모르는 척하며 제대로 신경을 기울이지 않았다.

·⑴▶

스트레스가 넘쳐나던 시기의 초기에 나는 하루 동안 진행되는 '학자들을 위한 마음챙김' 코스를 들었다. 강의실 안에는 스무 명가량의 사람들이 있었고 우리는 모두 한목소리로 말했다. 우리의 직업은 너무 스트레스가 많다고. 돌이켜 생각해보면, 우리는 마음챙김을 더 할 게 아니라 일을 덜 해야 했다. 하지만 일을 덜 한다는 것은 선택지 안에 있지도 않다고 생각했기 때문에, 우리는 맹공격에 맞닥뜨렸을 때 회복탄력성을 더 갖추려 애쓰는 대신 우리 자신을 '고치려고' 노력했다. 그렇지만 사실 우리는 우리 자신을 기계의 부품으로 만들고 있었다. 혹은 대학이 우리를 기계의 부품으로 만들고 있었다. 어느 쪽이 맞는지 확신하지 못하겠다.

내가 대학을 운영하는 사람들에게 가서 이렇게 말할 방법은 없다. "이봐요. 있잖아요. 직원들에게 속도를 늦추라고 해야 하지 않을까요?" 이 메모는 절대 보내지지 않을 것이다. 사실 나는 이 메모가 보내지는 모습을 '상상'조차 할 수 없다. 이 점을 인정하기 때문에, 나는 내핍 생활에 시달리는 대학의 직원들을 예산 사냥꾼으로 만들고 직원들의 마지막 한 방울까지 다 빨아먹는 것을 탓하지 않는다. 음, 솔직히 말하자면 탓한다. 하지만 나의 정신건강은 나의 책임이다. 여러분에게 말하는 것이 아니라 나 자신에게 말하는 것이다. 나는 일단 이 사실을 깨닫고 나자 왜 내가 자신의 가치를 결정하는 일을 타인들의 손에 넘겨주었는지 의문이 들었다.

자동차 사고가 난 이후 내가 하루아침에 다른 사람으로 변한 것은 아니다. 내가 달라지려고 노력한다 해도 이 책에서 이야기한 많은 문제는 여전히 나의 삶을 규정한다. "그래서 바뀐 게 뭐야?" 최근 한 친구가 내게 물었다. 답은 이것이다. 요즘 나는 새로운 해야 할 일 목록을 갖고 있다. 사실, 해야 할 일 목록이 아니다. 잊지 않으려고 적어둔 일련의 메모에 더 가깝다.

나는 내 생각과 내 감정을 더 소중히 여길 것이다. 나는 매일 글을 쓸 것이다. 글쓰기는 내게 가장 살아 있다고 느끼게 만드는 몇 가지 중 하나이기 때문이다. 나는 강의를 계속할 것이고 내가 열정을 느끼는 주제에 관해 가르칠 것이다. 나는 멋진 치마를 입고 있다는 이유만으로 '강간'이라는 단어를 입 밖으로 크게 내뱉기를 주저하지 않을 것이다. 나는 여성 혐오에 이의를 제기할 것이다. 나는 내면화된 성차별주의와 싸울 것이다. 나는 동료들에게 친절하게 대할 것이다. 그들이 무엇을 느끼는지 어떻게 느끼는지 잘 모르기 때문이다. 나는 아침을 먹을 것이다. 나는 점심을 먹을 것이다. 나는 저녁을 먹을 것이다(책상 앞에서는 말고). 나는 중년인 내 몸에 관심을 기울일 것이다. 나는 사랑하는 사람들과 시간을 보낼 것이다. 나는 딸이자 언니이자 이모이자 파트너이자 친구로 존재할 것이다. 나는 학생들에게 만약 어떤 것도 두렵지 않다면 무엇을 하고 싶은지 물을 것이다. 그러고선 그들이 하는 말을 귀 기울여 들을 것이다. 그리고 공감을 담아 그들에게 상기할 것이다. 진정한 실패는 시도조차 하지 않는 것이라고.

나는 노력하고 있다. 그리고 나는 두렵다. 나는 회피와 감정과 과로와 우울증과 무너짐에 관해 글을 쓰는 것이 두렵다. 취약성을 인정하는 일은 나를 강하지 못한, 약한 사람으로 보이게 만든다고 여전히 확신하기 때문이다. 나는 내가 젊고 귀엽고 무력하다고 인정하는 것이 두렵다. 나는 그 모든 힘든 일들, 안 좋은 일들, 호감이 가지 않는 일들을 인정하는 것이 두렵다. 나는 나 자신을 노출하는 것이 두렵다. 나는 동정을 받는 것이 두렵다. 분노의 대상이 되는 것이 두렵다. 비난의 대상이 되는 것이 두렵다. 나는 파괴적인 여성이 되는 것이 두렵다. 또한, 충분히 파괴적인 여성이 되지 않는 것이 두렵다.

나는 두렵다. 하지만 어쨌든 나는 하고 있다.

감사의 말

트램프 프레스의 리사 코언과 사라 데이비스-고프가 아니었다면 이 책은 세상에 존재하지 못했을 것이다. 그들의 영감을 주는 비전에 진심으로 감사드린다. 또한 커티스 브라운의 캐롤리나 서튼, 클레어 노지에르, 엔리체타 프레자토에게도 감사드린다. 세심한 번역을 위해 힘써준 해리북스와 안진희에게도 감사드린다.

나에게 이 책을 쓸 수 있다고 — 써야만 한다고 — 믿도록 도와준 친구들과 동료들에게도 깊이 감사드린다.

이 에세이들에서 나는 다른 사람의 이야기는 하지 않고 오직 나의 이야기만을 가능한 한 진실하게 하려고 노력했다. 그렇지만 불가피하게도 나는 내 가족의 이야기들과 경험들에 발을 들여놓을 수밖에 없었다. 여동생과 부모님에게 진심으로 감사드린다. 나의 무단침입 행위에도 불구하고 그들은 관대함을 보여줬고 자애롭게 나를 지지해줬다.

그리고, 마지막으로, R이 없었다면 나는 한마디도 쓰지 못했을 것이다.

옮긴이의 말

 '전무후무하다(이전에도 없었고 앞으로도 없다).' 나에게 에밀리 파인의 『내가 말하지 못한 모든 것』이 어떤 책이냐고 묻는다면 이렇게 답하겠다. 독자들은 이 말을 듣고 기대감과 불안감을 동시에 느낄 것이다. 도대체 어떤 책이길래 역자가 저렇게 단도직입적으로 말하는 것일까? 인간은 '완전히 새로운 것'이 나타나면 흥미와 호기심을 느끼면서도 한편으로 거부감과 불편함을 느낀다. 심한 경우 공포와 두려움을 느낄 수도 있다(기괴한 모습의 외계인이 나오는 SF영화를 생각해보라). 에밀리 파인의 글은 번역가인 내게 지금껏 한 번도 보지 못한 스타일의 문장을 우리말로 옮겨야 하는 쾌감과 고통을 한꺼번에 안겨주었다.

 에밀리 파인이라는 이름은 국내 독자에게 낯설 것이다. 그럴 수밖에 없는 것이 이 작품은 그녀의 첫 개인 에세이 모음집이자 처음으로 국내에 소개되는 그녀의 작품이다. 아일랜드를 대표하는 국립대인 더블린 대학교에서 현대극 전공 부교수로 재직 중인 에밀리 파인은 『아일랜드 기억의 정치학*The Politics of Irish Memory: Performing Remembrance in Contemporary Irish Culture*』(2010, Palgrave Macmillan)이라는 제목의 학술서를 한 권 냈을 뿐인 전형적인 학자이자 교수였다. 이러한 그녀가 삶의 궤적을 담은 매우 개인적인(절대 이 말로 충분하지 않지만) 에세이 여섯 편을 묶어서 2018년에 아일랜드의 페미니즘 독립출판사 트램프 프레스에서 출간했다. 이 책은 나오자마자 아일랜드 내에서 베스트셀러 1위에 올랐고 그에 이어 아일랜드 최고의 도서상인 '포스트 아이리시 북 어워드An Post Irish Book Award'의 '올해의 책'에 선정됐다. 여기까지만 들어도 눈 밝은 독자들은 벌써 구미가 당길 것이다. 무슨 이야기를 담고 있길래 중년의 여성 교수가 처음으로 출간한 에세이집이 이렇게나 반향을 일으켰을지 궁금증이 일 것이다. 하지만 독자의 즐거움을 위해, 충격을 위해, 전율을 위해 자세한 설명은 아끼기로 한다. 책을 이미 읽고 이 글을 읽는 독자는 이게 무슨 말인지 정확히 알 테고, 책을 읽기 전 역자 후기부터 읽는 독자는 빨리 에밀리 파인의 글을 읽고 싶어 애가 탈 터이다.

    잠시 화제를 돌려보자. 인간은 다른 이들에게 자신의 어디까지 보여주고 들려줄 수 있을까? 물론 개인의 성향이나 기질에 따라 차이가 있겠지만 누구에게나 '드러내 보이고 싶은 부분'과 '드러내 보이고 싶지 않은 부분'이 존재할 것이다. SNS의

발달과 더불어 요즘 사람들은 점점 더 '드러내 보이고 싶은 부분'만 과장하고 확대하여 세상에 소개하는 것 같다. 에밀리 파인은 이 에세이집에서 정확히 그 반대를 실행한다. 나라면 절대 하지 않을 것 같은 이야기들, 사람들이 나를 어떻게 평가할지 두려움부터 앞서게 하는 이야기들, 너무 괴롭고 고통스러워서 다시 떠올리고 싶지 않은 이야기들을 아름답고 섬세한 문장에 담아 거침없이 이야기한다. 세상이 금기시하는 이야기들, 특히 여성들에게 말하지 말라고 금지하는 이야기들을 용감하고 씩씩하게 이야기한다. 하지만 그녀라고 어찌 두렵지 않았을까. 〈작가의 말〉에서 에밀리 파인은 "이 글을 다른 누군가에게 보여주기 위해 용기를 모으기까지 2년이라는 시간이 걸렸다."라고 말한다. 또한 "그 누구에게도 말하지 않았던, 심지어 스스로도 인정하지 않았던 많은 사건과 감정을 싣고 있다."라고 말한다. 그러면서도 "매우 오랫동안 그토록 철저하게 부정해왔던 나의 일부들을 되찾기 위해 이 에세이들을 썼다."라고 말한다. 독자들과 평론가들, 언론매체들은 이러한 그녀의 용기에 열렬한 찬사를 보냈다.

나 또한 이 책의 역자이기 전에 한 명의 독자이자 여성으로 그녀에게 감사와 찬사를 동시에 보내고 싶다. 출판사에서 이 책의 번역 의뢰를 처음 받고 책을 읽으면서 가장 먼저 든 생각은 '문체가 참으로 아름답고 글이 매력적이고 흡입력이 강하다!'였다. 두 번째로는 '굳이 이런 것까지 이야기해야 하나?'라는 생각이 들었고, 한참 읽다 보니 '어? 이거 내(우리) 얘기잖아?'라는 생각이 들었다. 좋은 글은 현미경과 망원경의 기능을 다 가지고 있어야 한다는 말이 있다. 현미경으로 들여다보듯이 가장 개인적인 부분을 세밀하게 들여다보면서도 망원경으로 조망하듯이 가장 보편적인 부분을 바라볼 수 있어야 한다는 뜻이다. 나는 에밀리 파인이 현미경으로 상처 부위를 들여다보는 모습을 상상한다. 그녀는 단순히 상처의 표면만을 관찰하는 것에 그치지 않고 그것을 절개해 그 안에 든 조직과 신경, 혈관, 세포를 하나하나 자세히 살펴본다. 그러면서도 그녀가 슈퍼 망원경으로 천체를 관측하는 모습을 상상한다. 그녀는 멀리 있는 별을 오랜 시간 관측해 정보 값을 기록하고 그것을 기반으로 별의 탄생과 진화를 분석하고 설명한다. 감히 장담하건대 독자들은 그녀의 매우 사적이고 내밀한 이야기를 읽으며 자신의 경험과 생각이 미세하게 공명하는 경험을 할 수 있을 것이다. 번역을 업으로 삼은 지 10여 년이 되었지만, 아직도 새로이 만나는 작품 하나하나 모두 넘기 힘든 거대한 산처럼 느껴진다. 에밀리 파인의 『내가 말하지 못한 모든 것』은 내가 지금까지 만난 작품 중 거의 최고로 높고 힘난한 산에 꼽힐 만하다. 에세이 번역의 특성상 작가의 목소리를 생생하게 들려주기 위해 거의 작가 본인이 되다시피 몰입하여 작업을 진행했는데 매우 즐거우면서도 매우 고통스러운 시간이었다. 작품과 작가에 '몰입하기'와 '거리두기'를 실컷 연습할 수 있는 배움과 성장의 시간이기도 했다. 이 시간을 도저히 혼자 감당할 수 없을 것 같아 매일 그날 작업한 분

량을 페이스북 개인 계정에 연재했는데 그때마다 한결같이 관심과 응원을 아끼지 않은 몇 명의 친구들에게 이 자리를 빌려 고맙다고 말하고 싶다. 나는 에밀리 파인의 국내 제1호 독자이자 제1호 팬이다. 여러분에게 이 빛나는 작품을 소개할 수 있게 되어 영광이고 감사하다. 에밀리 파인이라는 새로운 세계에 온 걸 환영한다.

옮긴이 안진희

중앙대학교 영어영문학과를 졸업하고 영화 홍보 마케팅 분야에서 일하며 다양한 영화를 홍보했다. 현재는 프리랜서로 일하며 책을 기획하고 번역하고 있다. 사람들의 마음을 움직이는 책에 관심이 많다. 『나는 심리치료사입니다』『아무도 기억하지 않는』『핑크와 블루를 넘어서』『우주의 지도를 그리다』『무너지는 부모들』『소년의 심리학』『부모의 자존감』『아이와의 기싸움』『내 어깨 위 고양이, Bob』등 40여 권의 책을 우리말로 옮겼다.

내가 말하지 못한 모든 것

초판 1쇄 발행 2021년 3월 15일

지은이   에밀리 파인
옮긴이   안진희
디자인   박미정

펴낸곳   해리북스
발행인   안성열
주소   경기도 파주시 재두루미길 70 페레그린 209호
전화   031-955-9603
팩스   031-955-9604
E-mail   aisms69@gmail.com

ISBN   979-11-969618-6-2 03840